Torsten Schulz

Nilowsky

Roman

Klett-Cotta

Klett-Cotta
www.klett-cotta.de

Printed in Germany
Schutzumschlag: Rothfos & Gabler, Hamburg
Unter Verwendung zweier Fotos von
Huhn: © Getty Images / Gary John Norman
Zug: © Topic Photo Agency / Corbis
Gesetzt von Dörlemann Satz, Lemförde
Gedruckt und gebunden von CPI – Clausen & Bosse, Leck
ISBN 978-3-608-93971-2

1

Einmal – wir kannten uns ein paar Wochen, aber ich weiß nicht, ob wir da schon Freunde waren – stand ich mit Nilowsky auf dem Bahndamm unter einer dieser Wolken, die vom Chemiewerk herüberkamen und grünlich gelb von den Schwefelabgasen waren. Nilowsky schloss die Augen und hielt das Gesicht nach oben, sodass für mich, der ich einen Kopf kleiner war als er, sein langer Hals noch länger und sein großer Adamsapfel, der bei jedem Schlucken eindrucksvoll hoch- und runterging, noch größer erschien. Er atmete tief ein und sagte: »Du musst diesen Gestank, den nach faulen Eiern, richtig einsaugen musst du den, und deine ganze Körperwärme, die ganze, die musst du zum Einsatz bringen, und dem Schwefelwasserstoff, dem bleibt dann nichts anderes übrig, als zu Wasser und zu Schwefeldioxid zu verbrennen. Das ist gesund und gibt dir Kraft. Und riechen tut es dann auch nicht mehr.«

Ich staunte über Nilowskys Chemiekenntnisse, obwohl mir der Zusammenhang nicht logisch vorkam. »Aber die Körperwärme«, wandte ich ein, »ist die denn so groß?«

»Die ist, wenn du willst, dass sie so groß ist, wenn du das unbedingt, wenn du das hundertprozentig willst, ist sie auch so groß. Das ist sie. Verstehst du, wie ich das meine?«

Ein Lächeln zog über sein Gesicht, und ich sagte, um seine Freude nicht zu stören: »Ja, ich verstehe.«

Ich schloss ebenfalls die Augen, hielt das Gesicht nach oben und atmete die stinkende Luft so tief ein, dass ich heftig husten musste und mich fast übergeben hätte. Nilowsky klopfte mir auf den Rücken und meinte: »Deine Körperwärme, die ist noch nicht groß genug. Aber das macht nichts, du hast es, wenigstens hast du es versucht.«

Ich öffnete die Augen und sah zu ihm hoch. Er lächelte mich an und sagte: »Komm! Wir gehen ein Stück.«

Ich folgte ihm an den Gleisen entlang, und er erklärte mir, dass man Schwefelwasserstoff aus Eisensulfid und Salzsäure herstellt und Eisensulfid nichts anderes sei als ein Gemisch aus Eisenpulver und Schwefelpulver, das erhitzt werden muss, um zu Eisensulfid zu werden. Ich dachte, hoffentlich ist bei dem, was ich eingeatmet habe, nicht noch ein bisschen Salzsäure dabei gewesen. Unwillkürlich begann ich wieder zu husten und spuckte auf die Gleise, um die Salzsäure loszuwerden, während Nilowsky weiter erklärte, dass dieser Schwefelwasserstoff zwar ziemlich giftig sei, aber gleichzeitig gut für die Blutdruckregelung.

»Wie geht denn das?«, fragte ich, »Gift für die Blutdruckregelung? Und was hat man denn von geregeltem Blutdruck, wenn man tot ist?«

»Das geht eben«, sagte er, »das ist, Chemie ist das eben. Außerdem: Warum soll man bei Gift, warum soll man da gleich tot sein? Jedenfalls du, du lebst doch auch noch. Und ich ebenfalls. Ich sowieso. Und so soll's bleiben. Will ja noch heiraten, will ich. Und Kinder kriegen.

Also zeugen, Kinder zeugen, damit du mich nicht falsch verstehst.« Er hielt inne, und plötzlich sagte er: »Pass auf, jetzt gleich, gleich kommt der Vierachtzehner, jetzt kann wieder Geld gedruckt werden!«

Er holte einen seiner vielen Groschen, die er immer bei sich trug, aus der Hosentasche und legte ihn auf die Schiene. Der Vierachtzehner kam, pünktlich auf die Minute, vier Uhr achtzehn, wie an jedem Nachmittag. Wir liefen ein Stück die Böschung hinunter, trotzdem riss uns der Zugwind fast die Haare vom Kopf. Ich presste meine Hände auf die Ohren, weil ich Angst hatte, taub zu werden. Nilowsky hingegen lachte laut, mit weit offenem Mund und steil nach oben ausgestreckten Armen. Kaum dass der Zug vorbei war, sprang er zu der Stelle, an der er den Groschen auf die Schiene gelegt hatte. Der Groschen war so platt, wie er nur platt sein konnte, und so rund und breit wie ein Markstück. Nilowsky sagte: »Jetzt ist er verwandelt, das ist er, und veredelt ist er, und Spuren von ihm, die bleiben, für immer bleiben die an den Rädern des Zuges, kleben bleiben die und fahren durch Deutschland, durch Frankreich fahren die, durch Spanien. Mein Groschen, die Spuren von meinem Groschen, bis nach Spanien und noch weiter.«

»Aber die Zugstrecke«, wandte ich ein, »führt doch von Nord nach Süd, nach Südost genauer gesagt, nicht nach West. So kann man's auf dem Stadtplan sehen.«

»Denkst du etwa«, entgegnete Nilowsky, »man kann den Stadtplänen glauben? Das müsstest du doch eigentlich längst wissen mit deinen vierzehn Jahren, oder hast du noch nie was davon gehört, dass wir in einem Land leben, in dem Stadtpläne vom Staat gefälscht werden, hast du das noch nie gehört? Damit die Bevölkerung nie weiß, wo sie sich eigentlich befindet, ganz zu schweigen von den Zügen, die immer woanders hinfahren als auf den Plänen angezeigt. Hast du davon noch nichts gehört?«

»Nein«, antwortete ich und war mir sicher, dass es das einzig Richtige war, ihm in diesem Punkt nicht zu widersprechen. Stattdessen fragte ich: »Was machst du denn mit den verwandelten Groschen?«

»Was ich mit denen mache? Ganz einfach: Die sind mein Schatz, den hüte und beschütze ich, den Schatz, wie's sich eben gehört. Dafür wird er mich beschützen, wenn's drauf ankommt, das wirst du schon noch erleben, wirst du das.«

Er sagte es mit einem Trotz, dem etwas Optimistisches anhaftete, und ich dachte in diesem Moment daran, wie ich ihn, Reiner Nilowsky, ein paar Wochen zuvor überhaupt zum ersten Mal gesehen hatte. Kerzengerade hatte er hinterm Fenster vom *Bahndamm-Eck* gestanden, dessen Gardine zur Seite gezogen war. Er hatte ein Bierglas trocken geputzt und dabei neugierig abschätzend zu mir geschaut.

Ich war gerade von der Ladefläche des Umzugswagens gestiegen, doch bevor ich auf seinen Blick reagieren konnte, legte sich eine Hand auf seine Schulter. Ich sah nicht den Menschen, der zu dieser Hand gehörte, ich sah nur, wie die Hand ihn vom Fenster wegzog und Nilowsky sich zu diesem Ausdruck optimistischen Trotzes durchrang, den ich noch öfter an ihm wahrnehmen sollte.

2

Die Wohnung, in die wir, meine Eltern und ich, im September 1976 zogen, befand sich im dritten Stock des Eckhauses, in dem auch das *Bahndamm-Eck* war. Von meinem Zimmer aus sah ich den Bahndamm, kaum mehr als fünfzig Meter entfernt. Hundert Meter weiter stand das Chemiewerk, in dem mein Vater als leitender Ingenieur arbeitete. Diese neue, herausfordernde Arbeit, wie er sie nannte, auf dem Gebiet der Pharmazie, war der Grund für unseren Umzug gewesen. Ich hatte sein Fach, die Chemie, nie gemocht, nun aber hasste ich es. Ich hatte nicht aus Prenzlauer Berg fortziehen wollen, wo ich geboren worden war und mich wohl fühlte. Und schon gar nicht hatte ich an den Rand von Berlin gewollt, zu den laut ratternden Zügen, die das Eckhaus von unten bis oben zum Vibrieren brachten, zu den Schwefelabgasen, die sogar durch die Ritzen der geschlossenen Fenster drangen.

Nicht nur mein Vater, auch meine Mutter war glücklich mit dem Umzug. »Endlich mal ein kurzer Arbeitsweg«, sagte sie. »Und das bisschen Geruch – gar nicht der Rede wert.«

Kein Wunder, sie war Sekretärin in einem kleinen Büro gewesen, in dem es nach jahrzehntealten Aktenordnern roch. Jetzt arbeitete sie in diesem Chemiewerk als Chefsekretärin des Betriebsdirektors.

Von meinem Fenster aus sah ich meine Eltern, wie sie frohgemut, ja beinahe wie frisch verliebt das Haus verließen und durch die Bahndammunterführung in Richtung Chemiewerk gingen. Eine Stunde später musste ich zur Schule, in meine neue Klasse, in der ich ebenso wenig heimisch werden wollte wie in diesem Haus am Bahndamm. Nach der Schule fuhr ich ein ums andere Mal nach Prenzlauer Berg, um ehemalige Klassenkameraden zu treffen oder einfach durch die Straßen zu ziehen. Wenn ich abends von der S-Bahn-Endstation nach Hause lief, schaute ich bewusst nicht nach links und rechts, als sei jeder Blick auf meine neue Umgebung Verrat an meinen Gefühlen.

Eines späten Abends, drei Wochen nach unserem Umzug, war die Gardine des Kneipenfensters wieder zur Seite gezogen. Ich deutete das als Zeichen, und so kam ich ein Stück von meinem selbstverordneten Desinteresse ab und blickte durchs Fenster in die Kneipe. Ich sah Nilowsky hinterm Tresen Gläser spülen und Bier eingießen. Ich sah drei alte Männer an einem fleckigen Sprelacarttisch Karten spielen, ein vierter lag rücklings auf mehreren nebeneinandergestellten Stühlen. Er schnarchte, wie ich an den Bewegungen seines Mundes erkennen konnte. Einer der Kartenspieler rüttelte an ihm, aber der Mann schnarchte weiter. Nilowsky musste mich aus den Augenwinkeln wahrgenommen haben, denn er gab mir mit einer knappen Bewegung seines Kopfes ein Zeichen hereinzukommen. Als ich zögerte, lief er zur Tür hinaus und sagte: »Komm rein! Draußen servier ich kein Bier.«

Das hatte nichts von der Umständlichkeit, mit der er später oftmals redete. Das hatte den bärbeißigen Witz eines Wirtes oder eben eines Siebzehnjährigen, der so tut, als sei er ein Wirt.

»Wer bist *du* denn?«, rief mir einer der Kartenspieler zu, und der, der den Schlafenden gerüttelt hatte, sagte: »Setz dir zu uns!« Ich zog mir, überrascht wie ich war, einen Stuhl an den Tisch, und der dritte Kartenspieler fragte: »Kannste Skat?«

Mit dieser Frage schien die vorherige, wer ich sei, nicht mehr von Interesse zu sein. »Nein«, antwortete ich, »leider nicht.« Und Nilowsky rief vom Tresen rüber: »Der wohnt erst seit ein paar Tagen hier.« Das klang wie die Begründung dafür, dass ich nicht Skat spielen konnte. »Komm«, sagte er, »fass mal mit an!«

Er deutete auf den Schlafenden, und der, der ihn gerüttelt hatte, meinte: »Na, endlich. Wird ja Zeit, dass der wegkommt.«

»Du hältst ihn am Kopf, da hältst du ihn, ich zieh die Beine«, ordnete Nilowsky an. Ich nahm den Kopf in beide Hände, Nilowsky packte die Oberschenkel, und so hievten wir den langen, dürren Alten von den Stühlen herunter, während er weiterschlief und schnarchte, ohne dass sich sein riesiger Adamsapfel dabei bewegte.

»Der is so besoffen, der merkt von nischt wat«, sagte der, der von mir wissen wollte, ob ich Skat spielen kann, und der, der mich gefragt hatte, wer ich denn sei, meinte zu Nilowsky: »Wenn dein Alter weiter so säuft, is er bald für immer weg.«

Wir zogen Nilowskys Vater, Beine voran, durch einen dunklen Flur. Weil ich fürchtete, der Kopf des Alten könne vom Hals abreißen, bemühte ich mich, ruckartige Bewegungen zu vermeiden. Wir zogen ihn bis in sein Schlafzimmer, in dem es nach Bier und Schweiß und Zigarettenqualm stank. Dann hievten wir ihn aufs Bett, Nilowsky warf die Bettdecke über den Kopf des Vaters und sagte: »Könnte ihn umbringen, jetzt könnte ich das, wieder mal, wäre ganz einfach, ihn umzubringen, ganz einfach wäre das, einfach zudrücken, bis er keine Luft mehr kriegt. Aber würde schnell gehen, zu schnell würde das gehen, das Totsein, das wäre ja keine Qual für ihn, das wäre zu einfach, keine Qual ist nicht gut, hat er nicht verdient.«

Nilowsky nahm die Bettdecke vom Gesicht des Alten und erklärte: »Das war's. Muss wieder nach vorne, muss ich.«

Ich folgte ihm in den Gastraum, in dem die Skatspieler neue Biere forderten, die Nilowsky sogleich zu zapfen begann. Zu mir sagte er nur noch: »Danke dir. Mach's gut.«

Das klang so entschieden, dass ich, ohne ein Wort zu erwidern, hinausging. Ich fühlte mich gekränkt, denn ich hatte den Eindruck, er hatte mich nur hineingebeten, um seinen Vater wegzuschaffen.

Ich nahm mir vor, Nilowsky fortan nicht weiter zu beachten. Doch am nächsten Nachmittag beobachtete ich durch die offen stehende Kneipentür eine Szene, von der ich, schon als ich sie sah, wusste, dass ich sie wohl nie würde vergessen können: Ich sah, wie der Vater mit einem Feuerhaken auf seinen am Boden liegenden Sohn einschlug. Auf Rücken und Beine schlug er und auf die Arme, die Nilowsky schützend an den Kopf gepresst hatte. Im Rhythmus der Schläge brüllte der Vater: »Du hast mir nich anzufassen, is dir det klar, dass du mir nich anzufassen hast?« Nilowsky antwortete nicht. Er wimmerte vor sich hin, während der Alte abermals brüllte:

»Ob dir det klar is, ein für allemal, dass du mir nich anzufassen hast?«

Ich rannte in den Hausflur und die Treppe hoch. Ich schämte mich, Zeuge dieser Demütigung geworden zu sein, die ich, weil ich noch nie verprügelt worden war – nicht von meinen Eltern, von niemandem –, im Grunde genommen gar nicht nachvollziehen konnte. Ich fragte mich, ob ich ihm irgendwie hätte beistehen müssen. Ob die offen stehende Kneipentür gewissermaßen eine Aufforderung gewesen war, etwas für ihn zu tun. Ich hatte das Gefühl, versagt zu haben, wollte allein sein und schloss mich in mein Zimmer ein. Später rief mich meine Mutter zum Abendbrot. Als ich nicht reagierte, klopfte sie und rüttelte an der Tür. »Hast du was zu verbergen?«, fragte sie mich. »Oder warum schließt du ab?«

»Ich schließe ab, weil ich nicht hier wohnen will!«, schrie ich durch die geschlossene Tür, aber meine Mutter ging nicht darauf ein.

Mit Nilowsky sprach ich nie über das, was ich gesehen hatte, nicht einmal eine Andeutung machte ich. Ich fand auch nie heraus, ob er oder sein Vater mich überhaupt bemerkt hatten.

3

In den nächsten Tagen wagte ich mich nicht vor das Fenster oder die Tür der Kneipe. Wenn ich nach Hause kam, huschte ich in den Hauseingang und rannte die Treppe hoch, um so schnell wie möglich in unsere Wohnung zu gelangen. Vom Fenster meines Zimmers aus sah ich dann zum Chemiewerk hinüber und wünschte mir, dass es in Flammen aufgehen möge. Vielleicht reichte ja ein Leck in einer Rohrleitung, damit sich eine kleine Pfütze aus Säure bildete, die sich durch eine weggeworfene Zigarettenkippe in unaufhaltsames Feuer verwandelte. Meine Eltern sollten nicht sterben bei diesem Brand, aber ein für allemal nach Prenzlauer Berg zurückziehen.

Wenn sie sich am Abendbrottisch über ihre Arbeit unterhielten, tat ich so, als hörte ich überhaupt nicht hin. Einmal allerdings fiel es mir schwer, mein gespieltes Desinteresse aufrechtzuerhalten. »Ich frag mich«, sagte mein Vater, »weshalb die Afrikaner ausgerechnet zu uns ins Chemiewerk kommen müssen. Die begreifen noch nicht mal, was man ihnen erklärt, und am Ende lungern sie irgendwo rum, und man muss aufpassen, dass sie nicht heimlich saufen oder rauchen und die Sicherheit gefährden.«

»Das ist internationale Solidarität«, erwiderte meine Mutter. »Da läuft nicht immer alles so einfach. Dafür sind das eben Entwicklungsländer, aus denen die Menschen kommen.«

Die Afrikaner, so erfuhr ich aus dem weiteren Gespräch, waren schon seit fast vier Monaten in einer Wohnbaracke am Rande des Chemiewerks untergebracht. Und da internationale Solidarität offenbar eine Sache mit Geheimnissen war, wusste niemand im Werk, wie lange sie bleiben würden. Meinem Vater war aufgetragen worden, sie zu betreuen, und ich freute mich, dass zumindest diese Aufgabe ihm ausgesprochen missfiel.

Ein paar Nachmittage später suchte ich nach der Baracke. Es war nicht schwer, sie zu finden. Ich musste nur durch die Bahndammunterführung und etwa dreihundert Meter links entlang durch ein Waldstück, schließlich kam ich auf einen Trampelpfad, der direkt zu dem rotgelb angestrichenen Holzhaus führte. Die Abgase des Chemiewerks zogen über das Haus hinweg und vermischten sich mit einem daraus aufsteigenden stechenden Ingwerknoblauchgeruch, der den Schwefelgestank fast übertünchte. Diesen Geruch hatte ich bislang noch nicht gekannt. Er war so eigenartig und intensiv, dass ich mir sicher war, ihn nicht mehr zu vergessen.

Kein Mensch war zu sehen, nichtsdestotrotz hielt ich einen Abstand von mindestens dreißig Metern und verbarg mich außerdem hinter einem Baumstamm. Ich dachte: Möglicherweise wird einer dieser faulen, undisziplinierten Afrikaner irgendwann einmal seine Zigarettenkippe in eine Säurepfütze werfen. Havarie im Chemiewerk, das wäre was. Und dann hätten meine Eltern hier nichts mehr zu tun, und wir würden wegziehen.

Plötzlich hörte ich Schritte hinter mir. »Na, suchste jemanden?« Es war Nilowskys Vater. Ein Grinsen, das mir irgendwie freundlich erschien, spielte um seinen Mund. Trotzdem jagten mir die vom Saufen verquollenen Augen in dem knochigen, rot geäderten Gesicht Angst ein. »Kann ick dir vielleicht helfen, wenne jemanden suchst?«

»Ich suche niemanden«, antwortete ich und bemühte mich um eine feste Stimme.

Das Grinsen von Nilowskys Vater wurde immer breiter. »Wenne die Neger sehen willst, musste später kommen. Die sind noch uff Arbeit. Aber die Weiber kochen schon.«

»Ich weiß, dass die noch auf Arbeit sind«, behauptete ich. Und Nilowskys Vater, kurz und bündig: »Klar weißte das. Dein älterer Herr is ja zuständig für die.«

Das klang wie eine Drohung, auf eine bestimmte Art aber auch respektvoll. Und dieses altmodische *Dein älterer Herr* – so hatte noch niemand meinen Vater bezeichnet. Am liebsten hätte ich den alten Nilowsky gefragt, was *er* denn eigentlich hier mache. Doch das traute ich mich nicht. Stattdessen sagte ich: »Ich bin nur auf 'm Spaziergang hier. Die Gegend erkunden.« Das hörte sich nach Rechtfertigung an, und darüber ärgerte ich mich. Nilowskys Vater nickte verständnisvoll. Sein Grinsen verschwand jedoch nicht.

»Na denn spazier mal schön weiter«, rief er, drehte sich um und ging den Trampelpfad zurück.

Ich wartete ein paar Minuten, dann machte ich ebenfalls kehrt. Als ich den Bahndamm passierte, entdeckte ich Nilowsky. Er saß an der Böschung und zählte Geldstücke in seiner Hand. Hoffentlich, dachte ich, bemerkt er mich nicht. In diesem Moment hob er den Kopf und schaute zu mir. Er stand auf, steckte die Geldstücke in seine Hosentasche und kam auf mich zu. Er hinkte etwas. Ich dachte sofort: Das kommt von den Schlägen mit dem Feuerhaken.

»Na, hat er dich gesehen, als du an der Baracke warst? Ist ja kein Wunder, wenn er dich gesehen hat. Ist ja immer an der Baracke, immer wieder ist er da. Aber drin ist er nie. Nie, der Feigling. Schleicht bloß immer rum, aber drin nie, immer nur rum um die Baracke. Die dreckige Sau.« Nilowsky hatte sich in Rage geredet. »Was hat er gesagt? Oder wollte er was von dir wissen, einfach nur irgendwas von dir wissen?«

»Er dachte, ich suche jemanden.«

Nilowsky lachte. »Was ich selber denk und tu, trau ich jedem andern zu. Kennst du nicht das Sprichwort?«

»Ja«, sagte ich. »Kenne ich.« Und Nilowsky: »Na also.« Er kam näher an mich heran. »Bist du nicht neugierig? Wenn ich dir so ’n Sprichwort sage und nichts weiter dazu?«

»Doch«, antwortete ich. Und Nilowsky darauf: »Komm mit!«

Ich folgte ihm an der Böschung entlang und versuchte, sein Hinken zu ignorieren. Aber je schneller er ging, desto stärker hinkte er, und umso weniger gelang es mir, nicht darauf zu achten.

»Ich werd’ dir was verraten«, sagte er. »Ich werd’ dir verraten, warum er immer an der Baracke herumschleicht. Kommst du nämlich nicht drauf, warum er da immer an der Baracke. Ohne reinzugehen, immer nur drum herum.« Nilowsky lachte schadenfroh und wiederholte abermals: »Immer nur drum herum, die Niete, die hässliche versoffene Niete.« Er kicherte hämisch. »Du glaubst es nicht, du glaubst es einfach nicht. Aber ich verrat es dir. Du warst, bei der Baracke warst du, und deshalb verrat ich es dir. Er ist nämlich, die dreckige Mistsau ist scharf, scharf wie Nachbars Lumpi. Kennst du nicht das Sprichwort? Auf Neger-Wally, die hat's ihm angetan, auf die ist er scharf.«

Er blieb stehen und sah mich kurz an, prüfend, erwartungsvoll, ehe er weiterhinkte und ich ihm wieder folgte.

»Und Neger-Wally«, fragte ich, wobei mir die Frage mehr wie eine Feststellung vorkam, »die wohnt in der Baracke?«

»Nein«, antwortete Nilowsky. Es klang amüsiert: Wie könne ich nur auf so was kommen. »Neger-Wally, die wohnt auf der anderen Seite vom Chemiewerk, da wohnt Wally, auf der anderen Seite. Aber zu Besuch, sie ist oft zu Besuch in der Baracke. Bei den Afrikanern ist sie oft. In der Baracke, da kochen sie, und saufen tun sie und tanzen, und das ist noch nicht alles, was sie da machen in der Baracke, Wally und die Negermänner, und ein paar andere Frauen sind auch dabei. Mein Alter, der ist scharf auf Wally, aber er traut sich nicht rein in die Baracke. Und wenn er besoffen ist und die Kneipe zu und er glaubt, dass er allein ist, verflucht er sie. ›Geile Fotze‹, sagt er, ›du blöde geile Fotze‹, und reibt seinen Schwanz, die geile Sau. Bis es ihm kommt, reibt er seinen Schwanz. Und ich klau ihm die Groschen aus der Kasse, wenn er seinen Schwanz reibt und Wally ›Geile Fotze‹ nennt, und er kriegt das gar nicht mit, so geil ist er, die dreckige Mistsau.«

Nilowsky blieb wieder stehen und holte aus seiner

Hosentasche eine Handvoll Groschen hervor. »Da, guck sie dir an die Groschen, alles meine jetzt. Aber du verrätst mich nicht, ist das klar!«

Er schaute mir in die Augen, bittend, drohend, ich hätte nicht sagen können, was von beidem überwog.

»Ist klar«, versicherte ich, wie jemand, der mit fester Stimme einem Befehl zustimmt.

Nilowsky nickte zufrieden, dankbar, wie mir schien. Dann sagte er, fast schroff: »So, muss jetzt allein sein. Hab zu tun.«

Wieder dieses abrupt Abschließende. Aber es irritierte mich nicht mehr. Es kam mir, seltsamerweise, fast schon vertraut vor.

»Klar«, sagte ich. »Bis bald, tschüss«, und ging, verwundert darüber, dass ich »Bis bald« gesagt hatte, davon. Ich wusste nicht, ob ich ihn denn tatsächlich bald wiederzusehen wünschte oder ob ich ihm nur Sympathie zeigen wollte, weil ich gesehen hatte, wie er verprügelt worden war und weil ich eigentlich Angst vor ihm hatte.

4

Es freute mich, dass ich mich meinen Eltern zum ersten Mal in meinem Leben überlegen fühlen konnte: Ich sah die faulen, undisziplinierten Afrikaner als meine Verbündeten an und diese Frau namens Neger-Wally gewissermaßen als eine Verbündete meiner Verbündeten. Meine Neugier, sie und die Afrikaner, wenigstens einige von ihnen, kennenzulernen, wuchs von Tag zu Tag. Allerdings wollte ich nicht wieder die Baracke beobachten und dabei von Nilowskys Vater überrascht werden. Am liebsten wäre ich einfach hineingegangen. Tür auf, hallo und rein. Doch das wagte ich nicht. Stattdessen hatte ich eine Idee, die zwar nicht besonders elegant war, aber auf Eleganz kam es mir auch nicht an. Ich ließ meinen Wohnungsschlüssel in meinem Zimmer liegen, um einen Vorwand zu haben, nach der Schule zu meiner Mutter ins Chemiewerk zu gehen und sie um ihren Schlüssel zu bitten.

»Junge, Junge«, sagte meine Mutter, »Schlüssel hast du ja noch nie vergessen. Nicht dass du uns jetzt noch schusslig wirst.«

»Könnte passieren«, erwiderte ich und täuschte Besorgnis vor.

»Bloß nicht«, meinte meine Mutter und gab mir ihren Schlüssel.

Ich verließ das Chefbüro und ging im Werk umher.

Natürlich achtete ich darauf, so wenig wie möglich gesehen zu werden. Ich verbarg mich hinter Pfeilern und Mauervorsprüngen, und auf einmal entdeckte ich drei schwarze Männer, nebeneinander auf einer Rohrleitung sitzend, die dicht über dem betonierten Boden verlief. Die drei waren vielleicht Anfang zwanzig, hatten große, runde Gesichter und breite, flache Nasen. Sie trugen blaue Arbeitsanzüge und kauten auf etwas herum, langsam und gleichmütig.

»Hallo«, sagte ich.

»Hallo«, antwortete der, der in der Mitte saß. »Gehen gleich wieder an Arbeit«, fügte er hinzu. »Nur kurz Pause.«

»Von mir aus«, sagte ich, »könnt ihr ruhig weiter Pause machen.«

Der Mittlere schmunzelte mir zu und meinte: »Ja. Ist gesund Pause.«

Er ist bestimmt der Sprecher der drei, dachte ich und wunderte mich deshalb nicht, dass mich die beiden anderen kaum beachteten. »Woher kommt ihr?«, fragte ich ihn.

»Mozambique«, meinte er. »Maputo, Hauptstadt. Sollen lernen. Chemiefacharbeiter. Internationale Solidarität von Proletariat. Deshalb Sozialismus und Revolution wird siegen in Afrika.«

Dieser Text wirkte wie auswendig gelernt, und ich hatte schon Lust zu sagen: Ich bin nicht euer Lehrer, mit mir müsst ihr nicht so reden. Stattdessen fragte ich: »Und warum, wenn das so ist, sitzt ihr hier rum?« Darauf der Sprecher: »Brauchen auch Pause für Revolution. So einfach.«

In meinen Ohren klang das schlüssig, geradezu logisch. Für meine Eltern jedoch, dachte ich, ist das natürlich unbegreiflich. Auf einmal kam mein Vater auf uns zu, wie aus dem Nichts. »Ich sehe wohl nicht richtig«, rief er den Mozambiquanern zu. »Macht euch an die Arbeit, aber fix!«

Die drei standen unverzüglich und ohne Widerrede auf, doch so eilig sie auch davongingen, sie behielten ihren Gleichmut.

»Und du?«, fragte mein Vater. »Was machst du hier seit über 'ner halben Stunde? Der Pförtner hat sich ganz aufgeregt bei mir gemeldet, sagte, du wolltest nur mal schnell den Wohnungsschlüssel holen und kommst einfach nicht zurück. Was soll das? Du kannst hier nicht ohne Erlaubnis ... Was hast du mit den Afrikanern geredet?«

»Über dich«, antwortete ich, »haben wir geredet. Dass du nicht kapierst, dass Revolution und Pause zusammengehören. Dass du nur immer an deine Arbeit denkst und dass dir deshalb alle andern Menschen egal sind.«

Ich ging, ohne eine Reaktion abzuwarten. Ich wusste in diesem Moment schon, was mich am Abendbrottisch erwarten würde: ein pädagogisches Gespräch, wie meine Eltern das nannten.

»Ich arbeite deshalb so viel, damit es uns gut geht«, begann mein Vater. »Insofern«, fügte meine Mutter hinzu, »ist ihm seine Familie überhaupt nicht egal, das ist ja wohl klar.« – »Und die Mozambiquaner«, erläuterte mein Vater, »die sind eben anders als wir. Deshalb bleiben sie auch nach der Arbeit unter sich in ihrem Wohnheim.« – »Na ja«, korrigierte nun meine Mutter, »so ganz unter sich sind sie ja nicht. Oder wie soll man das mit den Frauen sehen, von denen sie sich verbotenerweise besuchen lassen?«

Ich wollte schon fragen, was für Frauen sie denn meine, doch mein Vater ließ mich nicht zu Wort kommen. »Und genau deshalb«, sagte er, »sollst du, weil du noch ein junger Mensch bist und abgesehen davon mit den Mozambiquanern sowieso nichts zu schaffen hast, am besten jeglichen Kontakt zu ihnen vermeiden.«

»Ja«, bekräftigte meine Mutter, »das ist das Beste für dich.« Und dann fragte sie: »Hast du denn eigentlich schon einen Freund in deiner Klasse?«

»Nein«, erwiderte ich.

»Und sonst, hier im Wohngebiet vielleicht?«, erkundigte sich mein Vater.

Ich überlegte kurz und sagte, als gäbe es nichts Selbstverständlicheres: »Ja. Nilowsky, Reiner Nilowsky, der Sohn vom Wirt aus 'm *Bahndamm-Eck*.«

Meine Eltern schauten mich ungläubig an.

»Wie kommst du denn auf den?«, fragte mein Vater.

»Na, immerhin wohnt er im selben Haus wie wir«, antwortete ich.

»Der ist nun aber bestimmt nicht das richtige Milieu für dich«, meinte meine Mutter.

Ich stand auf und sagte: »Wenigstens meine Freunde darf ich mir doch noch aussuchen, oder?«

Ich ging in mein Zimmer. Freute mich, dass ich meine Eltern verblüfft hatte. Plötzlich aber hatte ich auch Angst: Was wäre, wenn meine Mutter zu Nilowsky ginge und ihm mitteilte, dass sie eine Freundschaft zwischen mir und ihm nicht wünsche? Ich hatte keine Ahnung, wie Nilowsky reagieren würde. Allein der Gedanke daran bereitete mir Unbehagen. Mir kam wieder in den Sinn, wie er bei offener Kneipentür von seinem Vater verprügelt worden war. Als Freund, sagte ich mir, hätte ich ihm helfen müssen, irgendwie. Vielleicht war das eine Prüfung für mich gewesen.

Mit diesem Gedanken lag ich nachts wach im Bett. Ich fragte mich auch, was die Mozambiquaner wohl von mir hielten. Könnte doch sein, dass sie mich als eine Art Aufpasser ansahen. Als einen Spion im Dienste meines Vaters. Auf einmal glaubte ich mich zu erinnern, dass der Sprecher der drei mich strafend angesehen hatte, bevor sie, von meinem Vater ermahnt, davongezogen waren.

An das Vibrieren, das die vorbeifahrenden Züge erzeugten, hatte ich mich inzwischen gewöhnt. Auch den Gestank vom Chemiewerk fand ich nicht mehr ganz so furchtbar. Aber dass ich mit meiner Neugier vielleicht als Spion oder sogar als Feind angesehen wurde, war nichts, woran ich mich hätte gewöhnen können.

5

Am nächsten Tag passte mich Nilowsky auf meinem Weg von der Schule nach Hause ab.

»Hallo, grüß dich«, sagte er betont lässig.

»Hallo«, erwiderte ich, bemüht, seinen Ton zu treffen.

»Roberto hat mir von dir erzählt«, fuhr Nilowsky fort, während wir nebeneinander hergingen und er immer noch ein wenig hinkte. »Ihr habt euch unterhalten. Er fand dich sehr nett.«

Roberto hieß er also, der Sprecher der drei Mozambiquaner. Dass er mich, warum auch immer, sehr nett fand, entspannte mich. »Danke. Ich fand ihn auch sehr nett.«

»Er war im Widerstand gegen die Kolonialherren«, berichtete Nilowsky. »Sie haben seine Mutter umgebracht. Wenn er zurück ist, wird er sie rächen.«

So wie Nilowsky das sagte, ließ er keinen Zweifel daran, dass Roberto das tun werde. »Die Kolonialherren«, meinte er weiter, »treiben nämlich immer noch ihr Unwesen, obwohl die Revolution gesiegt hat. Jedenfalls vergeht für Roberto kein Tag, an dem er nicht an seine Rache denkt, kein Tag.«

Nilowsky war ziemlich stolz auf den Mozambiquaner, ein Vorbild an Willenskraft. »Weißt du eigentlich«, fragte er, »warum es hier drei Grad wärmer ist als anderswo in Berlin?«

»Nein«, antwortete ich. »Ist das denn so?«

»Und ob das so ist. Also, zwei Grad wärmer ist es durch das Chemiewerk, ich meine die Schwefelabgase, die das Werk ausstößt, diese stinkenden Schwefelabgase. Aber woher das dritte Grad?« Er wartete keine Antwort ab, er rechnete wohl auch mit keiner. »Klar, das ist ein großes Geheimnis. Aber ich kenne es, das Geheimnis. Vor vier Monaten, da wurde es, um ein Grad wärmer wurde es da. Zu dieser Zeit, vor genau vier Monaten, sind sie hier angekommen, die Mozambiquaner, aus ihrer Hauptstadt Maputo, neun Mann. Das Holzhaus war vorher angestrichen worden, rotgelb, so hatte die Betriebsleitung das Holzhaus anstreichen lassen. Haben sich zuvor wahrscheinlich erkundigt, bei der FRELIMO, so nennen sich die Revolutionäre in Mozambique, wie die Baracke angestrichen werden soll. Aber dass es mit den Mozambiquanern wärmer wurde, genau ein Grad, das hat die Betriebsleitung nicht bemerkt, das hat niemand hier bemerkt. Nur ich, ich hab es bemerkt. Ein Grad, das haben sie nämlich mitgebracht, die Mozambiquaner, das eine einzige Grad. Niemand weiß das. Nur ich. Und du hältst dicht, ist das klar?«

Das nächste Geheimnis, das er mir anvertraute. »Ja, ich halte dicht«, versicherte ich.

»Gut.« Es klang tief befriedigt. »Würde auch gern im Chemiewerk lernen, das würde ich gern. Aber muss bei meinem Alten, muss ich lernen. Lehre in der Gastronomie, bei ihm. Soll die Kneipe übernehmen, wenn er mal nicht mehr ist. Wer nischt wird, wird Wirt. Kennst du nicht das Sprichwort? Aber ich werd' schon noch was werden, kannst du Gift drauf nehmen.«

Mit dieser Bemerkung bog er in eine Nebenstraße ab

und ging eilig davon. Ich sah ihm nach, seinen langen staksigen Beinen, den weit ausholenden Armen, und so sehr ich auch darauf achtete, er hinkte nicht mehr.

Noch am Abend desselben Tages fuhr ich mit einem Thermometer nach Treptow, nach Prenzlauer Berg, nach Pankow, und überall war es tatsächlich drei Grad kälter als in der Gegend um das Chemiewerk herum, in dem neun Mozambiquaner arbeiteten.

6

In den nächsten Wochen traf ich mich regelmäßig mit Nilowsky. Nicht vor oder gar in der Kneipe, nein, alle zwei, drei Tage passte er mich auf meinem Weg von der Schule nach Hause ab und ließ sich von mir begleiten. Meist liefen wir einfach in der Gegend umher, wobei es mir immer so vorkam, als hätte er einen genauen Plan für die Wege, die wir zurücklegten. Oft kamen wir auf diesen Wegen auch am Bahndamm vorbei, weit genug vom *Bahndamm-Eck* entfernt, sodass sein Vater uns nicht sehen konnte. Wenn wir am Bahndamm waren, erläuterte er, wann genau die Züge vorbeifuhren, auf die Minute genau konnte er das sagen. Einmal, als der Vierachtzehner kam, legte er wieder einen seiner Groschen auf die Schiene, und der Vierachtzehner fuhr ihn platt, so platt wie es nur möglich war, und nahm Spuren von ihm an seinen Rädern mit, nach Westdeutschland, nach Belgien, Frankreich, Spanien, Portugal. Revolutionäre Spuren, sagte ich mir, für den kapitalistischen Teil Europas; bis das Meer kam, der Atlantische Ozean, und es nicht mehr weiterging. Auch wenn es mir nicht ganz logisch vorkam, dass die Züge, die Nilowskys Groschen verwandelten und veredelten, in Richtung Westen fuhren, begann ich, ihm zu glauben. Ich fragte mich, ob es ein Merkmal von Freundschaft sei, wenn man jemandem glaubt, obwohl es einem nicht ganz logisch erscheint.

Wir gingen stumm nebeneinander her. Es hatte beinahe etwas Feierliches. Ein paar Straßen weiter begann er von der Befreiung Afrikas zu reden und von der Ausrottung der letzten Kolonialherren. Die Namen der Länder, die er nannte – Angola, Äthiopien, Sambia, Mozambique, Uganda, Tansania –, klangen für mich wie Verheißungen, deren Erfüllung unmittelbar bevorstand. Vielleicht, sagte er, werde er in einem dieser Länder eines Tages ein Chemiewerk errichten, eines, das Lebensmittel produziere, in Form von Tabletten, damit in Afrika oder irgendwo sonst auf der Welt nie mehr Hunger herrsche. Er lachte und sagte: »Jedenfalls nicht so ein Chemiewerk wie bei uns hier, das nicht, auf keinen Fall. Nicht so eines, das Kopfschmerztabletten produziert und dabei so sehr stinkt, dass die Menschen Kopfschmerzen kriegen. Ist doch absurd, oder etwa nicht?«

»Ja«, antwortete ich, »das ist absurd«, und Nilowsky fuhr fort: »Oder Kneipen, die wird es in Afrika auch nicht geben, keine einzige Kneipe. Höchstens ein paar Restaurants, mit richtig gutem Essen, also, in diesem Fall mal keine Tabletten, sondern Hummer oder Antilopenfleisch, all so was, und alles mit Ingwer und Knoblauch, und zum Dessert – so nennt sich das, was man nach dem Essen isst – Papayas, Mangos und gebratene Bananen. Und nach dem Dessert, zur Verdauung, nur dazu, auch mal ein Gläschen Likör oder Weinbrand, aber nur ein Gläschen. Keinen Klaren, überhaupt keinen Fusel, auch kein Bier, denn davon kriegst du nur Kopfschmerzen, und um Kopfschmerztabletten zu produzieren, dafür werden die afrikanischen Chemiewerke zu schade sein. Klar, oder?«

»Klar, leuchtet mir ein.« Es leuchtete mir tatsächlich

ein. Wozu, dachte ich, soll man Kopfschmerztabletten herstellen, wenn man stattdessen alle möglichen Ursachen von Kopfschmerzen beseitigen kann? Und plötzlich verstand ich auch, warum die Mozambiquaner im Chemiewerk hinterm Bahndamm faul und undiszipliniert waren. Sie hoben ihre Kräfte auf für die Produktion von Lebensmitteln in Tablettenform, so einfach war das. Ich erläuterte Nilowsky meinen Gedanken, und er sagte: »Siehst du, jetzt begreifst du auch, was Roberto mit ›Pause‹ und ›Revolution‹ meinte: Er macht jetzt Pause, um später, wenn er zurück in seiner Heimat ist, die Revolution weiterführen zu können, deshalb macht er Pause. Klare Sache, oder? Kapiert bloß keiner hier bei uns im Osten.«

Nilowskys Logik begann mich zu faszinieren. Sie war etwas Kostbares, das mir immer vertrauter wurde. »Die meisten von den Säufern im *Bahndamm-Eck*«, fuhr er fort, »sind Arbeiter im Chemiewerk, die meisten von denen, und nach Feierabend bekämpfen sie ihre Kopfschmerzen. Mit Bier und Schnaps und Skatspielen bekämpfen sie die. Das geht, solange geht das gut, bis sie frühmorgens aufwachen und die Kopfschmerzen stärker sind als am Feierabend. So kommt es, dass sie massenweise von den blöden Tabletten nehmen, die sie selber produzieren.«

»Dadurch«, ergänzte ich, »haben sie wenigstens immer gut zu tun, die Arbeiter, oder?«

»Genau so ist es«, bestätigte Nilowsky. »So langsam kommst du dahinter.«

»Und dein Alter?«, fragte ich.

»Mein Alter, der ist so versoffen, ist der, der hat die Kopfschmerzen schon weggesoffen.« Er grinste hämisch. »Ein Wunder, dass er es noch schafft, sich einen runterzuholen, so versoffen wie der ist. Muss so scharf sein auf Wally, so scharf muss der sein, aber hat keine Chance, keine bei Wally, nicht ein bisschen.«

»Dürfte ich denn«, fragte ich, »Wally mal kennenlernen oder wenigstens mal sehen?«

Nilowsky gab keine Antwort. Das war für mich Grund genug, nicht mehr nach Wally zu fragen. Sicherlich hätte ich ihr nachspionieren und sie beobachten können, wie sie in die Baracke ging oder die Baracke verließ, doch ich hatte Angst vor einer abermaligen Begegnung mit Nilowskys Vater. Vor allem aber hätte ich das Gefühl gehabt, gegen Nilowskys Willen zu verstoßen, und das wollte ich nicht.

7

Zwei Wochen später, an einem dunklen, verregneten Nachmittag Ende Oktober, sagte er, kaum dass er mich auf dem Nachhauseweg abgepasst hatte: »Muss zu Wally, muss ich. Soll ihr von Roberto was ausrichten. Willst du mitkommen?«

Ich antwortete nicht, sondern blieb einfach an seiner Seite. Wir gingen durch eine fast zwei Kilometer entfernt liegende Bahndammunterführung. Nachdem wir eine ganze Weile schweigend nebeneinander hergelaufen waren, sagte Nilowsky: »Niemand soll sehen, dass wir zu Wally gehen. Deshalb der Umweg.« Ich fühlte mich, als sei ich an einer geheimen Mission beteiligt; von mir aus hätte der Umweg noch größer sein können.

Schließlich standen wir vor einem vierstöckigen Haus, auf der anderen Seite des Chemiewerks. Nilowsky klopfte in einem bestimmten Rhythmus – zweimal lang, zweimal kurz – gegen eine heruntergelassene Jalousie im Erdgeschoss. Die Jalousie wurde hochgezogen und das Fenster geöffnet. Nilowsky stieg in die Wohnung, und ich folgte ihm.

Wally war klein und kräftig und Anfang fünfzig. Wie viele Frauen in dieser Zeit trug sie eine Kittelschürze aus Dederon. Ihre braune Haarfärbung war fast herausgewachsen aus den glatt nach hinten gekämmten grauen Haaren, die ihr einen Ausdruck von Strenge gaben. »So ein Mistwetter aber ooch«, sagte sie. »Will man nischt von mitkriegen.«

Sie ließ die Jalousie wieder herunter und fragte Nilowsky: »Wat willste? Und wen haste da mitjebracht?«

»Das ist ein Freund von mir. Der ist absolut vertrauenswürdig, ist er.«

Ich fühlte mich noch mehr als zuvor wie auf einer Geheimmission. Und dass mich Nilowsky als Freund bezeichnet hatte, trieb mir vor Freude die Tränen in die Augen. Zugleich ängstigte es mich, weil ich nicht wusste, was er mir als Freund alles zutrauen würde.

»Wusste gar nich, dass du Freunde hast«, sagte Wally, doch dann musste sie gesehen haben, wie sehr sie ihn mit dieser Bemerkung getroffen hatte, und schickte schnell hinterher: »Ick freu mir, dass du mal wieder jekomm bist. Ick freu mir sehr.«

Mit diesen Worten nahm sie Nilowsky in die Arme, der sich, damit das überhaupt möglich war, weit zu ihr hinabbeugte.

»Ich soll dir was von Roberto ausrichten«, sagte er und löste sich aus ihrer Umarmung.

»Wat will der mir denn ausrichten?«, fragte Wally, obwohl sie sich das, wie es den Anschein hatte, schon denken konnte.

»Er will, dass du wieder kommst. Das will er. Dass du wieder dabei bist, will er.«

»Kann ick mir vorstellen, dass er dit will«, rief Wally aus und ließ sich auf ihr Sofa plumpsen. »Aber denn soll er mir nich mit Elli eifersüchtig machen. Dit kannste ihm mal erklären.«

»Elli ist sechsundsechzig«, sagte Nilowsky. »Das ist viel zu alt fürs Eifersüchtigmachen.«

»Hast du ’ne Ahnung«, konterte Wally. »Zu Elli sag ick nur: Umso oller, umso doller. Außerdem bringt die ja immer die schönsten Sachen aus ’m Westen mit. Ick denk nur an die janzen Jewürze, so ’ne Jewürze kriegen die Afrikaner noch nich mal in Afrika. Nich mal in Maputo oder wie sich die ihre Hauptstadt schimpft. Wegen die Jewürze sind alle so scharf uff Elli, da macht dit ooch nischt, dass sie schon Rentnerin is. Aber jut, dit is nich allet. Dit is, für mir jedenfalls, nich der Hauptgrund.«

Wally machte eine Pause, um kräftig auszuatmen. Nilowsky wusste wohl, worauf sie hinauswollte. Er erwartete es geradezu gespannt, ja lustvoll. »Wollt ihr wat trinken?«, fragte Wally.

»Danke«, entgegnete Nilowsky.

»Und du?« Wally blickte mich an.

»Danke«, sagte ich.

»Also ick brauch erstmal ’n Eierlikörchen«, stellte Wally fest, und Nilowsky sagte: »Ich trink keinen Alkohol, nie im Leben werde ich Alkohol trinken, außer mal nach dem Essen, aber das muss schon ein Festmahl sein, das muss es schon sein, damit ich ausnahmsweise mal, einen guten Weinbrand zum Beispiel.«

»Hast ja recht«, bemerkte Wally einsichtig. »Nich dass ick noch so ’ne Suffdrossel werde wie dein Vater, nee, so ’ne Suffdrossel, die will ick ja nich werden, bloß nich, bloß dit nich.«

Nilowsky lächelte zufrieden.

»Dit is er nämlich, der Hauptgrund«, fuhr Wally fort. »Dass ick nämlich Angst hab vor dein’ Vater. Der lauert mir uff, wenn ick zu die Afrikaner geh, und deshalb geh ick nich mehr da hin. Der bringt mir noch um, wenn dit so weitergeht. Aber wat soll ick denn machen? Wenn ick zur Polizei geh, sagen die nur, ick soll nich so viel mit die Neger. Wenn ick nich so viel mit die Neger, wird er sich ooch wieder beruhigen, dein Vater, sagen die.«

»Brauchst nicht zur Polizei«, erwiderte Nilowsky. »Da hast du nichts verloren.«

Wieder Wallys verblüffter Blick, der diesmal auch zu mir ging. Als wäre ich möglicherweise der Grund dafür, dass sie es überhaupt nicht nötig hätte, zur Polizei zu gehen.

»Warum könntest du, warum könntest du niemals mit ihm?«, fragte Nilowsky. Es klang wie in einem Verhör, und Wally prompt: »Na, hör mal! Dit kannste dir wohl selber denken.«

»Vielleicht hab ich es vergessen«, antwortete Nilowsky.

Wally schüttelte verwundert den Kopf. Dann sagte sie in einem Hochdeutsch, das ich ihr nicht zugetraut hätte: »Du machst mir Spaß. Er hat … Deine Mutter hat er auf dem Gewissen. Wie er sie behandelt hat, der furchtbare Kerl. Deine arme Mutter …«

»Das reicht!«, unterbrach Nilowsky. Und Wally: »Hastet wohl doch nich vergessen.«

»Ich wollte es noch einmal hören. Deshalb!« Seine Stimme war hart, dennoch meinte ich ein Zittern in ihr wahrgenommen zu haben. »Außerdem, wir müssen weiter, müssen wir.«

»Jetzt wollt' ick mir«, sagte Wally, »vor lauter Ärger aber trotzdem noch schnell 'n Eierlikörchen jenehmigen, da haut ihr uff eenmal ab.«

Nilowsky ging zur Wohnungstür, ich folgte ihm.

»Entschuldige bitte, Reiner, ick wollt dir nich zu nahe treten, aber du hast mir jefragt …«

»Ist gut!«, unterbrach Nilowsky sie erneut.

Kaum dass wir das Haus verlassen hatten, eroberte er sich wieder diese Haltung von optimistischem Trotz und sagte: »Das war Wally. Wie sie leibt und lebt. Und jetzt schauen wir mal bei Elli vorbei. Du solltest auch Elli kennenlernen. Hast ja gehört: umso oller, umso doller. Da werden wir jetzt hingehen.«

Elli wohnte ebenfalls in einer Erdgeschosswohnung, ein paar Straßen weiter, auf dem dritten Hinterhof. Sie war eine dralle Frau, mit Kugelbauch und Kugelkopf und blondierten Haaren. »Wat denn, schickt dir Wally?« Das waren, statt einer Begrüßung, ihre ersten Worte, und Nilowsky erwiderte: »Nein, das war schon meine eigene Idee, war das. Das ist mein Freund, Markus Bäcker.«

Es war das erste Mal, dass er in meinem Beisein meinen Namen sagte. Es klang feierlich und zugleich vertraut. Elli musterte mich kurz, und mit einem knappen Kopfnicken gab sie zu verstehen, dass sie gegen mich nichts einzuwenden hatte. Wir folgten ihr in die Küche. Der Geruch von verschiedenen Gewürzen, der uns schon im Hausflur empfangen hatte, drang nun mit einer Stärke auf uns ein, dass ich nur noch sehr vorsichtig zu atmen wagte, aber mit jedem Atemzug meinte, etwas Neues zu riechen, das mich belebte, ja meine Sinne anstachelte. »Ick hab vorhin jekocht«, sagte Elli stolz. »Und wenn ick koche, sind alle meine Jewürze dabei.«

Auf einem Regal über dem Kochherd war eine ganze Reihe von Fläschchen, ordentlich nebeneinander aufgestellt, und auf diesen Fläschchen standen Namen, die ich noch nie gelesen hatte: Kardamom, Safran, Sesam, Chili, Piment, Muskat, Ingwer, Kurkuma, Koriander, Soumbala, Oregano. Das war etwas anderes als Salz und

Pfeffer, das war nicht weniger als die große weite Welt auf einem kleinen klapprigen Küchenregal.

»Staunste, wa?«, sagte Elli zu mir. »Meinste etwa, die hab ick jekooft? Nee, jekooft hab ick die nich. Die hab ick jeklaut, im KaDeWe hab ick die jeklaut. Wat dit große Kaufhaus is, drüben, inne Nähe vom Bahnhof Zoo. Und weeßte, warum ick die jeklaut hab? Janz einfach: Weil ick den Klassenfeind schädigen wollte, wenne verstehst, wat ick meine. Bin eben janz uff der Linie von unserm Staat.«

Sie lachte und stampfte mit dem Fuß auf beim Lachen, sodass die Gewürzfläschchen auf dem Regal wackelten.

»Ich dachte«, sagte Nilowsky in ihr Lachen hinein, »du willst, dachte ich, Roberto mit den Gewürzen imponieren.«

»Ach, Roberto.« Elli winkte lässig ab, obwohl sie verärgert war über Nilowskys Behauptung. »Hör mir bloß uff mit Roberto und seine Truppe. Von mir lassen sie sich bekochen, aber scharf sind sie uff die jungen Weiber. Jeht nich jung genug. Oder wie alt is die Carola, die is doch keene achtzehn ...«

»Hör auf!«, rief Nilowsky laut, aber Elli sagte mit einem leicht hämischen Grinsen: »Ach, kiek mal an, die Carola. Na ja, ick hab mir sowieso schon jedacht, dass du 'n Auge uff sie jeworfen hast.«

»Hab ich überhaupt nicht, hab ich das«, entgegnete Nilowsky. »Aber du musst ja immer alles ganz genau wissen. Wahrscheinlich weil du dich so toll fühlst, weil du Gewürze aus 'm Westen klaust, deshalb fühlst du dich wahrscheinlich so toll, wie 'ne Hellseherin, die alles weiß, fühlst du dich.«

Nilowsky war fast ins Stottern geraten, so aufgeregt war er und so bemüht, diese Aufgeregtheit nicht zuzulassen oder wenigstens zu überspielen. »Wir müssen weiter«, sagte er und verließ schnurstracks Ellis Wohnung. Mir blieb wieder nichts anderes übrig, als ihm eilig zu folgen.

»Weißt du«, fragte er, als wir wieder auf der Straße waren, »warum ich dich mitgenommen hab zu Wally und zu Elli? Weil man bei denen nie sicher sein kann. Hast ja gehört: umso oller, umso doller. Stell dir mal vor, die wären mir an die Wäsche gegangen. Kann dir passieren, dass die dich vernaschen. Das kann dir bei denen passieren. Nur schnell weg, bevor die noch auf dumme Gedanken kommen, das sag ich dir.«

Ich hätte mich nicht gewundert, wenn wir nun noch weitere ältere Frauen in Erdgeschosswohnungen oder sonst wo aufgesucht hätten, die für Roberto und die anderen Mozambiquaner kochten und die Nilowsky angeblich vernaschen wollten. Aber wir liefen zurück zum Bahndamm, ohne auch nur ein weiteres Wort zu wechseln. Als wir die Böschung hinaufgingen, meinte Nilowsky: »Bevor du nach Carola fragst, so neugierig wie du bist, verrat ich dir, was mit Carola ist und mit mir, das verrat ich dir lieber, besser als wenn du mich immer mit Fragen löcherst, mit deiner Neugier.« Ich hätte es nicht gewagt, ihn zu fragen, geschweige denn mit Fragen zu löchern, aber das sagte ich nicht. »Also, es ist so: Carola, die ist meine Braut. Ist sie. Also, von wegen Auge auf sie geworfen. Das wär ein bisschen wenig. Meine Braut, das ist sie. Ein für allemal. So, nun weißt du Bescheid. Und wenn du einem was davon verrätst, leg ich dich auf die Schienen, wie 'nen Sack voll Groschen, bis ein Zug dich plattdrückt, nur wenn du einem Einzigen was davon erzählst. Darauf kannst du Gift nehmen, wenn du einem was verrätst, das kannst du.«

Wir waren zwischen den Gleisen angelangt, und ich sah, wie vom Norden her ein Schnellzug auf uns zukam. Gleichzeitig hörte ich Nilowsky neben mir jubeln: »Das ist der Siebzehnneuner, ist das, der Siebzehnneuner.«

Er packte mich an den Armen, derart heftig, wie mich noch nie jemand gepackt hatte. Ich erschrak so sehr, dass ich mich losriss, die Böschung hinunterrannte, stolperte, stürzte, zu heulen anfing und die Arme vors Gesicht presste, um meine Tränen nicht zu zeigen. Während der Zug vorbeidonnerte, spürte ich, wie Nilowsky mich umfasste, an der Schulter, an den Beinen, mich hochhob und weiter die Böschung hinuntertrug. Ich fühlte mich geborgen in seinen Armen und musste noch heftiger heulen, so heftig, dass mein Körper bebte. Nilowsky drückte mich fest an sich und sagte: »Ist gesund, wenn man heult, richtig heult. Kann ich gar nicht mehr, so richtig heulen, ist gesund.«

Als der Zug vorüber war, beruhigte ich mich wieder. Ein Sack voll Groschen, dachte ich immer wieder. Ich sagte nichts dazu. Schweigend gingen wir nach Hause.

8

Ich hatte in der kurzen Zeit, in der ich am Bahndamm wohnte, schon mehr über Nilowsky erfahren – von ihm selbst, von anderen –, als ich über meine Schulkameraden aus dem Prenzlauer Berg wusste. Und das sollte bei Weitem noch nicht alles gewesen sein.

Aber vorerst war er weg. Es war das erste Mal, seit wir uns kannten, dass er einfach weg war. Ich sah ihn weder in der Kneipe noch am Bahndamm noch sonst irgendwo. Vielleicht, dachte ich, ist er krank geworden und liegt zu Hause in seinem Bett. Obwohl das nicht zu ihm passte, wie ich fand: krank sein und im Bett liegen. Was auch immer war, ich vertraute darauf, dass er sich wieder bei mir melden würde. Ich wusste nicht, woher diese Gewissheit kam, sie war einfach da. Nach zwei Wochen jedoch sprach mich sein Vater an. Ich hatte kaum den Hausflur betreten, da kam er mir aus der Hintertür seiner Kneipe entgegen. »Na, wie jeht's? Allet noch frisch?«

Diese Begrüßung hörte sich an, als sei er mein Freund, der mich täglich auf diese Weise empfing. Seine vom Saufen verquollenen Augen allerdings starrten mich an wie einen Fremden, der hier nichts zu suchen hat.

»Willst doch längst wissen, wo Reiner steckt, oder? Sollt ick mir da etwa irren?«

Die Schulmappe in meiner Hand begann zu zittern. Seitdem ich gesehen hatte, mit welcher Wut er auf seinen Sohn eingeschlagen hatte, hatte ich Angst vor Nilowskys Vater. Er bemerkte das Zittern und meinte fast amüsiert: »Musst keene Angst vor mir haben. Oder meinste, ick hau dir 'n Kopp ab?«

»Nein«, antwortete ich und dachte: Wenn jemand so was sagt, hat er vielleicht schon mal einem den Kopf abgeschlagen, warum würde er denn sonst so was sagen?

»Komm rin!« Der Alte machte eine gebieterische Bewegung mit dem Kopf in Richtung Kneipe. »Kriegst ooch 'ne Brause.«

Ich folgte ihm und setzte mich wie selbstverständlich an einen der Sprelacarttische. Fast hätte ich, um eine lässige Haltung vorzutäuschen, meine Beine übereinandergeschlagen.

»Noch sind wa beede janz alleene«, sagte Nilowskys Vater, und ich glaubte, eine Drohung herauszuhören. Aber er fing an zu lachen, als hätte er soeben einen Witz gemacht. Das Lachen ging in ein Husten über, das immer lauter und krächzender wurde, bis Nilowskys Vater stotternd hervorstieß: »Wenn ick weiter … Wenn ick weiter so qualme, mach ick nich mehr lange. Dit steht fest.«

Er ging hinter den Tresen. Während er mir eine Brause zapfte, bekam er seinen Husten in den Griff. »Na los, hol se dir ab. Ick bin 'n alter Mann, ick kann nich mehr so viel loofen.«

Ich stand auf, lief zum Tresen und erinnerte mich an das, was mir meine Mutter als Kind manchmal gesagt hatte: Iss oder trink nichts von fremden Menschen, es könnte vergiftet sein. Langsam nahm ich einen großen

Schluck von der Brause, was Nilowskys Vater sogleich kommentierte: »Na, ’n ordentlichen Schluck haste ja schon.«

»Wo ist denn nun Reiner?«, fragte ich, und der Alte erwiderte: »Na, rate mal.«

Ich dachte daran, Carola zu erwähnen, verwarf aber den Gedanken sofort. Nilowsky ausgerechnet bei seinem Vater zu verraten, das wäre ja das Letzte. »Weiß nicht«, sagte ich leichthin, »keine Ahnung.«

»Du Witzbold, von wegen keene Ahnung. Er is jetzt vierzehn Tage weg, so lange war er noch nie weg. Und du sagst: Keene Ahnung. Ihr gluckt doch immer zusammen, wenn er nich bei mir is und bedienen muss. Na los, raus mit der Sprache!«

»Wieso glucken wir immer zusammen?«, versuchte ich mich zu verteidigen, und der Alte antwortete prompt: »Wat weeß denn ick, warum ihr immer zusammengluckt?«

Er goss sich aus einer Flasche Meldekorn ein Bierglas halbvoll, trank es in einem Zug aus, schüttelte sich und rief: »Immer weg mit dem scheiß Gift, immer weg damit.«

Ohne auch nur ein bisschen zu wanken, kam er hinterm Tresen hervor, setzte sich mir gegenüber an den Tisch und starrte mich an. In seinem Blick war auf einmal etwas Weiches, Hilfloses, das mich nicht weniger verunsicherte als das Feindselige zuvor.

»Ick hab den Reiner alleene großjezogen. Aber meinste, der dankt mir dit? Obwohl ick schon über fuffzig war, als seine Mutter jestorben is. Keene Frau wollt’ mir haben mit dem Reiner. Da hab ick ihn alleene großjezogen. Der war erst vier, als seine Mutter jestorben is.

Die hat nich jesoffen und nich jeraucht, aber uff eenmal musste sie ins Krankenhaus, und da kam sie nich mehr raus.« Er grinste und schüttelte den Kopf. »Hätt' sie mal jesoffen und jeraucht, vielleicht wär sie dann nich an Krebs jestorben. Aber die kam ja noch nich mal inne Kneipe. Ick hab mir jewundert, warum sie mir überhaupt jenomm' hat, wenn sie nich mal inne Kneipe kam.«

»Wie haben Sie sich kennengelernt«, fragte ich, »Sie und Ihre Frau?«

Ich war überrascht von meiner eigenen Frage. Hört sich an, dachte ich, als würde ein Erwachsener fragen. Ein Erwachsener, der obendrein aus irgendwelchen Gründen das Recht dazu hat. Nilowskys Vater war nicht weniger überrascht.

»Na, du stellst ja Fragen«, sagte er. Er wirkte milde, fast unterwürfig dabei. Und überhaupt nicht betrunken. Warum, fragte ich mich, ist er nach dem halben Bierglas mit Schnaps nicht mal angetrunken?

Als hätte er meinen Gedanken erraten, sagte er: »Dit Komische is: Ick werd' nur besoffen, wenn ick besoffen werden *will*. Kapierste dit?«

»Nein«, antwortete ich, »kapier ich nicht. Wie kommt das?«

»Dit jibt zum Beispiel ooch Menschen«, fuhr er fort, »die wollen nich sterben. Und da sie nich sterben wollen, sterben sie ooch nich. Dit soll erstmal eener kapieren. Is natürlich ooch möglich, die haben irgendwat jenomm', dass sie nich sterben. Oder die haben die Jahre jekriegt von eenem, der früh jestorben is. Reiners Mutter zum Beispiel, die keene vierzig jeworden is. Die hat die Jahre an *ihre* Mutter jejeben. Und deshalb stirbt die nich. Aber dauernd ruft sie nach ’m Reiner. Dass sie nich mehr alleene klarkommt und Hilfe braucht. Aber in ’t Heim will sie nich, die alte Hexe. Und der Reiner immer hin zu ihr. Saubermachen, einkoofen. Als ob’s hier nischt zu tun jäbe. Und wer weeß, über wat die da reden. Wat die da ausbrüten. Und jetzt is er schon seit vierzehn Tagen weg. Der kann sich uff wat jefasst machen.«

Nilowsky war also bei seiner Großmutter. Ich sagte nichts dazu. Als würde alles, was ich dazu sagte, nur bedeuten, dass ich doch etwas wusste, zumindest eine Ahnung hatte.

»Willste mir ’n bisschen helfen?«, fragte der Alte. »Hier inne Kneipe? Soll ooch nich dein Schaden sein. Kannste mir glooben. Also, wat is? Hilfste mir? Hilf mir mal.«

Noch nie hatte jemand etwas zu mir gesagt, das so sehr nach Bitte und zugleich nach Befehl klang. »Ja«, antwortete ich, verblüfft wie ich war. Und kaum hatte ich es gesagt, wusste ich nicht, wie ich dieses Ja hätte zurücknehmen können.

»Kommste gleich morgen«, sagte Nilowskys Vater und strahlte stolz. Nie wieder sollte ich ihn so strahlen sehen. Und nie wieder sollte er so nüchtern wirken wie nach diesem halben Bierglas voll Meldekorn.

9

Nur ein Mal, sagte ich mir, nur ein einziges Mal werde ich ihm helfen. Denn auf gar keinen Fall wollte ich, dass Nilowsky, wenn er wieder auftauchte, mich bei seinem Vater sah. Nur ein Mal und nicht länger als eine Stunde. Mit diesem Vorsatz ging ich am nächsten Tag gleich nach der Schule ins *Bahndamm-Eck*.

Kaum hatte ich die Kneipe betreten, kam der Alte hinterm Tresen hervor. Diesmal wankte er dermaßen, dass er sich auf dem Weg zu mir für zwei, drei Sekunden an einem Stuhl festhalten musste. »So früh schon?«, sagte er und reichte mir seine nasse Hand.

So früh schon?, hätte auch ich sagen können, aber wahrscheinlich, dachte ich, *wollte* er diesmal, warum auch immer, betrunken sein.

»Was kann ich helfen?«, fragte ich in einem Ton, der sofort klarmachen sollte, dass ich wenig Zeit hatte.

»Na, setz dir erstmal hin. Willste 'ne Brause?«

»Nein, danke.«

Der Alte zapfte mir trotzdem eine Brause. Dann forderte er mich auf, sie vom Tresen abzuholen. »Oder willste, dass ick mir uff de Fresse packe?«

»Nein«, antwortete ich, nahm mir die Brause vom Tresen, und Nilowskys Vater sagte: »Mir is heut nich jut. Siehste ja. Könntest mal 'ne Kiste Goldbrand aus 'm Keller holen. Der jeht immer weg wie nischt.«

Er deutete mit dem Kopf zu einer Bodenluke. Als ich sie öffnete und die Stiege sah, die steil nach unten führte, wusste ich, dass der Alte in seinem Zustand nie und nimmer hier runterkommen würde. Vorsichtig stieg ich in den Keller hinab und mit einer Kiste Goldbrand unterm Arm wieder hinauf.

»Na, bist ooch nich mehr der Jüngste, wa«, empfing mich Nilowskys Vater geradezu fröhlich. Er holte fünf Markstücke aus seiner Hosentasche und reichte sie mir. »Hier, mit Jefahrenzulage.«

Fünf Mark, das kam mir sehr viel vor. Zu viel. »Nu steck schon weg, bevor ick mir's anders überlege«, befahl er. Um seinen Unmut nicht hervorzurufen, nahm ich das Geld und ließ es schnell in meiner Hosentasche verschwinden.

Dann bat er mich, den Kneipenraum zu fegen und die Sprelacarttische abzuwischen. Dafür gab er mir noch einmal fünf Markstücke. Ich fragte mich, ob er mit dieser Bezahlung irgendetwas bezweckte. Vielleicht, ging es mir durch den Kopf, will er mich als duldsamen Zuhörer für irgendwelche Geschichten über seine gestorbene Frau oder deren Mutter, die nicht starb, weil sie nicht sterben wollte. Das hätte mich sogar interessiert. Aber der Alte sagte nichts über die gestorbene Frau und deren Mutter. Und auch seinen Sohn erwähnte er mit keinem Wort. Stattdessen fragte er: »Weißte eigentlich, wat Krieg bedeutet?« Für einen Moment sah er mich an, als würde er eine Antwort erwarten. »Ick hatte grade«, fuhr er fort, »die Kneipe von meiner Mutter übernomm', und da kam der Krieg. So einfach war dit. Ick war stolz, dass ick die Kneipe hatte. Und meine Mutter, die war stolz uff mir. Mein Vater, der war ja im ersten Krieg jeblieben. Da hatte meine Mutter die Kneipe weitermachen müssen. Aber ick half ihr, schon als Kind hatt' ick ihr jeholfen. Und wie sie nich mehr konnte, wie sie aus 'm Bette nich mehr rauskam, hab ick die Kneipe übernomm'. So wie 't sich jehört in 'ner Familie. Aber kaum hatt' ick die Kneipe übernomm', musst' ick in 'n Krieg. Ick war achtundzwanzig, wie ick in 'n Krieg musste. So einfach war dit. Aber wie ick zurück bin aus 'm Krieg, neunundvierzig, ja, da erst war ick zurück aus 'm Krieg, aus der russischen Jefangenschaft war ick da zurück, und meine Mutter, die lebte nich mehr, die war im Krieg jestorben, da hab ick die Kneipe weiterjemacht. Denk bloß nich, dass dit einfach war. Aber ick hab weiterjemacht. Immer weiter, immer weiter. So wie 't sich jehört. So einfach is dit.«

Er hatte sich, wie mir schien, fast nüchtern geredet. Ein Zug ratterte vorbei. Das Rattern war wie ein Schlussstrich unter dem, was Nilowskys Vater soeben erzählt hatte. Es war so, als sei nun alles gesagt. Er grinste und meinte: »Jetzt kannste los. Und morgen wieder um die Zeit. Allet klärchen?«

In meinen Ohren klang das schon wieder wie eine Drohung. Aus Furcht vor irgendeiner Strafe, aber auch aus Lust auf das Absonderliche, das der Alte verkörperte, ging ich am nächsten Tag gleich nach der Schule erneut ins *Bahndamm-Eck* und an den zwei folgenden Tagen ebenfalls. Jedes Mal stand Nilowskys Vater hinterm Tresen, putzte langsam und gründlich Biergläser und begrüßte mich mit einer Selbstverständlichkeit, als wäre ich schon seit Jahren sein Angestellter. Während ich die Arbeiten verrichtete, die er mir auftrug, und mehr Geld dafür erhielt als angemessen gewesen wäre, bekam ich immer größere Angst davor, dass Reiner auf einmal in die Kneipe kommen könnte. Schließlich hielt ich es nicht mehr aus und sagte, bevor er mich wieder mit seinem »Bis morgen um die Zeit« verabschieden würde: »Ich kann nicht mehr kommen. Meine Eltern verlangen, dass ich nach der Schule zu Hause bleibe und ihnen helfe.«

Ich hatte mich bemüht, es nach Bedauern klingen zu lassen. Zugleich schämte ich mich, aus Feigheit zu lügen.

Der Alte erwiderte nur, fast tonlos: »Ach, deine Eltern verlangen dit.« Er zündete sich eine Zigarette an, dann sagte er ernst und anerkennend: »Na, wenn dit so is, kannste wohl nich mehr kommen. Denn deine Eltern werden sich ja wat dabei denken, wenn sie verlangen, dass du ihnen hilfst. Fühlen sie sich denn eigentlich immer noch wohl hier?«

»Ja«, antwortete ich. »Glaub ich jedenfalls.« Und Nilowskys Vater sagte: »Beneiden tu ick deinen älteren Herrn nich grade. Oder, ick will mal so sagen: Wenn ick für die Neger zuständig wär, hätt' ick die schon sonstwohin jejagt. Is doch nur ein dreckiget, faulet Pack. Oder etwa nich?«

Ich fragte mich, ob ich ihm zustimmen sollte, damit er sich nicht noch weiter aufregte. Aber das brachte ich nicht fertig. »Die sind nicht faul«, hörte ich mich sagen, »die ruhen sich nur für die Revolution aus.«

»Wat machen die?« Es hörte sich an, als hätte der Alte mich nicht richtig verstanden. »Wat wollen die?« Er hustete heftig, Zigarettenrauch stob aus seinem Mund. Schließlich rieb er sich mit der flachen Hand seinen Adamsapfel und sagte: »Mein Jott, wie dit schon wieder juckt. Aber zum Glück is dajegen ’n Kraut jewachsen.« Er ging hinter den Tresen, nahm einen Schluck aus der Meldekornflasche, und ich war froh, dass ihm meine Meinung zu den Mozambiquanern doch nicht so wichtig zu sein schien. »Weißte eigentlich«, sagte er, »dass ick mir ausjerechnet heut jewünscht hab, dass du mal länger bleibst und meine Gäste kennenlernst? Und nu willste schon so schnell abhauen.«

Er zapfte mir eine Brause. Ich verkniff mir die Bemerkung, dass ich drei seiner Gäste bereits kennengelernt hatte. Ich erinnerte mich, wie einer der Skatspieler gesagt hatte: »Na, endlich. Wird ja Zeit, dass der wegkommt.« Und ein anderer: »Der is so besoffen, der merkt von nischt wat.« Ohne dass ich es wollte, musste ich schadenfroh grinsen. Der Alte sagte: »Siehste, jetzt freuste dir schon uff den Abend. Also, ’n bisschen kannste noch bleiben.«

Na gut, sagte ich mir, den einen Abend, aber nicht mehr. Ich trank die Brause, dann stellte ich Aschenbecher auf die Tische. Schon kamen die ersten Arbeiter aus dem Chemiewerk. Sieben waren es – unter ihnen die drei, die ich bereits kannte –, und sie brachten diesen Geruch von Schwefelwasserstoff mit, an den ich mich schon derart gewöhnt hatte, dass ich ihn kaum mehr bemerkte. Doch in der Konzentration, wie ihn die Männer an sich trugen, nahm ich ihn wieder so eindringlich wahr wie am ersten Tag. »Doppelten Goldi, großet Bier zum Nachspülen«, rief einer sogleich in Richtung Tresen. »Damit mal wieder ’n anderer Geschmack inne Speiseröhre kommt.«

»Ick weiß, wat ick dir zu bringen hab«, entgegnete Nilowskys Vater genervt. Und zu mir: »Der säuft schon seit Jahren die Kombination, aber daran kann er sich wahrscheinlich nich mehr erinnern.«

»Halt's Maul, sonst gehen wir woandershin«, rief ein anderer. Einer der Skatspieler. »Oder meinste, woanders gibt's nüscht zu trinken?«

»Wohin denn, ihr Wichser?«, konterte Nilowskys Vater, während er Biere für die Männer zu zapfen begann. »Ihr findet doch nirgendwo sonst hin. Und wenn ihr abjefüllt seid, findet ihr ja kaum noch nach Hause.« Und zu mir sagte er: »Schenk mal Goldi ein. Für alle ditselbe.«

Ich nahm sieben Schnapsgläser und eine Flasche Goldbrand aus dem Regal hinterm Tresen, goss jeweils vier Zentiliter ein und brachte die Gläser den Männern.

»Biste sein neuer Sohn?«, fragte der, der sich den anderen Geschmack in der Speiseröhre wünschte. Ich spürte, wie ich sofort errötete, und der, der woanders saufen wollte, rief Nilowskys Vater zu: »Is dit dein neuer Sohn?«

Der Alte wurde puterrot im Gesicht.

»Halt die Fresse, du Drecksack«, presste er hervor.

Sein Hass erschreckte mich. Nur weg hier, dachte ich. In diesem Moment öffnete sich die Kneipentür, und Nilowsky kam herein. Er musste mich bereits durchs Fenster gesehen haben, denn er beachtete mich mit keinem Blick. Kerzengerade stand er da, Hände in den Hosentaschen, und lächelte die Arbeiter an, die vor Staunen ganz still waren.

»Na, hat dir deine Großmutter wieder wegjelassen?«, fragte Nilowskys Vater. Er versuchte ein Grinsen, doch es gelang ihm nicht. Wieder rieb er sich den Adamsapfel. »Ick hoffe, die macht nich mehr lange, die alte Hexe.«

Kein Laut kam von den Arbeitern, von Nilowsky, von mir. Ich rechnete damit, dass Nilowskys Vater den Feuerhaken unterm Tresen hervorholen würde, um auf seinen Sohn einzuschlagen. Stattdessen kam er auf mich zu, nahm aus seiner Jackentasche drei Markstücke und drückte sie mir in die Hand.

»Steck weg!«, sagte er. »Wer arbeitet, soll ooch Jeld verdienen. So einfach is dit. Schönen Feierabend!«

Am liebsten hätte ich das Geld auf den Tresen geworfen oder auf den Fußboden. Am liebsten hätte ich gesagt: Ich bleibe! Aber ich brachte keinen Ton heraus. Die drei Mark hielt ich in meiner verkrampften, zitternden Faust. Wenigstens steckte ich sie nicht weg und rührte mich keinen Zentimeter.

»Sie kann nicht sterben«, sagte Nilowsky zu seinem Vater, langsam und bedeutungsvoll sagte er es. »Solange du noch lebst, kann sie nicht sterben, solange nicht.«

Der Alte wirkte einen Moment lang wie erstarrt. Das Blut schien aus seinem Gesicht zu weichen, so blass wie er wurde.

»Jetzt kannst du gehen, kannst du jetzt«, sagte Nilowsky zu mir. »Mit deinem Lohn, geh jetzt. Los!«

Er schaute mich noch immer nicht an und auch nicht, als ich dicht an ihm vorbeiging, um die Kneipe zu verlassen. Draußen holte ich tief Luft. Ich schämte mich, warf das Geld in einen Gully und eilte in den Hausflur.

10

In der Nacht schlief ich kaum. Ich verfluchte das Geld, das ich in den Tagen von Nilowskys Vater bekommen hatte und in einem meiner abschließbaren Schreibtischfächer aufbewahrte. Fünfundzwanzig Mark. Ich überlegte, ob ich es wegwerfen sollte. Oder in der Schule für *Internationale Solidarität* spenden. Nein, ich musste es Reiner geben. Er hatte mich seinen Freund genannt. Von ihm als Freund durfte ich erwarten, dass er mir verzieh.

An den nächsten Nachmittagen schaute ich immer wieder aus dem Fenster zu den Gleisen hinüber. Als ich ihn endlich an der Böschung sah, nahm ich die Ein- und Zweimarkstücke und rannte mit ihnen aus der Wohnung. Über zweihundert Meter rannte ich, bis ich bei Nilowsky auf den Gleisen war.

»Hallo«, sagte ich außer Atem. Und er, ohne mich anzusehen: »Der Zug ist ausgefallen, der Vierneununddreißiger. Kann mich nicht erinnern, dass der jemals ausgefallen ist, der Vierneununddreißiger.«

Er sagte es, als sei ich gekommen, weil mich genau das und nichts anderes interessierte. Er ging die Gleise entlang, in die Richtung, die vom *Bahndamm-Eck* wegführte, und ich war froh, dass er nicht hinkte, nicht ein bisschen. Auch sonst deutete nichts darauf hin, dass sein Vater ihn verprügelt hätte.

»Ich hab dir«, stotterte ich, »ich hab dir das Geld mitgebracht. Das von deinem Vater, das Geld, das er mir gegeben hat, weil ich ihm helfen musste ...«

»Hör auf!«, unterbrach mich Nilowsky, ohne stehen zu bleiben. »Du *musstest* ihm helfen? Dass ich nicht lache. Du hast ihm geholfen, um das Geld von ihm zu bekommen, deshalb hast du ihm geholfen ...«

»Nein«, fiel ich ihm ins Wort. »Das stimmt nicht, wirklich nicht. Er hat mich gefragt, und ich traute mich nicht, Nein zu sagen, traute ich mich nicht. So war's, ich schwör's dir, traute mich nicht.«

Er blieb stehen, drehte sich langsam um und schaute mich an, direkt in die Augen, und sagte: »Na gut, deine Worte sind glaubhaft. So wie du es sagst, sind sie glaubhaft, deine Worte.«

»Wir können's auf die Schienen legen«, fuhr ich fort, »können wir, das Geld, hier auf die Schienen, fünfundzwanzig Mark, alles auf die Schienen. Ist dann unser Schatz, die plattgefahrenen Groschen.«

Er lächelte, dankbar für meinen Vorschlag. »Nein«, meinte er. »Wir spenden es. Für die Revolution in Mozambique, für die spenden wir es. Wir treffen uns mit Roberto und spenden es.«

Er ging weiter an den Gleisen entlang und ich ihm nach. Die Ein- und Zweimarkstücke steckte ich in meine Hosentaschen und folgte Nilowsky die Böschung hinunter. Als wir unten waren, kam er dicht an mich heran und sagte leise und eindringlich: »Meine Großmutter, die kann nicht mehr, die kann nicht mehr leben, aber sterben kann sie auch nicht. Solange er noch lebt, kann sie nicht sterben, das kann sie nicht. Du hast es gehört, wie ich's ihm gesagt hab, du und die Arbeiter aus 'm Chemiewerk, ihr habt's gehört, wie ich's ihm gesagt hab, zum ersten Mal hab ich's ihm gesagt. Und deshalb hat er mich nicht verprügelt. Weil ich's ihm gesagt hab, zum ersten Mal. Komm, wir müssen weiter.«

Wir gingen schweigend, ich an seiner Seite. Vielleicht, dachte ich, sind wir schon auf dem Weg zu Roberto, um die Sache mit der Spende nicht auf die lange Bank zu schieben. Oder zu Wally, die der Mozambiquaner-Baracke fernblieb, damit ihr Nilowskys Vater nicht auflauerte. Oder wenigstens zu Elli mit den geklauten Gewürzen aus dem KaDeWe. Oder, dachte ich, während wir uns immer weiter vom *Bahndamm-Eck* entfernten, vielleicht sogar zur Großmutter in ihrer schrecklichen Qual, nicht leben und nicht sterben zu können. Oder: zu Carola, seiner zukünftigen Braut, die ich noch nie gesehen hatte. Carola interessierte mich von allen am meisten, am allermeisten.

Nilowsky hatte kein Ziel. Wir liefen in einem großen Bogen um das Chemiewerk herum, und irgendwann brach er das Schweigen und sagte: »Weißt du eigentlich, was Lenin, Wladimir Iljitsch Lenin, zur revolutionären Situation gesagt hat?«

Sicherlich hatte ich davon schon mal im Staatsbürgerkundeunterricht gehört, doch ich hatte mir nichts gemerkt. Ich hasste den Staatsbürgerkundeunterricht mit dem Auswendiglernen und den in alle Ewigkeit festgestanzten Wahrheiten. »Lenin«, fuhr Nilowsky fort, »sagt, dass eine gesellschaftliche Situation revolutionär ist, sagt er, wenn es für die herrschenden Klassen unmöglich ist, ihre Herrschaft unverändert aufrechtzuerhalten. Das ist unmöglich, weil sich Not und

Elend der unterdrückten Klassen verschärfen. Unmöglich ist das. So sagt er das. Verstehst du, wie Lenin das meint?«

Ich vermutete, er würde nun auf Mozambique zu sprechen kommen. Aber ehe ich antworten konnte, stellte er fest: »Na gut, verstehst du nicht. Ist ja nicht schlimm, dass du's nicht verstehst. Lenin sagt: Damit es zur Revolution kommt, genügt es normalerweise nicht, dass die unteren Schichten in der bisherigen Weise nicht mehr leben *wollen*; es ist wichtig, damit es zur Revolution kommt, sagt Lenin, dass die oberen Schichten in der bisherigen Weise nicht mehr leben *können*. Na, was sagst du nun?«

Er war stehengeblieben und schaute mich so erwartungsvoll an, dass ich prompt sagte: »Du könntest Staatsbürgerkundelehrer sein, so wie du redest. Ich meine«, korrigierte ich mich, »ehrliche, wahrhaftige Staatsbürgerkunde, wie es sie gar nicht gibt bei uns.«

Nilowsky lachte: »Ja, da hast du recht, hast du da. Das wär was, Staatsbürgerkundelehrer, ehrlich und wahrhaftig, das wär was für mich. Chemie und Staatsbürgerkunde, das wär eine Kombination, eine gute Kombination wär das. Oder findest du nicht?«

»Ja«, antwortete ich, und diese Kombination kam mir auf einmal tatsächlich so passend für ihn vor wie nur irgendetwas.

»Pass auf«, sagte Nilowsky, »wir gehen zu Roberto, jetzt gehen wir zu ihm. Was du heute kannst besorgen, verschiebe nicht auf morgen. Kennst du nicht das Sprichwort?«

»Der arbeitet aber noch«, wandte ich ein, doch Nilowsky hatte schon die Richtung zum Chemiewerk eingeschlagen.

»Ja«, bestätigte er, »der arbeitet noch. Wenn er nicht grad Pause macht, revolutionäre Pause, wenn du verstehst, was ich meine.«

»Ja«, sagte ich und fragte mich, wie wir ins Chemiewerk hineinkommen wollten. Aber auch darauf hatte Nilowsky, ohne dass ich die Frage stellte, eine Antwort: »Ich hab vorgesorgt, mit Roberto hab ich vorgesorgt. Wir haben unsere Schlupflöcher. Aber du musst dichthalten. Ist das klar, dass du dichthältst?«

Das Schlupfloch verbarg sich unter einer Holzklappe, von der Nilowsky den Sand wegwischte, bevor er sie öffnete. »Na los!«, forderte er mich auf, und ich quetschte mich unter der stacheldrahtbewehrten Mauer hindurch. Dann folgte er mir. Wir schlugen ein paar Schleichwege ein, bis wir hinter einem Geräteschuppen auf Roberto und die beiden anderen Mozambiquaner stießen. Sie saßen nebeneinander auf einer Holzbohle und dösten vor sich hin.

»Sieg FRELIMO, Tod den Imperialisten«, rief Nilowsky.

Roberto schlug, stellvertretend für die beiden anderen, ein Auge auf und schmunzelte. Er war überhaupt nicht überrascht, dass wir hier auftauchten. »Setzt euch hin«, sagte er, »tut gut bisschen Ruhe.«

»Wir müssen gleich weiter«, entgegnete Nilowsky. »Aber unser Freund, Markus Bäcker, möchte euch eine Spende überreichen.«

Ich nahm die Ein- und Zweimarkstücke aus meinen Hosentaschen und reichte sie Roberto, der mit einer Schnelligkeit aufstand, die ich ihm gar nicht zugetraut hätte. Und mit ihm die beiden anderen. »Für die Rache an den Kolonialherren«, sagte ich, und Nilowsky schaute zu mir wie zu einem gelehrigen Schüler. Stolz auf mich und auch stolz auf sich, wie mir schien.

»Danke vielmals«, sagte Roberto und nahm das Geld an sich. »Wir werden geben in die Kasse von FRELIMO. Gott segne euch, und auch sei Gott mit euch.«

Diese Geldübergabe kam mir sehr würdevoll vor. Revolutionär. Aber warum Gott?, fragte ich mich.

Wir verließen die Mozambiquaner auf Schleichwegen, an Rohrleitungen vorbei, unter ihnen hindurch, und irgendwann fragte ich: »Warum verabschiedet sich Roberto mit Gott, wenn er Revolutionär ist?«

Nilowsky musste nicht lange überlegen. »Das ist afrikanisch, ist das. Für die Afrikaner ist Gott der größte Revolutionär, das ist Gott. Wie Lenin. Oder noch größer als Lenin. So ist das bei den Afrikanern.«

Er blieb stehen, legte den Kopf in den Nacken, sodass mir sein Adamsapfel noch größer vorkam als er ohnehin war. In diesem Moment erinnerte ich mich wieder, wie er mit mir auf dem Bahndamm stehend die nach faulen Eiern stinkende Luft tief eingeatmet und davon geredet hatte, dass man die ganze Körperwärme, über die man verfüge, zum Einsatz bringen müsse, damit dem stinkenden Schwefelwasserstoff nichts anderes übrig bliebe, als zu Wasser und zu Schwefeldioxid zu verbrennen. »Das ist gesund und gibt dir Kraft«, hatte er gesagt. Diese Kraft schien er jetzt zu haben, mehr als genug davon.

Wir liefen zurück zum Schlupfloch und verließen das Chemiewerk. Kaum waren wir draußen, zog Nilowsky meinen Kopf an seine Brust. Ich spürte sein kräftiges Ein- und Ausatmen und roch seinen Schweiß. Ich hatte den Eindruck, er wolle mir ein Verabschiedungsritual unter Revolutionären beibringen. Aber er sagte nichts, sondern schob mich von sich weg und lief eilig davon.

11

In der daraufkommenden Nacht erwachte ich von einem knatternden Motorengeräusch, das nicht aufhören wollte. Als ich aus dem Fenster schaute, sah ich, dass dieses Geräusch zu einem Leichenwagen gehörte, der vor dem *Bahndamm-Eck* gehalten hatte. Neben dem Leichenwagen stand ein Polizeiauto, und neben dem Polizeiauto zwei Polizisten und Nilowsky. Er hatte die Arme vor den Oberkörper gepresst, trotzdem zitterte er so heftig, dass ich es sogar von meinem Fenster aus sehen konnte.

Kurz darauf kamen zwei Männer mit einer Trage aus der Kneipe. Auf der Trage lag eine lange, dürre Gestalt, zugedeckt bis über den Kopf. Die Männer schoben die Trage in den Wagen und fuhren davon. Die Polizisten schauten dem Wagen nach. Der eine sagte: »Dit is doch keene Pietät, wenn 'n Leichenwagen so laut is wie 'n Presslufthammer.« Und der andere erwiderte: »Wenn die 'n Motor abgestellt hätten, wär er nich wieder angesprungen. Hätten wir noch 'n Abschleppdienst holen müssen für die Leiche.«

Die Polizisten verabschiedeten sich mit Handschlag von Nilowsky und fuhren ebenfalls davon. Ich schloss das Fenster und legte mich wieder ins Bett. Doch schlafen konnte ich in dieser Nacht nicht mehr. Ich dachte daran, wie wir den Vater aufs Bett gehievt hatten und Nilowsky ihm die Bettdecke über den Kopf geworfen und gesagt hatte: »Könnte ihn umbringen, jetzt könnte ich das, wieder mal … Aber würde schnell gehen, zu schnell würde das gehen, das Totsein, das wäre ja keine Qual für ihn … hat er nicht verdient.« Ich musste davon ausgehen, dass Reiner Nilowsky, lange geplant und herbeigesehnt, seinen Vater auf qualvollste Weise umgebracht hatte.

Am nächsten Tag war die Kneipe geschlossen. Nilowsky war fort. Arbeiter aus dem Chemiewerk und andere Neugierige versammelten sich vor der Tür und diskutierten. Ich gesellte mich dazu, möglichst unauffällig, wurde aber von einem der Skatspieler sofort angesprochen: »Weeßt du vielleicht, wo der Sohn abjeblieben is? Warst doch janz dicke mit dem.«

»Nein«, antwortete ich, »würde ich auch gern wissen.«

Die Diskussion widmete sich der Frage, wie es nun mit der Kneipe weiterginge. Wäre ja absolut schade, wenn die geschlossen bliebe. Dass sich Nilowskys Vater schlicht und einfach tot gesoffen habe, darüber bestand kein Zweifel. »Er hat's ja im Prinzip so jewollt«, sagte ein Mann, der drei Häuser weiter wohnte und täglich seinen Hund ausführte. Und ein anderer: »Is ja ooch immer dürrer jeworden. War ja fast nur noch flüssig vor lauter Bier und Schnaps.« Eine kleine, krumme Frau, die mindestens achtzig war, sagte: »Da wächst keene Blume uff dem sein Grab bei so viel Alkohol. Hauptsache, ick liege später mal nich bei dem im Nachbargrab. Krieg ick ja noch 'ne Alkoholvergiftung.«

Vielleicht, dachte ich, ist Nilowsky bei den Mozambiquanern in der Holzbaracke. Ich fragte mich, wie er mir gegenübertreten würde. Mir, seinem Freund, falls ich denn wirklich sein Freund war. Ich ging durch die Bahndammunterführung und schließlich durch den Wald auf dem Trampelpfad am Chemiewerk entlang. Zehn Meter vor dem Eingang zur Baracke blieb ich stehen. Die Fenster waren erleuchtet, aber mit Vorhängen zugezogen. Ein leichter Ingwerknoblauchgeruch umgab das Haus, wie in Erinnerung an ein vergangenes Fest.

Nach einer Weile trat Roberto aus der Tür und kam mit einem Lächeln auf mich zu. Er hatte wohl damit gerechnet, dass ich hier auftauchte. Oder von der Baracke aus wurde grundsätzlich beobachtet, was um sie herum geschah.

»Ich hab Brief für dich. Von Reiner.« Er reichte mir einen verschlossenen Briefumschlag, auf dem kein Wort stand. »Du sollst lesen. Alles steht drin.«

Ich nahm den Brief. Roberto nickte mir aufmunternd zu, dann ging er zurück. Ich betrachtete den Briefumschlag und entschied mich, ihn einzustecken und erst zu Hause in meinem Zimmer zu öffnen.

Bin bei meiner Oma. Muss ihr helfen. Alleine schafft sie es nicht. Komm am Sonntag. Keinen Tag eher. Sonntagnachmittag. Drei Uhr. Hier der Weg: Nicht durch die Bahndammunterführung. In die andere Richtung. Die Straße immer weiter. Bis zur Altstadt. Dort, am *Goldenen Krug*, links in die Seitenstraße. Das dritte Haus links. Der Name: Serrini. Da klingelst Du. Und nun das Wichtigste: Sobald Du den Brief gelesen hast, zerreißt Du ihn. In viele kleine Stücke. Wirfst ihn weg. Nicht in Deinen Papierkorb. Oder in den Mülleimer bei Euch zu Hause. Nein, Du wirfst ihn ins Klo. Spülst ihn runter. Gehe sicher, dass alles weg ist.

Ich las den Text mehrmals, bis ich die Wegbeschreibung auswendig kannte. Dieser telegrammartige Stil und die akribischen Druckbuchstaben beeindruckten mich. Am liebsten hätte ich den Zettel aufgehoben. Aber natürlich folgte ich Nilowskys Anweisung und zerriss ihn in viele kleine Teile, die ich ins Klo warf und runterspülte.

12

Drei Tage später, am Sonntagnachmittag, machte ich mich auf den Weg, den Nilowsky mir beschrieben hatte. Um meine Aufregung zu überspielen, ging ich beherzt und schwungvoll. Als ich allerdings Punkt fünfzehn Uhr vor der Haustür stand, brachte ich es nicht fertig, auf den Klingelknopf zu drücken. Ich musste mindestens damit rechnen, dass die Großmutter im Bett lag und nur noch auf den Tod wartete, der nun, da er den verhassten Schwiegersohn geholt hatte, auch auf sie zukommen würde, ohne Wenn und Aber, unaufhaltsam. Ich stellte mir vor, wie Nilowsky sie fütterte und ihr Wasser einflößte. Sie zum Klo trug oder ihr Windeln anlegte. Ihre schlaffe, runzlige Haut wusch. Ich stellte mir vor, dass er mich bitten würde, dabei zu helfen, sie trotzdem noch irgendwie am Leben zu halten. Aus Liebe zu ihr. Aus Angst, ohne sie zu sein. Natürlich, dachte ich, würde sie sich weigern, ins Krankenhaus gebracht zu werden. Und sicherlich würde sie sich aus dem Fenster stürzen, wenn sie nicht schon zu schwach dafür wäre, überhaupt nur bis zum Fenster zu gelangen. Vielleicht, malte ich mir aus, würde sie mich flehentlich darum bitten, sie über die Brüstung zu legen, sodass sie sich mit allerletzter Kraft in die Tiefe stürzen könnte.

Mit jedem Gedanken wurde es mir unmöglicher, auf den Klingelknopf zu drücken. Plötzlich hörte ich Nilowsky rufen: »Warte! Musst nicht hochkommen. Wir kommen runter.«

Wir! Das konnte nichts anderes heißen als seine Großmutter und er. Ich schaute zu den Fenstern des vierstöckigen Hauses hoch. Nirgendwo war Nilowsky oder jemand anderes zu sehen. Keine halbe Minute später öffnete sich die Haustür, und ein Mädchen, das ich nicht älter als dreizehn geschätzt hätte, stand vor mir. Sie war klein und dünn, hatte ein längliches sommersprossiges Gesicht, lange hellrote Haare, die das Gesicht noch länglicher erscheinen ließen, und sagte mit quäkender Stimme: »Hallo, ich bin Carola.«

»Hallo, ich bin Markus«, antwortete ich. Es klang bei Weitem nicht so forsch wie ihre Begrüßung. Es klang auf peinliche Weise artig, ja verklemmt.

»Ich weiß«, sagte sie. »Reiner hat mir von dir erzählt.«

Nilowsky kam die Treppe herunter und stellte sich neben Carola. Neben ihr wirkte er noch größer und dünner als sonst, doppelt so groß wie sie, seine Braut. »Kommt mit!«, sagte er und lief an mir vorbei auf die Straße.

Wir folgten ihm in Richtung Altstadt und hatten Mühe, bei seinem Tempo mitzuhalten. Carola musste sogar immer wieder ein paar Meter rennen, um nicht den Anschluss zu verlieren. Nilowsky stakste voran, als gelte es, einen Rekord zu brechen. Aber er redete nicht. Kein Wort sagte er.

In der Altstadt angelangt, steuerte er geradewegs auf ein Café zu: *Zur gemütlichen Rose*. Er hatte einen Tisch auf seinen Namen reserviert, einen Tisch mit drei Stühlen. Kaum dass uns einer der Kellner zu dem Tisch geführt hatte, brachte ein anderer drei Eisbecher mit

Sauerkirschen und Schlagsahne. Ich fragte mich, ob Nilowsky hier ein besonderer Gast ist, der sofort bedient werden muss und von dem man weiß, was er, ganz gleich wen und wie viele Menschen er mitbringt, zu bekommen hat. Wir saßen inmitten unzähliger Kunststoffrosen an den Wänden und auf den Tischen und zwischen sonntäglich herausgeputzten Familien. Ich sah den anderen Gästen an, dass sie über uns redeten. Vielleicht hielten sie Nilowsky für den großen Bruder und uns für seine kleineren Geschwister oder für eine Minibande mit ihrem Anführer. Ich aß zaghaft von meinem Eis, während Nilowsky und Carola wie um die Wette löffelten. »Wenn du nicht schneller isst«, sagte Carola zu mir, »mach ich mich über deine Portion her, so schnell kannst du gar nicht gucken.« Und Nilowsky: »Schmeckt's dir etwa nicht? Gibt ja so was, Geschmacksnerven ruiniert, so was gibt es ja.«

»Nein, nein, alles in Ordnung«, beteuerte ich, rechnete aber trotzdem fest damit, dass er nun von den Chemiewerkgiften erzählen würde, die Geschmacksnerven ruinieren können.

Aber dazu kam es nicht, denn Carola hielt die Luft an und stieß entsetzt hervor: »Hups, in einer Kirsche war noch ein Kern. Den hab ich verschluckt. Oje, oje, oh Mann, oh Mann.«

»Du mit deinem Aberglauben«, stöhnte Nilowsky. Dieses Stöhnen hatte jedoch etwas Nachsichtiges, etwas Liebevolles gar, und zu mir, der ich jetzt nicht weniger schnell aß als er, sagte er: »Weißt du, was sie denkt? Sie denkt, wenn sie so einen Kern verschluckt, denkt sie, kann ihr ein Kirschbaum aus dem Hintern wachsen, so was denkt sie.«

»Woher willst du denn wissen«, fuhr Carola ihn an, »dass das nicht passieren kann?«

»Wenn es passiert«, entgegnete Nilowsky, »kannst du's mir ja mal zeigen, kannst du ja.«

»Von wegen. So weit kommt's noch.« Pikiert wie sie auf einmal war, schob Carola den Eisbecher weit von sich. Sie hatte allerdings kein Gramm Eis oder Sahne und auch nicht den kleinsten Rest einer Kirsche übrig gelassen.

»Wenn wir verheiratet sind«, sagte Nilowsky, »hab ich ein Recht darauf, das zu sehen, hab ich, wenn wir verheiratet sind.«

»Gar nichts hast du, gar nichts!« Sie schüttelte kurz und heftig den Kopf, sodass ihre langen, glatten Haare hin- und herflogen. »Und außerdem, da kannst du zehnmal Geburtstag haben, das erlaubt dir nicht, in dieser Art zu reden. Mit mir.« Sie stand so energisch auf, dass fast der Stuhl umkippte. »Habe die Ehre, meine Herren«, rief sie, betont förmlich, nickte erst mir, dann Nilowsky zu und verließ eilig das Café.

Habe die Ehre, meine Herren – solch eine Verabschiedung hatte ich noch nie gehört. Ich fragte mich, ob sie nur dagegen war, dass er den Kirschbaum sieht, der ihr aus dem Hintern wachsen könnte, oder ob sie Nilowsky, der mit der Ehe offenbar solcherart Rechte verknüpfte, genau deshalb oder sogar grundsätzlich nicht heiraten wollte. Und außerdem, warum hatte Nilowsky nicht gesagt, dass er Geburtstag hat?

»Sie ist nicht nur abergläubig«, erklärte er, »sondern auch altmodisch, das ist sie. Hast ja gehört, wie sie redet. *Habe die Ehre, meine Herren.* Und soll ich dir sagen, von wem sie das hat, das Abergläubige und wie sie redet?

Das hat sie von meiner Oma. Meine Oma, die ist ihre Nachbarin, von der hat sie das.«

Wieder klang es nachsichtig und liebevoll. »Weißt du«, fuhr er fort, »woran meine Oma zum Beispiel glaubt? Die glaubt daran, dass sich die Toten, nicht lange nachdem sie gestorben sind, dass die sich melden bei den Lebenden, bei bestimmten, ausgewählten Lebenden. Mit ihrem Karma melden die sich. Karma ist kein Wort von meiner Oma, Karma kommt aus Indien, haben mir die Mozambiquaner erzählt. Karma bedeutet, dass wir die Probleme, die wir selbst geschaffen haben, auflösen müssen, das bedeutet es. Jedenfalls mein Alter, mit seinem ekelhaften Karma, der hat sich gemeldet bei ihr, ausgerechnet der, eine Nacht nachdem er tot war, hat er sich schon gemeldet bei ihr. Sie hatte sich grade vom Bett in die Küche geschleppt, um ein Glas Wasser zu trinken. Da stand er in der Küche, hat ihr den Wasserhahn aufgedreht, und gesagt hat er: Nu kannste endlich sterben, aber mach mal hinne, du alte Hexe. Hat er gesagt. Mit seinem blöden Grinsen. Und war gleich wieder weg, der versoffene Drecksack. Das Wasser lief aus dem Wasserhahn, und meine Oma machte ihn zu, den Wasserhahn, denn der Durst war ihr vergangen. Und jetzt? Jetzt kann sie nicht sterben. Kann wieder nicht sterben. Bewegt sich kaum, ist müde und hat Schmerzen überall, aber kann immer noch nicht, immer noch nicht sterben kann sie.«

Der Kellner, der uns die Eisbecher gebracht hatte, kam an unseren Tisch. »Na, Reiner, willste noch was?«

»Danke«, antwortete Nilowsky, zog einen Zwanzigmarkschein aus der Hosentasche und reichte ihn dem Kellner. »Hier, stimmt so.«

»Mensch, Reiner«, sagte der Kellner, »jetzt wo du Vollwaise bist, heb dir das Geld mal lieber auf und sei nicht immer so großzügig.«

»Geld kommt und geht«, konterte Nilowsky und machte eine wegwerfende Handbewegung.

Kurz darauf verließen wir das Café, und mir fiel auf, dass ich ihm noch nicht mal zum Geburtstag gratuliert hatte. »Du bist ab heute volljährig«, sagte ich, »das ist ja einen doppelten Glückwunsch wert.«

Er blieb stehen. Schaute mich staunend an. »Wie du das formulierst«, sagte er, »doppelter Glückwunsch, richtig schön und poetisch, da muss ich dir ja glauben, so wie du das zum Ausdruck bringst, richtig schön, da musst du ja recht haben, absolut, großartig.«

Bei so viel Lob – und dann noch von Nilowsky, der jetzt sein eigener Herr war – errötete ich. Aber das machte mich nicht etwa hilflos, nein, es tat mir gut. Ich hatte einen Freund, der sein eigener Herr war.

13

Der Friedhof, auf dem Nilowskys Vater beigesetzt wurde, war über vier Kilometer vom Chemiewerk entfernt, dennoch hatte sich eine kleine, kompakte grünlich gelbe Wolke hierher verirrt. Sie stand senkrecht über der Kapelle, und als wir hineingingen, zeigte Elli nach oben und sagte zu Wally, die neben ihr ging: »Kiek mal, sieht aus wie Rotze.«

Wir, das waren außer Reiner und mir und Wally und Elli die drei Skatspieler, deren Namen ich bei dieser Gelegenheit immer noch nicht erfuhr, und zwei alte Frauen, beide über achtzig, von denen Wally flüsternd behauptete: »Die sind immer hier, die lassen keene Beerdigung aus.« Worauf Elli zurückflüsterte: »Woher weeßt 'n dit? Oder biste ooch immer hier?« Und Wally: »Ick muss nich immer überall sein, ick weeß ooch ohne dass ick überall bin Bescheid.«

Es hätte mich nicht gewundert, wenn die beiden sich zu streiten begonnen hätten, aber der Redner, ein routiniert munterer Fünfzigjähriger, der es gewohnt zu sein schien, mit nicht ganz einfachen Situationen umzugehen, wies uns in die vorderste Bankreihe. »Trödelt nich«, mahnte er, »die nächste Beerdigung will ooch noch stattfinden.«

Ich saß zwischen Reiner, der, so stark wie er danach roch, möglicherweise eine ganze Rasierwasserflasche über sich ausgegossen hatte, und Elli, die einen sehr kräftigen Gewürzmischungsdunst verströmte. Der Redner trat an sein Pult, aber das, was er zu sagen hatte, beschränkte sich auf eine knappe Begrüßung, der eine Art Entschuldigung folgte. »Die Gestaltung einer Beerdigung«, erklärte er, »is ja quasi immer auf Wunsch des nahesten Verwandten vom teuren Verstorbenen. Dieser Wunsch is mir ehrenvoller Auftrag, auch wenn nur 'n Lied gespielt wird. Aber immerhin is dieses Lied, verehrte Trauergemeinde, eines unsrer schönsten deutschen Volkslieder – man hört es immer wieder gern, würde ick mal behaupten –, und es is das Lieblingslied unsrer lieben Maria Nilowsky, geborene Serrini, der teuren Mutter von Herrn Reiner Nilowsky, die uns leider schon vor vierzehn Jahren verlassen hat. Ihr Geist, so der Wunsch von Herrn Reiner Nilowsky, soll über uns schweben und unter uns sein, während wir einträchtig und demütig ihrem Lied lauschen.«

Mit dem letzten Wort betätigte er einen Plattenspieler, der in Reichweite stand, und es erklang, von einem vielstimmigen Chor laut und inbrünstig gesungen, »Am Brunnen vor dem Tore«. Als wäre der Chor aber noch nicht laut und inbrünstig und vielstimmig genug, begann Elli schon bei der zweiten Zeile mitzusingen. Nicht Wally oder Reiner erteilten ihr eine Mahnung, ruhig zu sein, sondern einer der Skatspieler, der neben ihr saß. »Halt's Maul«, flüsterte er ihr drohend zu. »Sonst fliegste raus.«

Elli schaute empört zu ihm, ging aber einen Kompromiss ein, indem sie nur noch leise mitsang. Was den Mann zumindest so weit beruhigte, dass er nichts mehr sagte.

Am Brunnen vor dem Tore,
Da steht ein Lindenbaum:
Ich träumt' in seinem Schatten
So manchen süßen Traum.

Ich schnitt in seine Rinde
so manches liebe Wort;
Es zog in Freud und Leide
Zu ihm mich immer fort.

Nilowsky hatte sich zu mir hinübergebeugt und flüsterte mir zu: »Dieses Lied, das hatte er gehasst. Das durfte sie nicht singen, Maria, meine Mutter. Angst hatte er vor dem Lied, der Feigling.«

Ich musst' auch heute wandern
Vorbei in tiefer Nacht,
Da hab ich noch im Dunkel
Die Augen zugemacht.

Nach der dritten Strophe setzte ein Violinenintermezzo ein. Und wieder war Nilowskys Mund an meinem Ohr, berührte es fast, und ich spürte seinen warmen Atem, während er mir schnell, so schnell es ging, zuflüsterte: »Muss es dir sagen. Weil du dichthalten kannst. Muss ich. Hatte mir Salzsäure besorgen lassen, von Roberto, in einem Fläschchen. Hab gewartet, in der Kneipe. Bis er mal pinkeln gehen würde. Wollte ihm die Salzsäure ins Bier kippen. Er guckte mich aber immer an. Gäste waren alle weg, und er guckte mich an. Und pinkeln ging er auch nicht. Und auf einmal sagte er: ›Ick bin zäh, mir kriegste nich einfach so weg.‹ Sagte er. Tränen in den

Augen, die hatte er, Tränen, hatte ich noch nie bei ihm gesehen, noch nie. Und auf einmal tat er mir fast leid, tat er mir. Die Drecksau. Dann nahm er eine Flasche Meldekorn. Die trank er, auf ex. Die ganze Flasche, auf ex, Meldekorn. Stützte sich am Tresen. Grinste so seltsam. Hustete. Und wollte sich noch eine Zigarette anzünden, wollte er. Sackte zusammen. Gleich tot. Und ich mit dem Fläschchen, in der Hosentasche das Fläschchen. Elende Scheiße. Diese Drecksau. Sich selbst umgebracht. Weil er's mir nicht gönnte. Ihn umzubringen. Niemandem erzählst du davon, niemandem und niemals, niemals.«

Das Violinenspiel war verklungen, und der Chor sang weiter. Elli sang wieder leise mit, während Wally und die beiden über achtzigjährigen Frauen heftig heulten. Die Skatspieler mussten sich Mühe geben, nicht mitzuheulen. Nilowsky starrte vor sich hin, mit schweißnassem Gesicht, die Hände ineinander gekrampft. Nickte ab und zu, als gäbe er damit seine Zustimmung zu dem Text des Liedes. Ich lauschte diesem Text, als würde Nilowsky später einmal, irgendwann, dessen Bedeutung von mir erläutert haben wollen.

Und seine Zweige rauschten,
Als riefen sie mir zu:
Komm her zu mir, Geselle,
Hier findst Du Deine Ruh!

Die kalten Winde bliesen
Mir grad in's Angesicht;
Der Hut flog mir vom Kopfe,
Ich wendete mich nicht.

Nun bin ich manche Stunde
entfernt von jenem Ort,
Und immer hör ich's rauschen:
Du fändest Ruhe dort.

Der Redner schaltete den Plattenspieler aus, bat uns, zum feierlichen Angedenken an den Toten aufzustehen und ihm hinauszufolgen. Er nahm die Urne, die neben dem Pult stand, und wir folgten ihm auf den Friedhof. Wir gingen ein Stück, bis wir an der Urnenstelle waren, an der der Redner die Urne in ein Loch versenkte.

Und immer hör ich's rauschen: Du fändest Ruhe dort. Ich fragte mich, ob Nilowskys versoffener Vater nun seine Ruhe gefunden hat. Oder ob ihn der Geist von Maria Nilowsky, geborene Serrini, daran hindert. Und ob dieser Geist tatsächlich über uns schwebt, so wie Reiner sich das gewünscht hat. Jedenfalls war Nilowskys Vater allein in der Urnenstelle, und niemand würde sie wohl je mit ihm teilen.

Nachdem er drei Hände voll Sand auf die Urne geworfen hatte, schaute Reiner wie in einem stillen Gebet zum Himmel hinauf. Die grünlich gelbe Wolke war verschwunden, und der Himmel war für den späten Herbst ungewöhnlich klar und blau.

Plötzlich stand Carola hinter ihm. In einem kurzärmligen, weißen Kleid mit roten Punkten. Ein heller

Tupfer unter uns dunkel Gekleideten. »Sie hat's geschafft«, sagte sie mit ihrer quäkenden Stimme.

Nilowsky blieb unverändert stehen, den Blick zum Himmel gerichtet. Dann schloss er die Augen und begann zu weinen. Und ich freute mich, dass er weinte, denn ich erinnerte mich, wie er mir am Bahndamm gesagt hatte, dass er das gar nicht mehr könne.

14

Eine Woche später schon war die Beisetzung von Carla Serrini. Der Redner war diesmal regelrecht glücklich. Er hatte von Nilowsky offenbar ausreichend Informationen bekommen, um eine Rede zusammenbasteln zu können, die er mit viel Sympathie für die Verstorbene und stellenweise schwungvoll vortrug.

Der Liebe wegen war Carla Serrini nach dem Ersten Weltkrieg aus Lecce, einer armen Stadt im Süden Italiens, vom Hacken des Stiefels, wie der Redner sagte, nach Berlin gekommen. Nach einigen Jahren und vielen Versuchen wurde sie von der Liebe ihres Lebens schwanger, doch kurz nach der Geburt der Tochter Maria Serrini starb die Liebe ihres Lebens, ein weitgereister Lokführer, bei einem Rangierunfall auf dem Wriezener Bahnhof. Carla Serrini blieb Witwe, und da sie sich selbst die deutsche Sprache durch Volkslieder beigebracht hatte, sang sie ihrer Tochter täglich ein paar Volkslieder vor, meist wehmütige, die ihr Tränen in die Augen trieben und die Stimme brüchig werden ließen. »Sah ein Knab ein Röslein stehen« oder »Der Mond ist aufgegangen« oder eben »Am Brunnen vor dem Tore«, das zum Lieblingslied der Tochter wurde.

An dieser Stelle der Rede waren bereits alle in der Kapelle versammelten Frauen zu Tränen gerührt – mindestens dreißig oder sogar vierzig waren gekommen –, unter ihnen Wally und Elli, die Jüngsten in der Schar, und natürlich die beiden über achtzigjährigen Stammbesucherinnen. Sie alle hatten in den beiden vordersten Bankreihen Platz genommen. In der ersten Reihe, zwischen Wally und Elli, saßen Nilowsky und Carola. Carola diesmal in einem dunkelblauen Kleid, kurzärmlig und weiß gepunktet. Von den Skatspielern oder anderen Kneipengästen hingegen war niemand da. Dafür aber Roberto und die acht weiteren Mozambiquaner. Roberto hatte sich neben mich in die dritte Reihe gesetzt, und als der Redner nun erzählte, wie sehr Carla Serrini darunter gelitten hatte, dass ihre einzige Tochter Maria ausgerechnet an diesen Karl-Heinz Nilowsky hatte geraten müssen, fragte mich Roberto im Flüsterton: »Deine Mutter, wie geht ihr?«

»Gut«, sagte ich, und Roberto prompt: »Schade, dass nicht hier.«

Ich überlegte, verwundert wie ich war, ob und was ich darauf antworten sollte, während mir Roberto verschwörerisch zuflüsterte: »Schmuck sieht aus, deine Mutter. Sehr schmuck.«

Ich hatte mir noch nie nennenswerte Gedanken darüber gemacht, wie schmuck oder hübsch oder gut oder weniger gut meine Mutter aussah. Hätte man mich gefragt, wie sie aussieht, hätte ich gesagt: Normal, nichts Besonderes. »Wenn du meinst«, flüsterte ich zurück, und Roberto leise, aber entschieden: »Ich meine.« Nach einer kurzen Nachdenkpause wurde er etwas konkreter und durchaus schwärmerisch: »Schön Haare.«

Die Haare meiner Mutter waren toupiert, das war auch bei vielen anderen Frauen der Fall. Aber sie waren so hoch toupiert, dass es vielleicht doch etwas Außergewöhnliches war. Fast dreißig Zentimeter, schätzte ich. Schön jedenfalls fand ich das nicht. Doch vielleicht waren solche Haare in Mozambique ein ausgesprochenes Attraktivitätsmerkmal.

»Schön hoch«, sagte Roberto.

»Ja«, bestätigte ich, »schön hoch.«

»Karl-Heinz Nilowsky«, sprach unterdessen der Redner, »belagerte Maria Serrini. Kein Tag verging, an dem er ihr nicht bewusst über den Weg lief. Er musste dabei wohl nicht ohne Charme und Verführungskraft gewesen sein, denn obwohl Carla, mit der trefflichen Ahnung einer liebenden Mutter, der Tochter von diesem Manne abriet, vergab die arme Maria ihr unschuldiges Herz an denselbigen.«

Ich konnte mir nicht vorstellen, dass Nilowskys Vater jemals Charme und Verführungskraft gehabt hatte. Aber so altmodisch der Redner das sagt, dachte ich, war vielleicht doch was dran.

»Gleich nach der Heirat«, fuhr er fort, »sollte Maria Serrini in der Kneipe mitarbeiten. Allerdings vertrug sie den Zigarettenqualm nicht und bekam Hautausschlag. Also mied sie, sehr zum Leidwesen ihres Mannes, diesen Ort. Seinen Ort. Obendrein wurde sie schwanger und zog sich in die enge Zweizimmerwohnung zurück, in der sie mit Karl-Heinz Nilowsky lebte. Immer seltener verließ sie diese Wohnung und verfiel in Depressionen, während Karl-Heinz Nilowsky sich Tag für Tag und Abend für Abend und Nacht für Nacht betrank. So kam es, dass Carla Serrini, die ob des Schicksals ihrer Tochter zutiefst unglückliche Mutter, das Kind, das im Jahre 1958 geboren ward, in Liebe und Fürsorge an sich nahm.«

Das Kind, das geboren ward – wie feierlich das klang. Wie in einem Märchen. Ich schaute zu Nilowsky, der ernst und aufmerksam zuhörte.

»Carla Serrini«, erzählte der Redner weiter, »konnte ihre Tochter nicht erretten. Denn Maria wollte sich, aus Gründen, die niemand begriff, von Karl-Heinz Nilowsky nicht trennen. Es war« – der Redner zögerte, ehe er das Wort aussprach – »wie eine Selbstbestrafung dafür, dass Maria Serrini ihr Kind weggegeben hatte. Als Reiner seinen vierten Geburtstag feierte, starb sie. Seitdem war auch Carla Serrini eine endgültig gebrochene Frau.«

Die Frauen in der Kapelle heulten ausnahmslos, während die Mozambiquaner ehrfurchtsvoll vor sich hin starrten. Carola hatte einen Arm um Nilowskys Schultern gelegt, was aber wegen des Höhenunterschieds zwischen den beiden eher aussah, als hätte sie den Arm an der Schulter aufgehängt. Mir fielen die Worte vom alten Nilowsky ein: »Ick hab mir jewundert, warum sie mir überhaupt jenomm' hat, wenn sie nich mal inne Kneipe kam.« Ja, warum?, hätte ich am liebsten Reiner gefragt, fürchtete jedoch, er würde, weil er es selber nicht wusste, abweisend oder gar mit Unmut reagieren.

»Nun wollen wir«, sagte der Redner, »unserer teuren Verstorbenen das letzte Geleit geben. Bitte erhebt euch und tretet hinaus.«

15

Kaum hatte die Trauergemeinschaft die Kapelle verlassen und sich für den Gang zur Urnenstelle versammelt, fasste Carola Reiner und mich an den Händen, zog uns zu sich heran und sagte so leise, dass nur wir es hören konnten: »Kommt mit! Ich will euch erzählen, wie sie gestorben ist.«

Sie ließ unsere Hände los, hüpfte ein paarmal vorfreudig im Kreis und rannte in Richtung Ausgang des Friedhofs. Nilowsky vermied es, mich anzusehen. Ich hatte den Eindruck, dass es ihm nicht recht sein würde, wenn ich mitkäme. Carola drehte sich noch einmal zu uns um. »Na kommt!«, rief sie. »Worauf wartet ihr?«

Reiner stakste los. Ich folgte ihm. Carola verfiel in einen Schlendergang, und wir gaben nun acht, nicht schneller zu gehen als sie. Die Blicke der Trauergemeinschaft, die ich im Rücken spürte, störten mich nicht. Aber bei Nilowsky war ich mir nicht sicher, ob er mir jemals verzeihen würde, dass ich einfach mitging.

»Ich müsste eigentlich nach Hause«, sagte ich.

»Papperlapapp, du kommst mit!«, erwiderte Carola.

Wir liefen zum Bahndamm, und als wir dort ankamen, schaute ich auf meine Armbanduhr und sagte: »Gleich müsste der Zwölfsiebzehner kommen.«

Kaum hatte ich das gesagt, fühlte ich mich wie ein Aufschneider. Dabei hatte ich die Zugzeiten nur auswendig gelernt, um Nilowsky zu demonstrieren, wie viel mir unsere Freundschaft bedeutete.

»Jetzt bist du ja schon ein richtiger Reiner-Experte«, stellte Carola grinsend fest, während Nilowsky mit unbeweglichem Gesicht in die Richtung sah, aus der der Zwölfsiebzehner nun auf die Minute pünktlich kam. Er donnerte an uns vorbei, zerzauste uns die Haare. Nilowskys Gesicht blieb regungslos. »Reiner würde es auch nichts ausmachen«, rief mir Carola zu, »wenn der Zug nur drei Zentimeter an ihm vorbeirasen würde. Irre, was? Wenn im Zirkus Züge fahren würden, könnte er im Zirkus auftreten.«

Nachdem der Zug nicht mehr zu sehen war, fragte Carola: »Seid ihr bereit? Kann ich anfangen?«

»Natürlich«, antwortete Nilowsky, »deshalb sind wir ja hier.« Er setzte sich auf die Schiene, und Carola und ich nahmen ebenfalls Platz.

»Eigentlich ging es sehr schnell«, fing Carola an. Ihre Stimme war für ihre Verhältnisse leise, strahlte Ehrfurcht aus und Wehmut. »Neben ihr saß ich, auf dem Kanapee, und sie riss sich die Fingernägel ein, bis ihre Fingerkuppen bluteten. Ich fragte sie: ›Soll ich deine Hände nehmen und streicheln?‹ Sie schüttelte nur den Kopf. Schüttelte immer heftiger den Kopf. Ich nahm sie in die Arme und flüsterte ihr ins Ohr: ›Reiner ist bald zurück von der Beerdigung.‹ Trotzdem hörte sie nicht auf mit dem Kopfschütteln. Und auf einmal begann auch ihre Nase zu bluten. Ich gab ihr mein Taschentuch. Sie warf es weit weg. Ich versuchte, ihr den Kopf in den Nacken zu legen. Sie wehrte sich und sagte: ›Das ist böses Blut, ist das. Raus muss das, das böse Blut. Immer raus, das böse Blut.‹ Ich holte ihr eine Schüssel, und sie ließ das

Blut in die Schüssel fließen. Als die Schüssel voll war, holte ich die nächste Schüssel und fragte: ›Ist das Blut immer noch böse, oder darf ich dir endlich helfen?‹ Sie antwortete: ›Immer noch böse, für immer böse, immer noch böse, für immer böse …‹ Sie hörte gar nicht mehr auf, und das Blut schoss im Rhythmus ihrer Worte aus der Nase. Ihre Haut wurde grau und leblos. Sie schloss die Augen. Faltete die Hände. Wie zum Gebet. Die Fingerkuppen bluteten. ›Immer noch böse, für immer böse, immer noch böse, für immer böse …‹ Ihr Kopf sank auf die Brust. Ich fühlte ihre Halsschlagader. Aber die schlug nicht mehr. Ich fühlte ihren Puls. Der schlug auch nicht mehr. Ihre Haut wurde kalt. Und kein Blut kam mehr, kein Tropfen. Aber nach wie vor hörte ich: ›Immer noch böse, für immer böse, immer noch böse, für immer böse …‹ Ich hörte und hörte es. Bis ich schrie: ›Hör auf! Hör auf!‹ Da war es still. Da erst war es still, endlich still.«

Carola atmete tief ein und aus. Ich konnte ihr ansehen, wie schwer es ihr gefallen war, vom Sterben Carla Serrinis zu erzählen. »Darüber red ich nie mehr!«, verkündete sie. »Nie mehr!« Ein Lächeln kam auf ihr Gesicht. Ein schönes, offenes Lächeln, das ihr sogar etwas Frauliches gab. Trotzdem hätte ich sie immer noch nicht älter als dreizehn, höchstens vierzehn geschätzt.

Nilowsky stand auf, ohne uns anzusehen. »Ich wünsche«, sagte er vor sich hin, »sie machen ihm die Hölle heiß, da oben, im Himmel oder sonst wo, das wünsche ich, glühend heiß. Dass er nie Ruhe hat und sein Karma immer mieser wird. Das mieseste Karma der Welt, das sich nie auflösen wird. Und dass er leiden muss, wie sie gelitten haben. Meine Oma, meine Mutter. Nie Ruhe.«

Er ging die Böschung hinunter und wirkte so traurig und verzweifelt, dass ich am liebsten hinterhergerannt wäre und ihn in die Arme genommen hätte. Aber ich blieb sitzen, auf den Schienen, neben Carola.

»Mann, oh Mann, oh Mann«, seufzte sie, »ich kann doch nichts dafür, dass er seinen Alten umgebracht hat und trotzdem unglücklich ist. Nur gut, dass er den Alten hat verbrennen lassen. Bei so viel Schnaps, wie die Leiche intus hatte, wäre die nie verwest. Und die Polizei, die hätte den Alten irgendwann ausgebuddelt und Spuren entdeckt, die Reiner als Täter überführt hätten. Komisch, dass er immer noch unglücklich ist. Sag mal, wie habt ihr beide euch eigentlich kennengelernt?«

Reiner hatte ihr also nicht erzählt, dass der Alte sich selbst umgebracht hat. Ich durfte ihr nichts verraten. Niemals. Auf einmal kam mir wieder in den Sinn, dass Nilowsky *mir* die Unwahrheit gesagt und *doch* seinen Vater ermordet haben könnte. Nein, keinesfalls! Ich überlegte kurz, ob ich Carola sagen sollte, dass Reiner erst dann glücklich sei, wenn er mit ihr verheiratet ist. Aber das sagte ich nicht.

»Wir haben uns kennengelernt, als ich in die Kneipe guckte, Reiner mich sah, hineinbat, und wir seinen besoffenen Vater nach hinten schleppten.«

»Ach, so habt ihr euch kennengelernt. Na ja, eigentlich ähnlich wie bei uns. Bei uns ist's schon Jahre her, ich war – ich weiß es noch genau – acht Jahre alt. Früher Nachmittag war's, dunkler Wintertag, ich allein zu Haus. Er klingelte, und als ich aufmachte, sagte er gleich: ›Guten Tag, kannst du mir mal helfen?‹ Wir gingen rüber in die Wohnung von Carla. Sie lag auf dem Fußboden. ›Sie hat die Luft angehalten‹, erklärte er, ›solange bis sie ohnmächtig geworden ist.‹ Wir zogen Carla zu ihrem Bett, Reiner hievte sie hoch, und dabei kam sie wieder zu sich. Eigentlich hätte er sich auch allein helfen können. Aber er wollte mit mir ins Gespräch kommen. Davon bin ich überzeugt. Mein Gott, neun Jahre ist das schon her.«

»Das heißt«, sagte ich, »du bist jetzt siebzehn?«

»Glaubst du nicht, was?«

»Du siehst jünger aus.«

»Weiß ich, weiß ich. Wie alt hättest du mich geschätzt?«

»Dreizehn.«

»Gratuliere. Mit zwölf hab ich beschlossen, ab dreizehn nicht mehr älter zu werden. Deshalb werde ich auch nie heiraten können. Logisch, oder?«

So gesehen war das logisch. Die Frage war nur, ob Nilowsky von dieser Logik wusste.

»Aber Reiner«, sagte ich, »geht davon aus, dass er dich heiraten wird.«

»Ja, er geht immer von dem aus, was er selber will. Und du? Willst du nicht wissen, wie ich es geschafft hab, nicht älter zu werden?«

Ich hatte das Gefühl, mich für Reiner einsetzen zu müssen. Dafür zu kämpfen, dass Carola ihn heiratet. Andererseits war ich einfach nur neugierig. »Klar will ich das wissen. Logisch, oder?«

Es war mir peinlich, dass ich ihre Redewendung wiederholt hatte. Am liebsten hätte ich etwas hinzugesetzt, was die Formulierung nichtig gemacht hätte, aber mir fiel nichts ein.

»Na gut«, meinte Carola, »ich erzähl's dir. Ich hab's noch nicht mal Reiner erzählt. Staunst du, was? Ich hab's noch niemandem erzählt. Schwöre, dass du es nur für dich behältst. Schwöre!«

Das war unglaublich: Nicht nur dass mich Nilowsky in Geheimnisse einweihte, die ich nicht verraten durfte – nun auch Carola.

»Ich schwöre«, sagte ich, hob meine rechte Hand und legte zum Zeichen des Schwurs Zeige- und Mittelfinger aneinander.

»Also, dreizehnter Geburtstag«, begann Carola. »Ein Sonntag. Meine Eltern fuhren mit mir raus ins Grüne. Müggelsee. Picknick. War außergewöhnlich. Normalerweise kümmerten sie sich nicht um mich. Schichtarbeit, Parteifunktionen, Ehrenämter. Hatten einfach keine Zeit für mich. Außer mal am Geburtstag. Wir saßen am Strand, und sie fingen an: ›Jetzt kommst du ja bald in die Pubertät, und da beginnt ja langsam der Ernst des Lebens.‹ Blablabla, was für ein Schwachsinn. Ich hatte keine Lust auf den Ernst des Lebens. Arbeit, Funktionen, Arbeit, Funktionen ... Keine Lust, keine Lust, keine Lust. Aber es kam noch doller: ›Und in der Pubertät entsteht ja auch die Sexualität, da wirst du ja auch eine Partnerschaft haben, in der du die Sexualität ausübst ...‹ Ich dacht' nur: Was reden die denn über das, was ich ausübe oder nicht ausübe. Und was ist denn das für 'n sonderbarer Begriff: Ausüben!? Die spinnen wohl. Arschlöcher. Schließlich reichten sie mir ihr Geburtstagsgeschenk. Ein Buch. Professor Schnabl, igittigitt, schon der Name, warum denn nicht gleich: Professor Penis? *Mann und Frau intim. Fragen des gesunden und des gestörten Geschlechtslebens*. Dachte sofort: Darf ja nicht wahr sein. Und sie sagten: ›Das sollst du lesen. Zur Vorbereitung auf all das, was dich erwarten wird.‹

Ojemine, ojemine, kein Blick wollt' ich da reintun. Tat ich dann aber doch, zu Hause, als ich wieder allein war. Und da wurde mir erst recht ganz übel: *Der Geschlechtsakt, in Klammern Koitus. Die Bedeutung der Koitusposition für die Frau. Wesen und Erscheinungsformen der weiblichen Geschlechtskälte, in Klammern Frigidität.* Ich rannte aufs Klo und kotzte. Als ich fertig war mit Kotzen, sah ich, dass ein paar Kotzekrümel in meine linke Armbeuge hineingefallen waren. Ich dachte: Die lass ich da. Die Armbeuge wird nicht gewaschen. Nie mehr.«

Carola hielt inne und schaute zu mir. Vielleicht, dachte ich, will sie mich mit ihrem Blick fragen, ob ich denn auch die tiefere Bedeutung der Kotzekrümel in der Armbeuge erfasst hätte, denn irgendeine tiefere Bedeutung sollten die wohl haben. Ich saß immer noch neben ihr auf der Schiene und guckte verstohlen zu ihrem linken Arm, der, soweit ich das sehen konnte, vollkommen sauber war.

»Also«, fuhr Carola fort, »ich wusch die Armbeuge nicht mehr, und die Kotze begann zu stinken. In der Schule oder am Esstisch mit meinen Eltern winkelte ich den Arm an. Auf diese Weise konnte der Gestank nicht mehr raus. Heimlich übte ich das Anwinkeln. Sollte ganz normal und natürlich aussehen, damit niemand was dabei vermutete. Nur Carla, bei der ich manchmal zu Besuch war, nachdem Reiner wieder bei seinem Vater wohnen musste, bei seinem Erziehungsberechtigten, wie der blöde Staat das nennt – Carla, die roch den Braten. Sagte: ›Mach mal den Unterarm runter, mach mal, den Unterarm.‹ Machte ich. Und Carla gleich: ›Stinkt ja gotterbärmlich, stinkt das, mein Gott, mein

Gott.‹ Sie hielt sich die Nase zu und sagte: ›Kindchen, hast du die Kotzsucht, ist was ganz Schlimmes, die Kotzsucht, oder was hast du?‹ Ich wusste nicht, was sie meinte, und das sagte ich ihr. Und darauf Carla: ›Na gut, vergiss es. Aber jetzt gebe ich dir wirklich einen Ratschlag, und den solltest du nicht vergessen, den Ratschlag, den ich dir gebe. Also, wasch die Kotze ab, gründlich ab, und wünsch dir was. Etwas, das unbedingt in Erfüllung gehen soll. Das ist der Ratschlag, den ich dir geb.‹ Ich dachte: Na gut, probieren kann ich's ja mal. Und am nächsten Tag wusch ich die Kotze ab und wünschte mir, nicht älter zu werden. Denn nur so konnte ich es hinkriegen, nicht in die blöde Pubertät zu kommen. Ist doch logisch, oder?«

Sie grinste mich an, und ihre großen hellblauen Augen leuchteten in dem sommersprossigen Gesicht. Auf einmal sagte sie: »So verdattert wie du guckst, krieg ich richtig Lust, dich zu küssen. Na los, können wir ja mal probieren. Küss mich!«

Ich schüttelte erschrocken den Kopf. »Das … Das geht nicht.«

»Warum denn nicht?«

»Wegen Reiner. Er will dich heiraten.«

»Ja und?! Bist du etwa sein Knecht? Mach dich mal frei davon.«

Sie stand auf und schüttelte ihr Kleid aus, als wäre es voller Staub oder, wie ich sogleich dachte, voller Kotzekrümel. Ich rückte ein Stück von ihr weg und wollte erklären, warum ich nicht Nilowskys Knecht sei. Aber mir fiel nichts ein. Carola lachte laut und stieß mir mit dem Fuß in die Rippen. »Ach Quatsch«, rief sie, »bleib lieber auf der Schiene sitzen. Bis irgendein blöder Zug kommt und dich umfährt. Matsch, Matsch, Matsch, immer weg mit dem Quatsch.«

Sie hüpfte die Böschung hinunter, schlug ein paar Haken und verschwand hinter einer Häuserecke.

16

Und wieder sah ich Nilowsky nicht. Eine Woche, zwei Wochen nicht. Das *Bahndamm-Eck* war geschlossen, die anliegende Wohnung unbewohnt.

Jeden zweiten Tag ging ich in das Waldstück hinterm Chemiewerk und schaute mit gebührendem Sicherheitsabstand zur rotgelben Baracke mit ihrem Ingwerknoblauchgeruch. Ein paarmal sah ich Elli in die Baracke gehen, immer mit einer großen Handtasche, in der wahrscheinlich ihre Westgewürze waren. Einmal sogar Wally, die ja nun nicht mehr fürchten musste, dass Nilowskys Vater ihr auflauerte. Und natürlich immer wieder Roberto und die anderen Mozambiquaner. Ich verbarg mich so gut es ging, doch gleichzeitig hoffte ich, dass mich Roberto entdecken und fragen würde, ob ich nicht endlich mal reinkommen wolle.

Nach drei Wochen, Nilowsky war immer noch nicht aufgetaucht, wurde es von einem Tag auf den anderen kalt. Die Kälte kam aus dem Osten, und die Temperatur sank unter den Gefrierpunkt, trotz der zwei Grad vom Chemiewerk und dem einen, das von den Mozambiquanern herrühren musste. Nunmehr ging ich zwar täglich, aber nur für wenige Minuten in den Wald. Und auf einmal sah ich meine Mutter. Genauer gesagt: Ich sah die hochtoupierten Haare, die Turmfrisur, wie mein Vater sie manchmal scherzhaft nannte, hinter einem Baumstamm hervorkommen und nach ein paar Sekunden wieder verschwinden. Kein Zweifel, es waren die Haare meiner Mutter im gelblich matten Licht, das von den Fenstern der Baracke kam. Und ich sah Roberto. Er musste ganz dicht vor meiner Mutter stehen. Ich sah seine rechte Hand, die offenkundig und sehr behutsam die Haartracht berührte; und dann sah ich ihn mit einer Bewegung seines Kopfes, die unmissverständlich darauf hindeutete, dass er meine Mutter küsste. Unglaublich! Vor einigen Wochen hatte ich meine Eltern noch wie frisch verliebt erlebt. Ich konnte mir nicht erklären, was geschehen war.

»Na, du Spanner.« Ich zuckte heftig zusammen. Hinter mir stand Nilowsky. Er hatte eine Taschenlampe in der Hand, die er einschaltete und mir ins Gesicht hielt. »Auch deine Mutter scheint auf Negerschwänze zu stehen, scheint sie, was?«

Es hatte wohl amüsiert klingen sollen, aber es klang verbittert. Er schaltete die Taschenlampe aus. Kam sehr dicht an mich heran. Flüsterte. Und das Flüstern machte seine Stimme nur umso drohender. »Was hast du Carola erzählt? Oder hast du ihr nur schöne Augen gemacht? Was hast du ihr erzählt?«

»Nichts«, entgegnete ich. »Nichts hab ich.«

»Dass ich mir einen runterhole, wenn ich mir vorstelle, dass ihr ein Kirschbaum aus 'm Hintern wächst? Dass ich mir bei dieser Vorstellung einen runterhole? Jetzt staunst du, was, staunst du, oder? Mach ich nämlich, mir einen runterholen, wenn ich mir vorstelle, dass aus Carolas Hintern ein Kirschbaum wächst. Wenn du nicht so schreckhaft wärst, würde ich dich meinen Schwanz anfassen lassen. Dann würdest du merken, was da los ist. Nur wenn ich dran denke, geht das schon los. Könnte mir schon wieder einen runterholen, könnte ich, so steif ist er, nur weil ich mir vorstelle, wie es aussieht, wenn aus ihrem Hintern ein Kirschbaum wächst.«

»Ich glaube«, sagte ich, und meine Stimme zitterte, »ich meine, ich habe den Eindruck, habe ich, Carola will nichts von Männern.«

»Von dir!«, schrie Nilowsky mich an, »von dir will sie nichts. *Den* Eindruck solltest du mal haben.«

Ich wich vor ihm zurück, fast wäre ich gestürzt. Zugleich schaute ich zu dem Baum, hinter dem ich Roberto und meine Mutter vermutete. Ich hoffte, dass sie uns weder gesehen noch gehört hatten, obwohl ich mir das kaum vorstellen konnte, so laut wie Nilowsky mich angeschrien hatte. Aber die beiden waren nicht mehr da. Möglicherweise war meine Mutter in der Baracke und sah mich von dort aus.

Egal, dachte ich. Das sollte mir egal sein. Ich wollte gegen meine Angst ankämpfen. »Carola«, sagte ich, »die spielt nur mit Männern. Die kann vielleicht gar nicht anders. Das ist, weil sie selber so viele Probleme hat, deshalb …«

»Du hast ja eine Logik«, unterbrach mich Nilowsky, nun wieder ruhiger. »Da ist ja Carolas Logik gar nichts gegen.« Er ging in Richtung Bahndamm und befahl: »Komm mit!«

Ich folgte ihm, froh, wenigstens aus diesem Waldstück wegzukommen. Und auch froh, dass er mich unterbrochen hatte. Denn sonst hätte ich wahrscheinlich noch Carolas Geheimnis verraten.

Wir liefen die Böschung hinauf. Als wir an den Gleisen waren, schaute er zum *Bahndamm-Eck*, und ich sah ebenfalls dorthin. Er sagte kein Wort über die Kneipe oder über seinen Vater, er verlor auch kein Wort mehr über mich und Carola. Er sagte nur: »Ich will einen Vertrauensbeweis. Etwas, das uns beide verbindet. Auf immer und ewig. So etwas will ich.«

»Was soll ich machen?«, fragte ich.

»Ganz einfach. Du sollst mit deiner Zunge die Schiene berühren, sollst du.«

»Aber wir haben Minusgrade. Die friert doch an!«

»Dir passiert nichts. Oder vertraust du mir nicht?«

Der Wind blies derart kalt über die Gleise, dass ich das Gefühl hatte, die Spucke würde gefrieren, sobald ich meine Zunge nur herausstreckte.

»Na los. Bringen wir's hinter uns. Los, mach. Los!«

Diese Mischung aus Bitte und Befehl kannte ich. Mit der hatte mich sein Vater gefragt, ob ich ihm in der Kneipe helfe. Von der hatte ich gedacht, sie wäre unnachahmlich. Nun war ich verblüfft über diese Ähnlichkeit. Ich ging auf die Knie und berührte, ohne weiter nachzudenken, mit meiner Zunge die Schiene. In Sekundenschnelle wurde sie taub und fror an.

»Jetzt musst du«, sagte Nilowsky, »deine Körperwärme, die musst du jetzt zum Einsatz bringen. Groß werden muss die, immer größer, und hundertprozentig wollen musst du das, dass die groß wird und deine Zunge warm macht.«

Ich war überzeugt davon, dass er es ernst meinte und davon ausging, dass ich es schaffen würde, wenn ich es nur hundertprozentig wollte. Ich atmete die stinkende Luft vom Chemiewerk, die ich kaum mehr als stinkend empfand, tief ein. Dann hielt ich die Luft an, um auf diese Weise Wärme zu erzeugen. Schließlich atmete ich aus, erst langsam und gleichmäßig, dann stoßweise, aber es half nichts, die Zunge blieb auf der Schiene kleben.

Der Siebendreizehner, schoss es mir durch den Kopf. Ich schaute auf meine Armbanduhr. Noch vier Minuten, bis der Siebendreizehner kommen würde. Ich zeigte auf die Uhr, hielt sie Nilowsky hin. »Ich weiß«, sagte er, »ich weiß.«

Mir wurde vor Angst ganz heiß, aber auch die Hitzewallung half nicht, die Zunge von der Schiene zu lösen. Nicht ein bisschen half sie. »Hilf mir, Reiner«, bat ich. »Hilf mir doch, hilf mir!«

Es war ein dumpfes Lallen, das ich von mir gab. Ich spürte, wie mir Tränen aus den Augen flossen, während Nilowsky mit gütiger Selbstsicherheit sagte: »Natürlich helfe ich dir. Was dachtest du denn? Dass ich dir etwa nicht helfe, dachtest du das?«

Ich konnte mir nicht vorstellen, dass er mir *nicht* half. Aber Angst hatte ich trotzdem. Noch drei Minuten.

Wieder schaltete er die Taschenlampe ein und richtete das Licht auf mein Gesicht. Auf einmal schmeckte ich etwas Warmes, Modrig-Bitteres, Salziges auf meiner Zunge. Reiners Urin. Ein lange währender, kräftiger Strahl, zielgenau. Langsam löste sich meine Zunge von der Schiene. Ich heulte vor Ekel und Wut und Dankbarkeit. Kaum dass die Zunge frei war, rannte ich die Böschung hinunter, stolperte, stürzte, kotzte. Kotzte so heftig, dass ich fast nicht mehr atmen konnte. Nilowsky war bei mir. Nahm mich in seine Arme. Wischte mit der flachen Hand den Schweiß von meiner Stirn, fuhr mir mit den Fingern durch die Haare. Der Siebendreizehner schepperte an uns vorbei, und Nilowsky sagte: »Das war der Vertrauensbeweis, war das.«

Hätte das jemand anderes gesagt, hätte es zynisch geklungen. Aber bei ihm hatte es etwas Ehrliches. Etwas Naiv-Unschuldiges, das ich kaum glauben konnte und das mir deshalb wiederum Angst bereitete.

17

Die Turmfrisur meiner Mutter wurde von Tag zu Tag höher. Schließlich sagte mein Vater am Abendbrottisch: »Wenn die weiter wächst, müssen wir bald 'n Gerüst um sie herum bauen, damit sie nicht umkippt.«

»Pass mal auf, dass du nicht umkippst«, entgegnete meine Mutter etwas hilflos. Mein Vater pustete gegen die Frisur und sagte: »Noch ein paar kleine Windstöße, und wir haben hier den Schiefen Turm von Pisa.«

Im Herumalbern war er meiner Mutter eindeutig überlegen, aber die heimlich Überlegene war unzweifelhaft sie. Und ich war genaugenommen beiden überlegen. Mein Vater wusste nicht, was ich wusste, und meine Mutter wusste nicht, was ich von ihr wusste. Vorausgesetzt, sie hatte mich nicht entdeckt, als sie sich im Wald mit Roberto küsste. Ich fragte mich, ob ich meine Überlegenheit ausspielen sollte. Ob ich Andeutungen machen sollte, die ihr klar werden ließen, dass ich im Bilde war. Gelegenheit hätte es immer wieder gegeben, denn bei fast jedem Abendessen kam mein Vater auf die Faulheit und die Undiszipliniertheit der Mozambiquaner zu sprechen. Na ja, hätte ich sagen können, wenigstens sind sie nicht in *jeder* Hinsicht faul. Und davon sind sogar Personen betroffen, von denen man es gar nicht unbedingt annehmen würde. Das hätte bestimmt ausgereicht, ihn neugierig zu machen und meiner Mutter Angst einzujagen. Aber es wäre mir peinlich gewesen. Schon der Gedanke daran war mir peinlich und kam mir ungehörig vor.

Einmal dachte ich daran, ihnen von meinem Verhältnis zu Nilowsky zu erzählen, das so verwirrend intim war, dass ich nicht wusste, ob man es überhaupt als Freundschaft bezeichnen konnte. Aber auch das tat ich nicht. Zum einen, weil sie von Anfang an gegen ihn gewesen waren, zum anderen, weil ich es einfach nicht fertiggebracht hätte, von meiner angefrorenen Zunge und Nilowskys Befreiungsaktion zu berichten.

Es war noch immer bitterkalt, als mir Reiner eines Nachmittags auf dem Weg von der Schule nach Hause wie zufällig entgegenkam und mich prompt und zu einem, wie er es nannte, Kontrollgang durch den Bezirk mitnahm. »Wir sind jetzt mal *Timur und sein Trupp*«, sagte er. »Kennst du doch, oder? Junge sowjetische Helfer im Alltag ihrer Mitmenschen, falls du's vergessen hast. Das heißt, wir gucken nach den älteren Damen, die vielleicht Hilfe brauchen, gucken wir mal, und dabei sehen wir auch gleich, wie die revolutionäre Situation ist.«

Wir gingen kreuz und quer, diesseits und jenseits des Bahndamms. Die alten Frauen, die wir aufsuchten, hießen Lenchen, Mariechen, Luzy, Hanna, Mathilde, Gerda und Trautchen. Ich hatte sie bei Carlas Beisetzung gesehen, und alle verkehrten, wie Nilowsky mir erklärte, gelegentlich in der rotgelben Baracke. Wir trugen ihnen Kohlen aus dem Keller, wischten Staub von Schränken und Regalen, wo sie nicht oder nur schwer herankamen, und wechselten angegilbte Fenstervorhänge gegen frisch gewaschene. Die Frauen, dankbar und gut gelaunt, belohnten uns mit einer Tasse Tee oder Kaffee, Keksen und Konfekt.

Nur Mariechen war in missmutiger Stimmung. »Ach, ick werd' langsam tattrig«, stellte sie fest. »Würd' am liebsten gar nich mehr aus der Wohnung.«

»Na, dann bleib in der Wohnung«, sagte Nilowsky. »Wir kommen ja ab und zu vorbei. Können dir erzählen, was draußen passiert, können wir.«

»Aber denn kann ick ja nich mehr inne Baracke«, entgegnete Mariechen. »Is doch die schönste Abwechslung, die ick noch habe. Bisschen kochen, bisschen unterhalten. Manchmal 'n Tänzchen. Weeßte, wat mir Roberto neulich erzählt hat?« Ihre Augen leuchteten auf einmal. »Roberto, der hatte 'ne Tante. In Maputo, da wo er ooch herkommt. Die Tante wohnte nich in 'ner Hütte am Stadtrand, wie die meisten, sondern in 'nem Hochhaus im Zentrum, wo selten einer hinkam aus ihrer Familie. Als die Tante alt und krank wurde, kam sie nich mehr aus der Wohnung raus. Da hatte Roberto 'ne Idee. Er hängte 'n Kleid von der Tante ans Fenster und sagte zu ihr: ›Wenn's dir schlecht geht und du Hilfe brauchst, nimm das Kleid vom Fenster. Irgendeiner meiner Freunde wird's sehen und mir ganz schnell Bescheid geben.‹«

»Ist ja genial, ist das«, sagte Nilowsky. »Wir hängen 'n Schlüpper von dir raus, und wenn's dir schlecht geht, nimmst du ihn weg.«

»Wieso 'n Schlüpper?«, erwiderte Mariechen. »Denkste, ick besitz keen schönet Kleid?«

Sie holte ihr schönstes Kleid, ein knielanges, schulterfreies, lindgrünes, aus dem Schrank und hängte es ans Fenster ihres Wohnzimmers im ersten Stock. »Hab's lange nich mehr getragen«, sagte sie. »Jetzt hat's eine ehrenvolle Aufgabe.«

Als wir uns von ihr verabschiedet hatten und auf dem Weg zu Trautchen waren, fragte ich: »Was ist, wenn's Mariechen so schlecht geht, dass sie es nicht mehr zum Fenster schafft?«

Nilowsky grinste und sagte: »Das ist ja der Trick. Ihr wird es nie so schlecht gehen, dass sie es nicht mehr bis dorthin schafft, so schlecht wird es ihr nie gehen. Und ehe du fragst, warum, werd' ich's dir verraten. Weil nämlich, weil sie es nicht *will*, dass sie es nicht mehr bis zu dem Kleid schafft. Ganz einfach. Das nennt sich Psychologie, falls du davon schon mal was gehört hast.«

Ich hatte davon schon gehört, aber solche Tricks waren mir unbekannt.

Auch bei Trautchen wendete Reiner Psychologie an. Er fragte: »Warum gehst du eigentlich unsere mozambiquanischen Freunde besuchen?«

»Na, die interessieren sich wenigstens noch richtig fürs Kochen«, antwortete sie. »Das tut kein deutscher Mann mehr.«

»Ja, aber meinst du, dass unserm Staat das recht ist?«

»Ach, unser Staat ... Die armen jungen Männer kommen von so weit her, da kann man ja mal 'n bisschen dafür sorgen, dass sie sich nich allzu fremd fühlen in der Fremde. Das dürfte doch wohl ganz im Sinne von unserm Staat sein, oder?«

»Ja, da hast du recht«, erwiderte Reiner anerkennend. »Das ist ein revolutionärer Pluspunkt, den du hiermit gesammelt hast, das ist es.«

Trautchen, der es auf den revolutionären Pluspunkt offenbar nicht ankam, sagte: »Is aber nich wie bei Wally, ick meine, Wally, die überall erzählt, wo sie zu Besuch is und deshalb Neger-Wally genannt wird, ick meine, dit is ja nu ooch nich schön, oder?«

Auch die anderen Frauen fürchteten sich davor, wie Wally in Verruf zu geraten. Und mit Nilowskys aufmunternd gemeinter Bemerkung, »Ist der Ruf erst ruiniert, lebt es sich ganz ungeniert«, wollten sie schon gar nichts zu tun haben. Trotzdem konnte er ihnen eine, wie er es nannte, wichtige revolutionäre Frage nicht ersparen: »Warum«, fragte er wie ein Quizmaster, der wie ein strenger Lehrer auftritt, »warum ist die Baracke unserer mozambiquanischen Freunde ausgerechnet rotgelb angestrichen, ausgerechnet?«

»Ick nehme mal an«, antwortete Luzy, »weil 't in Afrika sehr viele jelbe und rote Pflanzen jibt.« Und Mathilde: »Ick weeß et nich, aber ick könnt' mir denken, dass rotjelb die Nationalfarbe von Mozambique is, ick meine, wahrscheinlich mit Hammer und Sichel.« – »Keene Ahnung«, bekannte indessen Hanna, und Gerda mutmaßte: »Rot war bestimmt Pflicht, von janz oben, und die andere Farbe durften sie sich aussuchen. Wurden sie wahrscheinlich jefragt, noch bevor sie hier ankamen.« Trautchen ging mit ihrer Vermutung noch einen Schritt weiter: »Das hat das Politbüro mit Erich Honecker beschlossen, und dann musste das natürlich genau so umgesetzt werden, is ja wohl klar, oder?« Nur Lenchen gab keine Antwort, sondern fing an zu heulen und sagte: »Das mit die beiden Farben hab ick den Roberto ooch schon mal jefragt, und da hat der mir 'ne Antwort jejeben, die war derart schweinisch, dass ick die partout nich über die Lippen kriege.« Auch auf Nilowskys Drängen brachte Lenchen Robertos Antwort nicht über die

Lippen. »Na gut«, sagte er, »wir legen den Mantel des revolutionären Schweigens darüber.«

»Und, wie ist sie nun, die richtige Antwort?«, fragte ich, als wir nach diesen Besuchen wieder allein auf der Straße waren.

»Na ja, die richtige Antwort …«, sagte Nilowsky, als wolle er Zeit gewinnen. Aber er wusste natürlich die richtige Antwort, oder er hatte sie sich zurechtgelegt. »Also, rot ist ja klar. Rot ist die Farbe der Arbeiterklasse, von Anfang an, schon immer, Farbe der Arbeiterklasse, wie die Farbe des Blutes, das in revolutionären Kämpfen vergossen wurde, revolutionäres Blut, Arbeiterklasse. Klar, keine Frage. Und gelb, das ist, gelb ist die Farbe des Neids. Aber unsere mozambiquanischen Freunde, die haben keinen Grund, neidisch zu sein. Hat also mit Neid nichts zu tun. Nein, gelb ist das Sonnenlicht, Gelb ist die Farbe der Wärme, der Lebensfreude, der Freundlichkeit. Und Gelb dient auch der Warnung. Seid vorsichtig, wir sind nicht zu unterschätzen! Auch das ist Gelb. Denk nur mal an die Chinesen, die gelbe Nation, zusammen mit den Afrikanern, schwarzgelb, passt auf, wir kommen, wir machen die Weltrevolution. Schwarzrotgelb, nicht zu verwechseln mit Schwarzrotgold, das ist die heimliche Flagge der Weltrevolution. Oder was meinst du? Was sagst du dazu?«

Nilowsky hatte sich in die Hochstimmung eines Predigers hineingeredet, sodass mir irgendetwas Einschränkendes oder gar Gegenteiliges zu sagen schlichtweg unmöglich vorkam.

»Ja«, antwortete ich, »ist logisch, wie du das erklärt hast, irgendwie logisch.«

»Gott, redest du verschraubt«, entgegnete er. »Hast

du wohl von Carola, was? Dieses Logisch. Logisch, oder? Das hast du von Carola, oder?«

Ich sagte nichts dazu und war froh, dass Nilowskys Wut so schnell wieder verflog wie sie gekommen war.

»Na ja«, sagte er, »seitdem ich die Wohnung meiner Oma übernommen hab, ist Carola meine Nachbarin. Das ist sie. Auch wenn sie nicht da ist, sondern in irgendeinem blöden Internat, da ist sie inzwischen. Nur ihre blöden Eltern sind da. Die Bonzen, die sagen kein Wort zu mir. Aber macht nichts, Nachbarin ist Nachbarin. Das steht fest.«

Das hörte sich an, als wäre die Tatsache, dass die beiden nun Nachbarn waren, ein durchaus großer Schritt zur späteren Hochzeit.

»Komm mit«, sagte Nilowsky voller Stolz, »ich zeig dir meine Wohnung.«

18

Die Wohnung von Carla Serrini war überfüllt mit schweren, dunklen Möbeln. Nur das Kanapee war goldgelb; und dass es von Blutflecken übersät war, betonte seine Leuchtkraft. »Kannst du dir wahrscheinlich denken«, sagte Reiner, »dass ich sie zu der Farbe überredet hab. Kannst dich ruhig setzen, setz dich!«

Er holte eine halbvolle Flasche Himbeergeist aus einer Kommode hervor, während ich mich auf die einzige Stelle des Kanapees setzte, die frei von Blutflecken war. »Ich finde«, sagte er, »ein Gläschen haben wir uns verdient bei der Kälte, ausnahmsweise mal. Ein Gläschen in Ehren kann niemand verwehren. Kennst du nicht das Sprichwort? Außerdem, das ist ein edler Tropfen, ein lukullischer Tropfen ist das, anders kann man es nicht sagen.« Er goss zwei Gläser voll und reichte mir eins. »Alla salute, cin cin, salute. Dreimal Prost auf Italienisch. Klingt edel, was? Hab ich von Carla gelernt, hab ich das. Drei Arten von Prost.«

Wir tranken unsere Gläser gleichzeitig auf ex, und ich spürte, wie die wohlige Wärme des Himbeergeistes bis in meine Füße zog.

»Sie trank immer gern ein Gläschen, am Abend, ein einziges Gläschen«, fuhr Nilowsky fort. »Nicht mehr, keinen Tropfen mehr. ›Hält am Leben‹, meinte sie, ›hält gesund.‹ Aber an dem Abend, als der Alte tot war, die

Drecksau, hat sie sich zwei Gläschen genehmigt. Und darauf noch eins und noch eins. Das sei gut für den Blutdruck, sei das, meinte sie. Und kaum hatte sie das gesagt, begann ihre Nase zu bluten vom Blutdruck. Klar, sie wollte sterben, endlich, war mir klar, was denn sonst?« Er goss sich sein Glas wieder voll und trank auch diesmal auf ex. »Schluss mit der Vergangenheit jetzt, geht um die Zukunft, jetzt, um nichts anderes, um die Zukunft, um die geht es. Also, das *Bahndamm-Eck* werde ich niemals wieder betreten, niemals, und die Wohnung auch nicht. Alles, was in der Wohnung ist, brauch ich nicht mehr. Kann der Staat haben, kann alles der Staat haben, brauch ich nicht. Die Kellnerlehre aber, die werde ich zu Ende machen. Wäre ja dumm, wenn ich die nicht zu Ende machen würde. Brauch ich nur *Zur gemütlichen Rose*, die nehmen mich, mit Kusshand nehmen die mich. Aber nach der Lehre, da werde ich was anderes machen. Ich werde nicht als Kellner arbeiten, werde ich nicht. Kellner sind Säufer, irgendwann sind sie Säufer. Aber ich saufe nicht, keinen Tropfen, nur heute mal, nur heute mal ein Gläschen.« Wieder goss er das Glas voll, und wieder trank er es auf ex. »Nur heute mal. Weil du da sitzt, wo du sitzt. Neben dir könnte meine Oma sitzen. Und neben meiner Oma Carola. Meine Oma zwischen euch. Und ich geh hin und her vor euch, auf und ab geh ich, und erzähl euch was, Carla und Carola und dir.«

Er ging im Zimmer umher, an den schweren, dunklen Möbeln vorbei, und trank noch zwei weitere Gläser auf ex. Allmählich begann er leicht zu schwanken und setzte sich neben mich aufs Kanapee. »Jetzt sitz ich auf ihren Blutflecken, sitz ich, auf ihrem Blut sitz ich. Und werde immer dran denken.« Mit dieser Mischung aus Hilflosigkeit und Aggressivität erinnerte er mich, obwohl ich den Vergleich nicht zulassen wollte, wieder an seinen Vater.

»Werde immer dran denken«, sagte er und nahm einen Schluck aus der Flasche. »Dass ich's nicht geschafft hab, daran werde ich immer denken. Dass ich's nicht geschafft hab, sie verbluten zu lassen. Erst Carola, die hat's vollbracht. Am Tag seiner Beerdigung. Aber das weißt du ja. Muss ich dir nicht erzählen.« Er trank den nächsten Schluck aus der Flasche und schlug mit der Faust aufs Kanapee. »Hier hat sie gesessen, hier. Und geblutet hat sie, aus der Nase. An dem Abend, nachdem die versoffne Drecksau, nachdem die tot war, gleich an diesem Abend. ›Böses Blut‹, hat sie gesagt, ›böses Blut, muss raus, raus.‹ Ich wollt' sie bluten lassen, bis sie ohnmächtig wird, bis sie tot ist, aber ich hab's nicht geschafft. Einfach nicht geschafft. ›Hör doch auf‹, hab ich gesagt, ›mit dem Bluten, hör bitte auf damit.‹ Und sie: ›Lass mich doch endlich sterben, jetzt kann ich doch, ich merk doch, wie ich's kann, lass mich endlich.‹ Ich konnte aber nicht, konnte es nicht mit ansehen. Hab ihr Toilettenpapierkügelchen in die Nasenlöcher gestopft. Die hat sie rausgerotzt, hat sie die. Hab ihr mit 'ner Wäscheklammer die Nasenlöcher zugeklemmt und die Hände festgehalten. Aber da hat sie geschrien: ›Lass mich, sterben will ich, lass mich sterben! Geh nach Haus, wenn du, wenn du mich nicht sterben lassen kannst, wenn du das nicht kannst, geh nach Haus!‹ Hab ihre Hände losgelassen, die Klammer abgenommen. Und nach Hause, bin nach Hause.«

Nilowsky wirkte erschöpft. Tränen liefen über sein

Gesicht. Aber er redete weiter. »In der Nacht danach träumte ich, von ihr träumte ich. Wie sie blutete, träumte ich. Wie sie ihre schönen langen, grauen, wie sie ihr Haar vollblutete. Wie ihr Gesicht immer faltiger wurde, zusammenfiel, das träumte ich. Die großen dunklen Augen immer lebloser. Der Körper immer mehr zusammenschrumpelte. Wie eine riesige Backpflaume sah sie aus. Am nächsten Morgen, nach dem Traum, ging ich zu ihr, wieder zu ihr. Sie lebte, lebte noch, hatte aufgehört zu bluten. Erzählte mir, dass er sich gemeldet hat, in der Nacht, die Drecksau. Als sie sich grad in die Küche, in die Küche hatte sie sich geschleppt, ein Glas Wasser trinken wollte sie. Und er? Hat schon auf sie gewartet, hat ihr den Wasserhahn aufgedreht und gesagt: ›Nu kannste endlich sterben, aber mach mal hinne, du alte Hexe.‹ Hat er gesagt. Mit seinem blöden Grinsen. Und plötzlich war er wieder weg. Und das Wasser lief aus dem Wasserhahn, und sie machte ihn zu. Kein Durst mehr, hatte keinen Durst mehr. Erzählte sie mir. Und konnte wieder nicht sterben. Schmerzen hatte sie, überall, müde war sie, todmüde, aber konnte nicht sterben. ›Geh lieber‹, sagte sie zu mir, ›geh lieber wieder nach Haus, mein Junge, geh lieber.‹ – ›Und wenn er wiederkommt?‹, fragte ich. ›Soll ich nicht bei dir bleiben, falls er wiederkommt in deinen Träumen?‹ – ›Er kommt nicht im Traum‹, behauptete sie. ›Er war richtig hier. Und plötzlich weg. Und nun geh, mein Junge, geh!‹ Ich ging. Wieder. Erst Carola, die hat's vollbracht. Aber das weißt du ja. Und seitdem, seitdem Carola uns das erzählt hat, am Bahndamm, seitdem ist sie weg. Im Internat ist sie, sagen ihre Eltern, die Bonzen. Sagen nicht, wo das Internat ist, das sagen sie nicht. Gehört zur Baumschule, in der Carola lernt. Aber mehr sagen sie nicht, die Bonzeneltern. Baumschule, da staunst du, was? Kirschbäume. Logisch, oder?« Er lachte. Ein verzweifeltes, aber auch lüsternes Lachen. »Soll ich dir mal meinen Schwanz zeigen, wie der gleich anschwillt? Wenn ich an Kirschbäume denke und an ihren Hintern? Wenn ich dran denke, wie da ein Kirschbaum rauswächst, raus aus ihrem Hintern? Immer weiter raus, immer weiter ...«

Ich schaute weg. Schaute zu der dunkelbraunen Kommode, aus der er den Himbeergeist geholt hatte. Und Nilowsky sagte, drohend, so wie sein Vater mit mir geredet hatte: »Was guckst du weg? Denkst du, ich will mir einen runterholen vor dir? Denkst du, ich bin schwul, oder was denkst du? Denkst du, ich will Carola heiraten und bin schwul? Was denkst du denn? Was weißt du denn? Weißt du, wo Carola ist, das Internat mit der Baumschule? Wenn du das weißt, sag es mir. Untersteh dich, mir das nicht zu sagen. Hast du das kapiert? Hast du das!?«

»Ich weiß es nicht«, sagte ich, hob meine rechte Hand und legte Zeige- und Mittelfinger aneinander. »Ich schwöre. Ich weiß es nicht.«

Ich erinnerte mich an den modrig-bitteren, salzigen Geschmack seines Urins auf meiner Zunge. Mir war zum Kotzen zumute. Aber ich unterdrückte diesen Drang. Auf einmal hörte ich ein leises Schnarchen neben mir. Nilowsky schlief, Kopf nach hinten auf der Lehne des Kanapees. Ich stand so leise wie möglich auf und schlich mich aus der Wohnung.

19

Ich mied die Altstadt mit dem Café *Zur gemütlichen Rose* ebenso wie das Waldstück mit der rotgelben Baracke und die Gegend auf der anderen Seite des Chemiewerks, in der Carola, wenngleich derzeit abwesend, und nun auch Nilowsky wohnten. Nach der Schule ging ich sofort nach Hause und lernte für den Unterricht der kommenden Tage. Es ließ sich nicht vermeiden, dass ich auch hierbei, im übertragenen Sinne, immer wieder mit Nilowsky zu tun hatte, sei es beim Einstudieren chemischer Formeln oder bei der Betrachtung der historisch gewachsenen Unterschiede zwischen Nord- und Süditalien. Trotzdem war das Lernen ein Stück Ablenkung.

Meine Eltern konnten sich nicht entscheiden, ob sie begeistert sein oder sich eher Sorgen machen sollten. »Schön, dass du offenbar Klassenbester werden willst«, sagte meine Mutter, »aber solchen Ehrgeiz sind wir eigentlich gar nicht von dir gewohnt.«

»Das könnte ein Entwicklungssprung sein«, meinte hingegen mein Vater. »Die Pubertät kommt in die produktive Phase.«

Gott, wie gestelzt sie wieder redeten! Ich verdrehte nur die Augen und sagte nichts dazu – was meine Eltern noch mehr verunsicherte.

Ein paar Tage darauf, an einem Sonntagabend, klingelte es an der Wohnungstür. Wie immer, wenn wir nicht wussten, wer aus welchem Grund bei uns klingelte, war es eine Selbstverständlichkeit, dass mein Vater öffnete. Und kaum hatte er die Tür geöffnet, hörte ich von meinem Zimmer aus Carolas quäkende Stimme: »Schönen guten Abend, ich bin Carola. Ist Markus da?«

Sekunden später schon stand sie in der Tür zu meinem Zimmer. Sie grinste freudig, und mein Vater sagte, peinlich komplizenhaft: »Besuch für dich. Viel Vergnügen.«

»Danke«, sagte Carola und schloss die Tür vor seiner Nase. Sofort zog sie ihren Wintermantel aus und setzte sich in ihrem weißen Kleid mit den roten Punkten auf mein Bett. »Einen netten Papa hast du. Richtig nett.«

»Findest du?«, sagte ich und fand es nicht ganz passend, dass sie, als sei genau das ihr Stammplatz, auf meinem Bett saß. Ich hätte mich auf meinen Schreibtischstuhl setzen können, aber um lässiger zu wirken, lehnte ich mich ans Fenster.

»Stehst du auch deshalb am Fenster«, fragte sie, »um nach Reiner Ausschau zu halten, wenn er mit seinen Groschen auf den Gleisen herumturnt?«

»Nein«, antwortete ich, obwohl ich oft genug am Fenster gestanden und nach ihm Ausschau gehalten hatte.

Carola schlug die Beine übereinander und zupfte an ihrem Kleid, damit vom Bein nicht zuviel nackte Haut zu sehen war. Konnte aber auch sein, dass sie am Kleid zupfte, um auf ihre nackte Haut aufmerksam zu machen. »Sag ihm bloß nichts davon, dass ich dich besuchen gekommen bin. Wenn er das erfährt, bringt er mich auch noch um.«

»Ich seh' ja Reiner gar nicht mehr«, sagte ich.

»Ich ebenso«, meinte Carola. Aus ihrem Munde hörte sich die Tatsache, dass wir ihn beide nicht mehr sahen, wie etwas an, das uns verband. Auf dieses Verbindende wollte ich gut und gerne verzichten.

»Er würde mich natürlich gern sehen«, fuhr Carola fort. »Nur, ich bin im Internat. Und meine Eltern sind zwar blöd, aber so blöd, dass sie ihm sagen, wo das Internat ist, sind sie nun auch wieder nicht.« Sie sog kräftig Luft in ihre Nase, und einen Augenblick dachte ich, sie würde das nur tun, damit die Nase nicht anfängt zu bluten. »Mann, oh Mann, oh Mann«, sagte sie und schüttelte fast resigniert den Kopf. »Ich würde ihn eigentlich, an und für sich, warum denn nicht, auch gern sehen. Ich würde mit ihm sogar *gehen* wollen. Natürlich nur platonisch. Klar. Logisch, oder? Ich meine, ich bleib doch nicht dreizehn, um mir von ihm was reinschieben zu lassen. Das können die Erwachsenen machen, so viel wie sie wollen. Aber nicht ich. Punkt, aus, basta. Nur platonisch. Das wird Reiner allerdings kaum wollen. Logisch!«

Ich fragte mich, was das heißt: platonisch. Es wäre mir jedoch peinlich gewesen, mich bei Carola danach zu erkundigen. Ich vermutete, dass platonisch bedeutet: ohne Reinschieben. Dass Nilowsky in diesem Sinne mit ihr gehen würde, konnte ich mir beim besten Willen nicht vorstellen. Sein Schwanz wuchs ja viel zu rasch, wenn er nur an ihren Hintern und die herauswachsenden Kirschbäume dachte. Auf einmal spürte ich, wie mein Schwanz anschwoll. Es passierte mir zum ersten Mal, dass er, ohne dass ich ihn mit entsprechender Absicht berührte, anschwoll. Sozusagen von selbst. Ich schaute kurz auf meine Hose, an der sich eine Beule bildete. Sofort drehte ich mich ein Stück von Carola weg, blickte zum Bahndamm und errötete trotzdem.

»Was ist denn? Ist dir nicht gut?« Carola kam dicht an mich heran. So dicht, dass ich die klitzekleinen Sommersprossen auf ihrem Gesicht hätte zählen können. Ich dachte daran, wie sie mich hatte küssen wollen, und bekam Lust, sie zu küssen. Es wäre der erste richtige, der erste intime Kuss in meinem Leben gewesen. Mein Schwanz schwoll weiter an. Hauptsache, dachte ich, sie guckt nicht zu meiner Hose hinunter.

Sie legte ihre Hand an meine Schulter, bewegte sie langsam hin und her. Die Bewegung ähnelte einem Streicheln, und ich dachte: Vielleicht sollte ich mich einfach umdrehen, zu ihr hinabbeugen und meine Lippen auf ihre legen. Vielleicht würde sie ihren Mund öffnen, damit sich unsere Zungen berühren könnten. Vielleicht aber würde sie mich auch nur verdutzt anstarren oder gar empört von sich wegstoßen. Ich konnte mich nicht entscheiden und bemerkte, wie meine Schulter mehr und mehr verkrampfte.

Ich hörte den Achteinunddreißiger, genauer gesagt, in dem Moment, da ich ihn hörte, fiel mir ein, dass es sich um den Achteinunddreißiger handeln musste. Er ratterte an uns vorbei und ließ mein Zimmer vibrieren.

»Mein lieber Herr Gesangsverein«, rief Carola aus, »das ist ja beeindruckend. Richtig faszinierend. Halleluja. Wie findest du das denn?«

»Hab mich dran gewöhnt«, antwortete ich.

»Und ich«, sagte Carola, »hab mich schon immer gefragt, wie es ist, hier zu wohnen. Halleluja.«

Sie hielt die Arme waagerecht vom Körper weg und schloss die Augen, um das Vibrieren offenbar intensiver genießen zu können. Erst als der Zug nicht mehr zu hören war, nahm sie die Arme wieder herunter, öffnete die Augen und sagte: »Mann, oh Mann, das war eine Wohltat. Das war wie Tantra. Kennst du Tantra? Das ist indische Wohlfühlkunst. Die Kunst, Seele und Körper in Einklang zu bringen, wenn du verstehst, was ich meine. Hab ich mal irgendwo gelesen. Aber keine Bange, nicht bei Professor Schnabl.«

Ich verstand nicht, was sie meinte. Ich hatte dieses Wort, Tantra, noch nie gehört. Von dem anderen indischen Wort, Karma, wusste ich wenigstens, dass es bedeutete, die selbst geschaffenen Probleme auflösen zu müssen. Sicherlich, dachte ich, kann Tantra dazu dienen, ein besseres Karma zu bekommen.

Carola ging vom Fenster weg und zog sich ihren Mantel an. Dann kramte sie in der Manteltasche und holte einen Pfirsichkern hervor. »Pass auf!«, sagte sie. »Unten auf der Stufe zur Eingangstür zum *Bahndamm-Eck* ist eine Platte lose. Die nehme ich hoch, lege dieses Prachtexemplar rein und die Platte wieder drauf. Solltest du dich mit mir treffen wollen, nimmst du den Kern da raus, und ich werde dich bald, nein, umgehend werde ich dich besuchen kommen. Na denn, schönen Abend noch.«

Mit diesem letzten Satz verließ sie mein Zimmer. An der Wohnungstür verabschiedeten wir uns wie Geschäftspartner mit einem kräftigen Händeschütteln. Auf einmal deutete sie auf ihre Manteltasche, in der der Pfirsichkern wieder war, und meinte grinsend: »Aber nicht in den Mund nehmen und runterschlucken.« Kaum hatte sie das gesagt, hüpfte sie fröhlich die Treppe hinunter.

Prompt kamen mein Vater und meine Mutter aus dem Wohnzimmer. »Deine Freundin?«, fragte mein Vater. »Hättest du uns ja mal was von erzählen können.« Und meine Mutter: »Sieht noch ein bisschen jung aus. Wie alt ist sie denn?«

»Neun«, sagte ich. Und mein Vater, nach kurzem Überlegen: »Quatsch. Ich würde sie auf zwölf schätzen. Wenigstens elf.«

»Wenn du meinst, du hast wieder mal recht«, entgegnete ich, »will ich dich nicht überzeugen.«

Ich ging in mein Zimmer und hoffte, dass sich meine Eltern die quälerische Frage stellen würden, was sie nur alles falsch gemacht hätten, dass es zu dieser Unglaublichkeit kommen konnte: Ihr vierzehnjähriger Sohn und eine neunjährige Freundin.

Am nächsten Morgen schaute ich ins Fremdwörterbuch meiner Eltern und fand meine Vermutung nicht nur bestätigt, sondern geradezu übertroffen: Platonisch hieß soviel wie geistig-seelisch, unsinnlich, unkonkret, zu nichts verpflichtend. Klang nicht sehr erstrebenswert. Der Begriff Tantra hingegen war im Fremdwörterbuch nicht verzeichnet. Möglicherweise, dachte ich, ist er verboten. Ich fragte mich allerdings, was denn so gefährlich sein soll am Einklang von Körper und Seele. Mir fiel nichts ein. Auch Karma fand ich im Fremdwörterbuch nicht vor. Ich ging zur Eingangstür vom *Bahndamm-Eck*, hob die lose Platte hoch und sah den Pfirsichkern. Umgehend wollte mich Carola besuchen kommen, sobald der Kern weg war. Kaum vorstellbar. Es sei denn, sie war irgendwie in der Lage, die Eingangstür zu beobachten oder beobachten zu lassen. Vielleicht sollte ich, um das zu prüfen, den Kern einfach mitnehmen. Nein, fand ich, das steht mir nicht zu. Rasch legte ich die Platte wieder an ihren Platz und ging eilig weg.

20

Zwei Tage später ließ mir Nilowsky wieder einen Brief überbringen. Diesmal von Wally. Ich war auf dem Weg zur Schule, als sie hinter einer Häuserecke hervortrat und wie selbstverständlich neben mir herging. »Ick hab wat für dir«, sagte sie nach etwa zwanzig Metern mit ihrer rauhen Stimme. »Ick meine, der Reiner hat ja 'n Narren an dir jefressen. Nennt dir immer sein' Freund. Und hier nun hab ick sogar 'n Brief, den er dir jeschrieben hat.«

Sie reichte mir einen zugeklebten Briefumschlag. Bevor ich mich bedanken oder überhaupt etwas sagen konnte, bog sie um die nächste Ecke und tippelte davon. Ich wollte den Brief erst nach der Schule, zu Hause, öffnen, aber dann war ich doch zu neugierig, nahm ihn aus dem Umschlag und las:

> Carola. Sie wurde gesehen. Als sie Dich besuchen kam. Aber dafür kannst Du ja nichts. Nehme an, sie kam einfach zu Dir. Ohne Verabredung. Ich vertraue Dir. Deshalb sollst Du am Sonntag zu Wally kommen. Weißt ja, wo sie wohnt. Zwei Uhr nachmittags. Auf jeden Fall pünktlich. Brauchst nichts mitbringen. Und nun wieder das Wichtigste: Sobald Du den Brief gelesen hast, zerreißt Du ihn. In viele kleine Stücke. Wirfst ihn weg. Aber in keinen Papierkorb oder Mülleimer. Nein, wie-

der ins Klo. Und runterspülen. Gehe sicher, dass alles weg ist.

Wieder dieser telegrammartige Stil und die dazu passenden akribischen Druckbuchstaben. Wie gern hätte ich auch diesen Brief aufgehoben. Aber ich zerriss ihn in viele kleine Teile, und kaum war ich in der Schule, ging ich aufs Klo und spülte die Teile hinunter.

Um bloß nicht zu spät zu kommen, war ich am Sonntag schon zehn Minuten eher vor dem Haus, in dem Wally wohnte. Die Jalousien an den Fenstern ihrer Erdgeschosswohnung waren heruntergelassen. Um Punkt vierzehn Uhr klingelte ich an ihrer Tür.

Wally öffnete und winkte mich wortlos herein. Sie trug ihre Kittelschürze aus Dederon, doch die grauen Haare mit den Resten brauner Färbung waren diesmal offen, standen nach allen Seiten ab und gaben ihr etwas Verwegenes. Ich folgte ihr ins Wohnzimmer. Dort lag unter matt leuchtender Deckenlampe Nilowsky, nur mit Turnhose bekleidet und mit geschlossenen Augen, rücklings auf dem Teppich. Um ihn herum knieten Roberto und zwei weitere Mozambiquaner. Sie strichen gewissenhaft, ja voller Hingabe, mit Hühnerfedern über Nilowskys Oberkörper. In der Ecke des Zimmers im untersten Fach der Schrankwand hockte in einem Holzkäfig ein Huhn, das gebannt auf die Szenerie starrte und keinen Laut von sich gab.

»Dit is Wudu«, flüsterte mir Wally zu. »Dit nennt sich so. Behauptet jedenfalls Roberto.«

Ich nickte wie ein gelehriger Schüler, während Roberto, seine Mitstreiter und Nilowsky keine Reaktion zu erkennen gaben. Sie waren vollkommen in ihre Streichelzeremonie vertieft. »Pass uff«, sagte Wally und stieß mich mit dem Ellenbogen an, »wir kümmern uns jetzt mal um dit Huhn.«

Wir gingen aber nicht in die Zimmerecke, in der das Huhn stand, sondern in die Küche. Wally drückte mir einen Schleifstein und ein Messer in die Hand. »Hier, mach dit mal scharf.« Sie nahm ein Stück Strippe aus einer Schublade. »Für die Beene von dit Huhn«, erklärte sie, schaute mich an und fragte besorgt: »Wat is 'n? Wirst ja richtig blass. Willste 'n Schnäpperkin?«

»Nee, nee«, antwortete ich und begann, das Messer zu schleifen, während sich Wally ein Glas Wodka einschenkte und trank.

Einer der Mozambiquaner kam in die Küche. Wir hatten uns schon im Chemiewerk und bei Carla Serrinis Beisetzung gesehen. »Guten Tag, ich bin Ricardo.«

Er machte eine tiefe Verbeugung, dann nahm er mir das Messer ab, betrachtete es und sagte: »Schönes Messer. Schön scharf. Kommt mit. Prozedur fängt an.«

Wally drückte mir noch einen Plastikeimer in die Hand, »für den Kopp, damit der nich uff mein' Teppich fällt«, bevor wir Ricardo ins Wohnzimmer folgten. Roberto hatte das Huhn aus dem Käfig genommen und hielt es in beiden Händen, während der dritte Mozambiquaner unverändert Nilowskys Oberkörper streichelte. Das Huhn gab noch immer keinen Laut von sich. Vielleicht, dachte ich, hat es eine Art Schockstarre, oder es geht davon aus, dass es nicht als Huhn gilt, wenn es sich nicht anhört wie ein Huhn. Einen Moment lang glaubte ich, es würde mich ansehen. Flehentlich, falls der Blick eines Huhns flehentlich sein kann. Ricardo griff nach dem Kopf, drückte ihn nach hinten, sodass er den nunmehr gestrafften Hals rasch und komplikationslos durchschneiden konnte. Ich hielt den Eimer unter das Huhn, in den Ricardo den Kopf mit einer Behutsamkeit hineinlegte, die mir unpassend vorkam.

Wally schnappte sich die Hühnerbeine, um sie mit der Strippe festzubinden. Plötzlich aber löste sich der kopflose Körper des Huhns mit einer unglaublichen Schnellkraft oder schlicht durch ein Wunder aus Robertos Griff und Wallys Händen. Das Huhn sprang auf den Teppich, sprang auf dem guten Stück umher, sprang gegen die Wand, gegen das Fenster und schließlich in den Käfig, in dem es regungslos hockenblieb.

Mit jedem Sprung hatte das Huhn Blut aus seinem Hals geschleudert, das auf dem Teppich landete, an der Wand, am Fenster. Wally schrie und schimpfte: »Mein Teppich, mein juter Teppich! Nun fangt bloß mal dit Huhn, dit blöde Huhn, ihr Idioten! Dit Vieh ruiniert mir ja die janze Wohnung!«

Roberto, Ricardo und der dritte Mozambiquaner, den die beiden Pedro nannten, versuchten das Huhn zu fangen, während ich mit beiden Armen den Eimer umklammert hielt, in dem der Kopf vor sich hin zuckte. Nilowsky hingegen lag ohne den Hauch einer Bewegung, die Augen unverändert fest geschlossen auf dem Boden. Erst als das Huhn wieder im Käfig hockte, sagte er: »Wenn jetzt die Prozedur nicht mehr möglich ist, was ist dann, wenn die jetzt nicht mehr möglich ist, die Prozedur?«

»Alles in Ordnung«, rief Roberto. »Prozedur hat keinen Schaden genommen.« Um noch zusätzliche Beruhigung zu stiften, fügte er hinzu: »Allet klärchen.«

Diese Redewendung hatte ich bisher nur von Nilowskys Vater gehört. Vielleicht geriet Reiner deshalb kurzzeitig in Rage: »Na, wenn alles klar ist, dann macht endlich weiter, meine Güte nochmal, sonst ist bald nicht mehr alles klar, sondern gar nichts mehr.«

Das Huhn, als hätte es sich nur noch einmal gehörig austoben wollen, bevor es der Prozedur uneingeschränkt zur Verfügung stand, tapste in Robertos Hände, sobald er sie in den Käfig gestreckt hatte.

»Dit passiert mir nie wieder«, sagte Wally mit aller ihr möglichen Verärgerung, band sich die Haare streng nach hinten, ging in die Küche und kam mit Flüssigreiniger zurück. Sie schrubbte den Teppich, die Schrankwand, die Tapete, das Fenster und schimpfte dabei unablässig: »Ihr renoviert mir dit Zimmer, wenn ihr schon dit arme Huhn nich festhalten könnt, wenn ihr zu blöd dazu seid, so 'n armet Tier vernünftig um die Ecke zu bringen ...«

Roberto indes hielt das Huhn mit der Wunde nach unten dicht über Nilowskys Oberkörper, auf dem sich die Blutstropfen sammelten, die Pedro langsam und gleichmäßig auf der nackten Haut verteilte, während Ricardo einen Sprechgesang anstimmte, der immer schneller wurde und aus dem ich »Carla«, »Carola« und »Serrini« herauszuhören glaubte, schließlich auch »FRELIMO« und »Revolution«. Auf einmal aber wurde Ricardos Gesang weicher und melodiöser, war kein Sprechgesang mehr, sondern erinnerte mich zunehmend an den eines Muezzins, wie ich ihn irgendwann in einem Fernsehbericht über die arabische Welt gehört hatte. Roberto, Pedro und ich summten mit. Sogar Wally blieb nicht ganz unbeeindruckt, beendete ihr Schimpfen und unterbrach ein ums andere Mal ihre Reinigungsaktion, um dem Gesang zu lauschen – freilich nicht ohne auch einen skeptischen Blick auf das tropfende Huhn zu werfen.

Roberto holte aus seiner Hosentasche ein Fläschchen hervor, in das er nun Tropfen für Tropfen hineinfallen ließ, während Ricardo seinen Gesang beendete, Pedro mit dem Blut ein paar Kringel in Nilowskys Gesicht malte und abschließend sagte: »Ist vollendet.«

Als das Fläschchen voll war, gab mir Roberto ein Zeichen, mit dem Eimer zu ihm zu kommen. Er warf das fast ausgeblutete Huhn hinein, woraufhin Wally mir den Eimer sofort aus der Hand riss. »So, dit wird jetzt 'n Suppenhuhn«, sagte sie. »Dit ess ick janz alleene.«

Nilowsky erhob sich langsam und vorsichtig. Auf seinem langen, hageren Rücken waren die Abdrücke von neun plattgefahrenen Groschen, die in einem Halbkreis auf dem Teppich lagen. Ricardo machte eine ebenso tiefe Verbeugung vor den Groschen wie er sie vor mir gemacht hatte.

»Jetzt bist du beschützt vor böse Geister«, sagte Roberto zu Nilowsky, »und der Fluch ist nicht mehr vor die Liebe von Carola zu dir.« Reiner nickte, und in einer Mischung aus Hoffnung und Vertrauen wirkte auch er nun wie ein gelehriger Schüler.

Roberto wandte sich an mich: »Du musst diese Fläschchen mitnehmen. Wenn du Carola siehst, du musst sie bestreichen mit ein bisschen Blut. Irgendwo. Ist egal wo. Aber nicht sagen, warum. Am allerbesten, sie merkt gar nicht. Wenn sie gar nicht merkt, wird sie Reiner lieben, und sie wird heiraten mit Liebe.« Er gab mir das Fläschchen, überlegte kurz und fuhr fort: »Aber nicht alles von die Blut. Ein bisschen musst du aufheben. Für deine Mutter. Für Liebe zu mich.«

Mir war es ein Rätsel, wie ich diese Aufträge erfüllen sollte. Gut, ich würde mich wohl nachts ins Schlafzimmer meiner Eltern schleichen können, aber Carola mit dem Blut in Berührung zu bringen, ohne dass sie es merkte, schien mir unmöglich. Ebenso unmöglich war es mir jedoch, Robertos Forderung abzulehnen. Er schaute mich derart erwartungsvoll an, dass ich noch nicht mal eine Frage stellte. Reiner hingegen hatte seinen Blick gesenkt und die Augen geschlossen. Er sah aus, als betete er. Und das setzte mich noch mehr unter Druck. Ja, ich musste es für ihn tun. Alles andere, dachte ich, würde ihn dermaßen vor den Kopf stoßen, dass er ganz bestimmt nie mehr mein Freund sein könnte. Er öffnete die Augen und sah mich prüfend an. Ich nickte, gab ihm damit zu verstehen, dass auf mich Verlass sei. Und plötzlich hatte ich eine Idee, womit ich ihm noch eine Freude machen konnte. Zumindest zeigte ich ihm mein Vertrauen, wenn ich davon erzählte.

»Carola«, begann ich, »auf einmal stand sie bei mir vor der Tür, ohne Verabredung, einfach vor der Tür. Ich war total überrascht. Sie kam einfach rein. Und als wir in meinem Zimmer waren, sagte sie, dass sie mit dir ja gehen würde. Dass sie das tun würde. Aber nur platonisch, meinte sie, nur platonisch. Und sagte wieder: ›Logisch, oder?‹ Typisch Carola, findest du nicht …«

»Was heißt das, platonisch?«, unterbrach mich Nilowsky.

Ehe ich antworten konnte, sagte Wally: »Platonisch, dit bedeutet, ohne Vögeln bedeutet dit. Dit is nämlich Lateinisch.«

Ich staunte, dass Wally Lateinisch konnte, aber sicherlich beschränkten sich ihre Kenntnisse auf bestimmte Worte.

»Was hat das mit Liebe zu tun?«, entgegnete Nilowsky. »Das hat nichts mit Liebe zu tun, zwischen Mann und Frau, mit solch einer Liebe ...«

»Na, gerade und umso mehr«, unterbrach ihn Wally, »dit is nämlich höhere Liebe.«

So etwas ausgerechnet von Wally zu hören, überraschte nicht nur Nilowsky, sondern allem Anschein nach auch Roberto, Ricardo und Pedro.

»Ich könnte es versuchen«, sagte Nilowsky, »aber es wäre nicht ehrlich von mir, weil ich weiß, dass ich es nicht schaffen würde, das weiß ich jetzt schon, dass ich das nicht schaffen würde. Deshalb könnte ich nicht drauf eingehen. Weil's nicht ehrlich wäre.«

Das leuchtete mir nicht nur ein, es forderte mir auch Respekt ab. Wally zuckte mit den Schultern. »Na ja, ick meinte ja nur.« Sie fasste Ricardo an die Hüfte und sagte: »Ick muss jetzt mit Ricardo und dit Suppenhuhn inne Küche. Wir müssen dit ja erstmal ordentlich rupfen, und denn ab in 'n Kochtopp.«

Sie ließ ihre Hand an der Hüfte, ging mit Ricardo und dem Huhn im Eimer in die Küche, und ich dachte: Ihr geht es bestimmt nicht nur ums Rupfen und Kochen.

»Von wegen platonisch«, kommentierte Nilowsky den Abgang der beiden, es klang zu meiner Überraschung amüsiert und entspannt. Er sammelte seine plattgefahrenen Groschen ein, zog sich an und verließ mit den Blutkringeln im Gesicht die Wohnung. Wir – Roberto, Pedro und ich – folgten ihm. Aber er wollte allein sein. Und so ging auch ich allein zum Bahndamm, den Bahndamm entlang, nach Hause.

21

Ich konnte nicht recht daran glauben, dass Hühnerblut, selbst wenn es einem Voodoo-Ritual gedient hatte, eine Wunderwirkung haben sollte. Aber Liebe – das hatte ich zumindest immer wieder mal gehört – war eine Sache voller Geheimnisse, und möglicherweise spielte sogar Hühnerblut dabei eine Rolle.

Was mir noch viel mehr Kopfzerbrechen bereitete, war, dass ich weder Carola noch meiner Mutter verraten durfte, warum ich sie mit Blut bestrich, vorausgesetzt, es würde mir überhaupt gelingen. Im Falle meiner Mutter beschloss ich, nicht ins Schlafzimmer zu schleichen, sondern es vor ihren Augen einfach zu tun. Ach, hatte gerade Lust dazu, würde ich behaupten. Und das Blut, könnte ich hinzufügen, das stammt natürlich von mir, von wem denn sonst? Sie würde das absonderlich finden, doch nie im Leben den tatsächlichen Zweck erahnen; außer Roberto hätte ihr bereits von solcherart Ritualen erzählt. Soweit war alles klar. Nur im Falle Carolas war ich immer noch ratlos. Sie war gewissermaßen die Blut-Expertin. Also höchstwahrscheinlich auch Expertin in Zauberangelegenheiten. Reiner lässt ja absolut nichts unversucht, würde sie vielleicht sagen und das Blut sofort abwaschen, damit nicht die allergeringste Wunderwirkung von ihm ausging.

Angesichts dieser Überlegungen stand hundertprozentig fest: Carola durfte von meiner Hühnerblutaktion keinesfalls etwas bemerken, oder zumindest durfte sie das Blut erst bemerken, wenn es seine magische Kraft bereits entfaltet hatte. Wenn bei meiner Mutter hingegen der Zauber gelänge, würde sie sich wohl von meinem Vater trennen. Der Gedanke jagte mir Angst ein. Es war nicht in meinem Sinne, dass meine Eltern sich trennten, dass Roberto mein Ersatzvater wurde, bei uns einzog und der Haarturm meiner Mutter von Tag zu Tag weiterwuchs. Ich sah meinen Vater deprimiert und hilflos vor mir. Und egal, was ich an ihm auszusetzen hatte – oder an meiner Mutter –, es wäre furchtbar, wenn der Zauber diese Folgen hätte.

Ich beschloss, meine Mutter aus der Angelegenheit herauszuhalten und Roberto gegenüber einfach zu behaupten, ich hätte den Auftrag erfüllt. Eine Notlüge, mehr als gerechtfertigt. Am späten Abend ging ich zum *Bahndamm-Eck* hinunter und holte den Pfirsichkern unter der losen Platte hervor.

Am nächsten Nachmittag kam Carola wieder zu mir nach Hause. »Wie versprochen«, sagte sie, als wir uns an der Wohnungstür gegenüberstanden. Ich hoffte, dass sie abermals hereinkommen und ihren dicken, langen Mantel ausziehen würde, sodass ich ein bisschen freie Haut für meine Blutaktion hätte.

»Sind deine Eltern da?«, fragte sie.

»Nein«, antwortete ich, »die sind noch auf Arbeit.«

Carola nickte und sagte, als wäre das die logische Konsequenz: »Komm, wir gehen irgendwohin!«

Pfirsichkern und Hühnerblutfläschchen in der Hosentasche folgte ich ihr nicht irgendwohin, sondern zum Friedhof, auf dem Nilowskys Vater und Carla und Maria Serrini lagen, aber auch Carolas Großeltern väterlicher- und mütterlicherseits, einige Tanten, Onkel, Großcousinen und Großcousins.

»Hier landen sie irgendwann alle«, stellte Carola fest, »auch wenn sich im Leben die einen oder anderen aus dem Wege gingen. Konvergenz im Tod, falls du verstehst, was ich meine. Ist ein Fremdwort und heißt: gegenseitige Annäherung. Komm, wir machen eine Gießtour!« Sie grinste mich an. »Das Wasser wird auf den Gräbern gefrieren, das heißt, die Seelen der Verstorbenen können runterkommen und ein bisschen rumschlittern auf ihren eigenen Gräbern. Die müssen ja auch mal ein wenig Vergnügen haben, logisch, oder?«

Sie hüpfte erst übermütig eine Runde um mich herum, nahm mich schließlich an der Hand und zog mich zu einem Regal mit Gießkannen, das neben einer Wasserstelle aufgebaut worden war. Sie schloss eine der angeketteten Gießkannen frei, drückte sie mir in die Hand und sagte: »Einmal vollgießen bitte. Und ab die Post. Du hast heute Gießdienst.« Sie rieb sich die Hände, als hätte sie jemandem einen Streich gespielt, während ich den Wasserhahn aufdrehte und die Gießkanne volllaufen ließ.

Dann folgte ich ihr von Urnenstelle zu Urnenstelle, von Onkel Antatsch zu Tante Fettsucht, von Oma Vergesslichkeit zu Opa Hundertfuffzigprozentig, von Analphabeten-Leo zu Krebs-Käthe. Ich goss, holte neues Wasser, goss weiter, und Carola erzählte: Onkel Antatsch hatte ihr bei jeder Gelegenheit wie aus Versehen an den Hintern gefasst. Erst auf dem Sterbebett gab er unumwunden zu, dass er an nichts anderes mehr denke als an ihren Hintern. Noch einmal, nur noch einmal wolle er ihn – bitte, bitte – anfassen. Carola, elf Jahre alt, hielt ihm den Hintern hin, blitzschnell aber drehte sie sich um, packte seine Hand und brach ihm das Handgelenk. Tante Fettsucht, die Ehefrau von Antatsch und fast zwei Zentner schwer, war derart schockiert, dass sie, anstatt dem schreienden Alten zu helfen, sich erstmal setzen musste. Plötzlich jedoch sprang sie auf, schrie und rannte Carola hinterher, die einen Haken nach dem anderen in der engen Wohnung schlug, sodass sich Tante Fettsucht erneut setzen musste, keuchend vor Erschöpfung. Nur vier Wochen überlebte sie ihren Mann, eine Folge des, wie Carola es nannte, kleinen Laufwettbewerbs. »Logisch, oder?«

Oma Vergesslichkeit hingegen war eigentlich ganz lieb gewesen, aber sie hatte Also-Heimer. Nicht nur dass sie alles vergaß, was man ihr erzählte, sie sagte auch immer *also*. »Also, wie is dit jetze, also, wann hast du Jeburtstag, Kindchen, also, wie alt wirste denn also eijentlich, also, wie heißt der Opa, wie is dem sein Name?« Carola antwortete: »Opa Hundertfuffzigprozentig, also das ist dem sein Name.«

Oma Vergesslichkeit darauf: »Ach, kiek mal an.« Kurze Pause. »Wie heißt der Opa, also wie is dem sein Name?« Und Carola: »Ach, Omachen, du hast ja Also-Heimer.«

»Wat hab ick?«

»Also-Heimer!«

»Wie heißt der Opa, wat is dem sein Name?«

Als bei der Oma Also-Heimer ausgebrochen war, war Opa Hundertfuffzigprozentig schon ein Jahr tot. Er war ein hundertfünfzigprozentiger SED-Genosse gewesen, ein Linksüberholer. Einer, der Stalin, dem großen Georgier, wie er ihn nannte, nachweinte, und den er nur in einer einzigen Hinsicht kritisierte: »Der Genosse Stalin, der große Georgier, der hätte auch die ganze Bande, die ihn nach seinem Tod schlecht machte, diese Revisionistenbande, die hätte er auch ab nach Sibirien und ab durch 'n Schornstein.«

Sein Neffe, Analphabeten-Leo, pflegte daraufhin zu sagen: »Du solltest dir schämen, sowat von dir zu jeben. Weißte denn nich, dass der Stalin noch mehr Menschen uff'm Jewissen hat als der Hitler?« – »Ja, aber eben nicht genug«, konterte Opa Hundertfuffzigprozentig. »Das ist doch meine Rede, oder hast du nicht richtig zugehört? Du bist zwar Analphabet, aber dass du deshalb nicht mal mehr richtig zuhören kannst, ist mir neu.«

Analphabeten-Leo hatte zwar nur eine deftige Leserechtschreibschwäche, doch wenn er von dem stalinistischen Opa als Analphabet bezeichnet wurde, schwieg er betroffen und beschämt. Nur seine Schwester, Krebs-Käthe, begehrte stattdessen auf: »Du alter Sack, du perverser Oberkommunist, ick wünsche den Tag herbei, dass du inne Grube liegst und mein Bruder uff deinem Grab tanzen wird.«

Krebs-Käthe hatte lange Brust- und später auch noch Lungenkrebs, dennoch schaffte sie es, Opa Hundertfuffzigprozentig um zwei Tage zu überleben. Analphabeten-Leo ging nicht zur Beerdigung des Stalinisten. Ob er jemals auf seinem Grab tanzte, wurde nicht bekannt.

Carola hatte sich dermaßen in Schwung geredet, dass sie kaum mehr auf mich achtete. Ich dachte daran, das Fläschchen zu öffnen und ihr ein wenig Blut auf die Haut zu schmieren, leider waren nur die Hände und das

Gesicht frei. Mit den Händen fuchtelte sie unentwegt umher, und ans Gesicht traute ich mich nicht heran.

Inzwischen waren wir am Doppelgrab von Carla und Maria Serrini angelangt. Carola drehte sich zu mir um und rief entschieden: »Die werden ganz viel gegossen, die sollen viel Vergnügen haben beim Rumschlittern!«

Ich goss drei Gießkannen auf das quadratische Stück harter Erde und holte neues Wasser.

»Und nun«, sagte Carola, »gehen wir zu Karl-Heinz Nilowsky. Er war ein schlechter Mensch, doch so schlecht kann ja kein Mensch gewesen sein, dass man ihn beim Gießen einfach auslässt.«

Ich schleppte die volle Gießkanne, die immer schwerer wurde, sodass ich mehrmals von der rechten in die linke und von der linken in die rechte Hand wechseln musste, zu der fast hundert Meter entfernten Urnenstelle von Nilowskys Vater. Noch bevor ich ein Drittel vergossen hatte, meinte Carola: »Das reicht. Wir wollen's ja nicht gleich übertreiben.« Sie klatschte zweimal in die Hände, als würde sie einen Schlafenden wecken wollen, und sprach in Richtung Grabstein: »Stell dir vor, Karl-Heinz Nilowsky, du saublöder Suffkopp, dein Sohn, dein einziger Sohn, will mich heiraten. Aber, sag du mir, könnte oder sollte oder dürfte ich einen Mörder heiraten? Nein, das könnte oder sollte oder dürfte ich nicht. Das gehört sich nämlich nicht. Aus und basta.« Sie wandte sich an mich. »Ich meine, ich werde ihn nicht verraten bei der Polizei oder sonst wo, aber ich werde ihn niemals heiraten. Ich meine, ich würde noch nicht mal meine Bonzeneltern ermorden, und die hätten es wirklich verdient.«

Wenn es mir schon nicht gelingt, dachte ich, das Blut

zur magischen Anwendung zu bringen, sollte ich sie vielleicht in einem Punkt aufklären. Ich gab mir einen Ruck und sagte: »Er hat ihn nicht ermordet. Er wollte es tun, aber er hat es nicht geschafft.«

»Wie?« Carolas Stimme war noch quäkender als sonst. »Wer hat denn den Alten sonst umgebracht? Er sich womöglich noch selber, oder wie?«

»Ja«, bestätigte ich, »er sich selber. Der Alte hat so viel gesoffen, dass er tot umgefallen ist.«

»Hab ich's mir ja gleich gedacht«, rief Carola aus. »Er hat es nicht geschafft. Genauso wie er es nicht geschafft hat, seine arme Oma endlich verbluten zu lassen. Nicht mal das hat er geschafft.«

Ich bereute es, ihr die Wahrheit verraten zu haben, ohne mir sicher zu sein, ob es überhaupt die Wahrheit war. Es konnte ja nach wie vor sein, dass Nilowsky seinen Vater ermordet und mir gegenüber behauptet hatte, er hätte es nicht geschafft. Eine Schutzmaßnahme, weil er mir, alles in allem, nicht genug vertraute. Wenn er nun irgendwann erfahren würde, dass ich weitererzählt hatte, was ich nicht hätte weitererzählen dürfen, wäre ich wohl – und das zu Recht – der größte Verräter aller Zeiten für ihn.

»Wollen wir irgendwohin gehen, wo es warm ist?«, fragte ich, in der Hoffnung, dass sich Carola dort, wo es warm ist, den Mantel ausziehen würde und ich doch noch die Chance hätte, meinen Auftrag auszuführen.

Sie überlegte kurz, dann quäkte sie: »Wo es ist warm, da hast du Charme, aber bei Frost bist du leicht verderbliche Kost.« Sie grinste und sagte: »Ach, nimm's mir nicht krumm. Ich bin Kotz-Carola, die nicht älter wird. Mir darfst du nichts krumm nehmen. Außerdem, mit mir kann sich sowieso niemand liieren, falls du das Fremdwort kennst. Heißt so viel wie: eng verbinden, Partnerschaft eingehen. Tja, das nur nebenbei.«

Wir gingen die Gießkanne anschließen und verließen den Friedhof. »Normalerweise«, sagte Carola, »dürfte ich auch gar nicht sterben, denn wer stirbt schon mit dreizehn? Ziemlich unwahrscheinlich. Logisch, oder? Alle, die ich kenne und die hier irgendwann liegen werden, werde ich also immer gießen. Auch dich, mein Lieber, auch dich. Meine Art, mich zu liieren. Meine einzige Art.« Sie stieß mir ihren Ellenbogen in die Rippen und lachte. »Und nun verrate mir, ob du dich nur einfach so mit mir treffen wolltest oder aus einem bestimmten Anlass. Na los, spuck's aus!«

»Einfach nur so, kein bestimmter Anlass«, sagte ich und verabschiedete mich. Ich fühlte mich unbehaglich bei der Vorstellung, dass die hundertjährige Carola, mit dem Aussehen einer Dreizehnjährigen, mein Urnengrab gießt.

22

Ich überlegte, ob ich den Pfirsichkern überhaupt wieder unter der losen Platte verstecken sollte. Entschied ich mich dagegen, würde ich gegen die verabredete Regel verstoßen – Kern rein, Kern raus, auf den Wechsel kam es an – und dementsprechend Carola wohl nicht mehr treffen können. Als ich darüber nachdachte, wie es wäre, Carola nicht mehr zu sehen, begann mein Herz so stark zu klopfen, dass ich mich zunächst einfach nur fragte, was das zu bedeuten hat. Dieses Ausmaß an Herzklopfen hatte ich, wenn ich an jemanden dachte, noch nie erlebt. Es beunruhigte mich, aber weit mehr noch hätte mir etwas gefehlt, wenn ich es nicht mehr gespürt hätte. Ich fragte mich, ob es mit diesem außergewöhnlichen Zustand zu tun hatte, den man Verliebtheit nannte. Ob ich vielleicht verliebt sei. Ich wusste es nicht, schließlich war ich noch nie zuvor verliebt gewesen. Eins war klar: Ich konnte nicht mit Reiner befreundet sein und zugleich verliebt in das Mädchen, das er heiraten wollte. Ich musste diese Verliebtheit unterdrücken. Oder einfach vergessen. Ich dachte an Oma Vergesslichkeit mit ihrem Also-Heimer. Dieses Leiden allerdings hätte ich um keinen Preis haben wollen.

Nach drei Tagen legte ich, obwohl immer noch vollkommen unschlüssig, den Pfirsichkern unter die lose Platte vor der Eingangstür zum *Bahndamm-Eck* und das

Fläschchen mit dem Hühnerblut in meine Schreibtischschublade, sodass ich beim Abendbrot mit meinen Eltern gar nicht in Versuchung kommen konnte, als Voodoo-Helfer aktiv zu werden.

Am nächsten Tag – ich war wieder auf dem Weg von der Schule nach Hause – kam Nilowsky mir wie zufällig entgegen. »Na«, fragte er sogleich, »hast du's schon geschafft?«

Mir war natürlich klar, was er meinte. Ich bekam ein Herzklopfen, das an Intensität dem Carola-Herzklopfen nicht nachstand. Was mich mit Nilowsky verband, dieses schwer zu durchdringende Gefühlsgemisch, war nicht weniger stark als die Verliebtheit, wenn es sich denn überhaupt um Verliebtheit handelte.

Ehe ich gründlicher darüber nachdachte, hörte ich mich sagen: »Ja. Habe ich.«

Nilowsky staunte. »Alle Achtung«, sagte er anerkennend. »Das hätte ich nicht gedacht. Dass du das schaffst, hätte ich nicht gedacht.« Er überlegte kurz. »Komm mit! Ich muss zum Friedhof.«

Ich folgte ihm zum Friedhof. Natürlich blieb es nicht bei seinem Kompliment, er wollte auch wissen, *wie* ich es geschafft hatte.

»Na ja«, fing ich an, »sie kam wieder zu mir, unangemeldet. In meinem Zimmer zog sie ihren Mantel aus. Trug ihr kurzärmliges Kleid darunter, das weiße mit den roten Punkten. Sie ging zum Fenster, guckte zum Bahndamm. ›Toll‹, sagte sie, ›diese Aussicht.‹ In dem Moment kam der Achteinunddreißiger. ›Unglaublich‹, sagte sie und öffnete das Fenster. Der Achteinunddreißiger donnerte vorbei, und sie sagte: ›Unglaublich, das ganze Zimmer vibriert, und dieser Gestank nach faulen Eiern.

Mann, oh Mann‹, sagte sie, ›das ist ja faszinierend, aber wie hältst du das aus?‹«

Ich schaute gespannt zu Nilowsky. »Na los«, drängte er, »weiter, erzähl weiter.«

Ich war erleichtert. Zugleich hatte ich Angst, mich dermaßen zu verstricken, dass ich da nie mehr herauskäme. Aber ich verspürte plötzlich auch Lust, noch weiter zu gehen mit dem, was ich mir ausdachte.

»In dem Zuglärm«, fuhr ich fort, »ging ich ganz dicht an sie heran, von hinten ganz dicht, damit sie mich gut verstehen konnte. Und währenddessen nahm ich das Fläschchen mit dem Blut aus meiner Hosentasche und sagte: ›Diesen Gestank, den musst du ganz tief einatmen, diesen Gestank nach faulen Eiern.‹ Ich schraubte das Fläschchen auf. ›Und deine ganze Körperwärme‹, sagte ich, ›die musst du zum Einsatz bringen, und dem stinkenden Schwefelwasserstoff, dem bleibt nichts anderes übrig, als zu Wasser und zu Schwefeldioxid zu verbrennen.‹ Und ohne dass sie es merkte, kippte ich etwas von dem Blut auf meine Handfläche. ›Und das ist gesund‹, sagte ich, ›wenn du den Schwefelwasserstoff verbrennst, gesund ist das und gibt dir Kraft‹, und bei dem Wort ›Kraft‹ legte ich die Handfläche an ihren Oberarm, nur ganz kurz, aber ausreichend lang, damit Blut auf ihrem Oberarm zurückblieb. ›Ja, Kraft‹, sagte ich noch einmal, und der Achteinunddreißiger war vorüber. Sie schloss das Fenster und meinte: ›Du redest wie Reiner. Hast du das von Reiner? Dieser komische Rhythmus.‹ Und ich antwortete: ›Ja. Ja und Nein. Wir denken gleich darüber. Weil wir einer Meinung sind. Besser gesagt: Es ist ja keine Meinung, sondern eine Erkenntnis. Verstehst du?

Deshalb rede ich wie er. Logisch, oder?‹ Sie grinste. ›Logisch hast du aber von mir‹, meinte sie. Und fragte: ›Die Körperwärme, ist die denn überhaupt so groß?‹ Und ich …«

»Und du«, unterbrach mich Nilowsky, »du sagtest: ›Klar ist die so groß. Wenn du willst, dass sie so groß ist, wenn du das unbedingt oder sogar hundertprozentig willst, ist sie auch so groß. Das ist sie.‹ Sagtest du das?«

»Ja, das sagte ich.«

»Und das Blut, hat sie es bemerkt, das Blut?«

»Das Fläschchen hatte ich schnell wieder zugeschraubt. Und zurück in meine Hosentasche. Und die Handfläche schnell mit einem Papiertaschentuch gesäubert …«

»Aber das Blut an ihrem Arm«, unterbrach mich Nilowsky, »an ihrem Oberarm, das Blut?«

»Ja, nun lass mich doch mal ausreden«, antwortete ich mit einer Schärfe, wie ich sie mir ihm gegenüber noch nicht erlaubt hatte. »Das Blut an ihrem Oberarm, das bemerkte sie nicht, erstmal nicht. Vielleicht weil ihr Kleid rote Punkte hatte, vielleicht deshalb. ›Muss wieder los‹, sagte sie. ›Hab noch viel zu tun.‹ Ich brachte sie zur Wohnungstür. War froh, als sie weg war. Dass ich das mit dem Blut geschafft hab, das Ritual vollendet. Zwei oder, nein, drei Minuten später kam sie zurück, zeigte auf ihren Oberarm. ›Weißt du, wie das Blut da rangekommen ist?‹ Und ich: ›Nein, keine Ahnung, absolut nicht.‹ Sie schüttelte den Kopf, verwundert, beeindruckt. ›Mystisch, mystisch. Nun ja, ich lass es dran. Wird schon irgendeine Bewandtnis haben.‹«

»Wie? Sagte sie tatsächlich: ›Ich lass es dran, wird schon eine Bewandtnis haben.‹ Tatsächlich?«

»Na ja, wenn ich's dir sage. Oder glaubst du mir nicht?«

»Klar glaub ich dir«, beeilte sich Nilowsky zu erwidern, als würde sich durch Misstrauen oder allein schon durch eine zögerliche Antwort der Zauber nicht ereignen können.

Inzwischen waren wir auf dem Friedhof, am Grab von Carla und Maria Serrini. Nilowsky holte eine Tube Duosan Rapid und ein Schwarzweißfoto unter seinem Anorak hervor. Das Foto war in einer durchsichtigen Plastikfolie und zeigte einen weiten Olivenhain. »Hiervon«, sagte Reiner, »hat meine Oma oft erzählt. Das war ihre stärkste Kindheitserinnerung, war das. ›Der Wind‹, sagte sie immer, ›war ganz fein, wenn man bei den Olivenbäumen war, ganz fein und leise.‹ Das war der Wind in Apulien, wo Lecce die Hauptstadt ist. In Apulien, wo meine Oma aufwuchs. Der Wind, wie oft erzählte sie von diesem Wind.«

Er klebte das Foto in der Plastikfolie mit Duosan Rapid an den Grabstein. Dann strich er mit der flachen Hand über das Glatteis auf der Urnenstelle. »Das ist komisch«, sagte er und lächelte. »Vielleicht hat hier jemand gegossen. Damit die Seelen der Toten Schlittschuh laufen können, auf dem Eis hier.«

Ich verriet ihm nicht, wer hier auf wessen Geheiß gegossen hatte. Ich dachte nur: Wie schön wäre es, wenn, auch ohne Voodoo-Zauber, Nilowsky und Carola ein Liebespaar würden.

23

Der Winter wurde noch kälter und dunkler. Manche der Züge fuhren nicht mehr pünktlich vor meinem Fenster vorbei. Ich versuchte herauszufinden, ob es so etwas wie ein System der Unpünktlichkeit gab, ob da irgendeine Logik waltete. Ich notierte mir in ein eigens dafür angelegtes Heft, um wie viel Minuten die Züge Verspätung hatten. Doch ich konnte, wie auch immer ich rechnete, keine Logik aufspüren. Zu gern hätte ich mich mit Nilowsky darüber ausgetauscht, aber er lief mir nicht mehr über den Weg, und auch im Altstadtcafé *Zur gemütlichen Rose*, an dem ich ein paarmal vorbeiging, konnte ich ihn nicht entdecken. Ich nahm mir vor, ihn in der Wohnung von Carla Serrini zu besuchen. Aber das traute ich mich dann doch nicht. Es war mir irgendwie nicht geheuer.

Nach einer Woche ging ich auf den Friedhof. Das Schwarzweißfoto mit dem Olivenhain klebte unverändert am Grabstein von Carla und Maria Serrini. Ich ging zum Bahndamm, an den Gleisen entlang und ließ Groschen plattfahren, die ich zu Hause in meiner Schreibtischschublade deponierte. Und ich begab mich auch immer wieder in die Nähe der rotgelben Baracke, die den Ingwerknoblauchgeruch ausströmte und von älteren Frauen besucht wurde, doch nicht mehr – soviel ich sehen konnte – von meiner Mutter.

Nach nochmals einer Woche stand plötzlich Roberto in der Dunkelheit neben mir. Ich hatte mich zwar hinter einem Baum gut versteckt geglaubt, trotzdem war ich nicht überrascht, als er mich wie aus dem Hinterhalt aufgespürt hatte.

»Deine Mutter nicht mehr kommt«, sagte er traurig.

In meinen Ohren klang dieser Satz wie ein Vorwurf. Aber ich war nicht nur gefasst, ich war sogar vorbereitet. »Vielleicht braucht sie Zeit«, sagte ich. »Oder das Blut braucht Zeit. Zeit zu wirken. Ich weiß nicht. Wir sind ja in Berlin und nicht in Mozambique, vielleicht dauert's hier länger ...«

»Hast du gemacht?«, unterbrach mich Roberto.

Ich sah die Hoffnung in seinem Gesicht und antwortete: »Ja, na klar. Ich hab es gemacht.«

»Sie hat nichts gemerkt von Blut?«

»Nein, überhaupt nichts. Sie hat nachts geschlafen in ihrem Bett. Ich bin zu ihr geschlichen und hab's gemacht.«

»Und dein Vater? Nicht in dem Bett?«

»Mein Vater, natürlich, er schläft auch in dem Bett. Aber immer mit Abstand. Immer mindestens zwanzig Zentimeter Abstand.«

»Immer zwanzig?«, fragte Roberto.

»Ja«, antwortete ich und gab mich leicht genervt, »zwanzig oder vielleicht auch dreißig.«

»Warum hast du mir nicht berichtet gleich?«, fragte Roberto. »Dass du gemacht hast. Auftrag erfüllt hast, vertrauensvoll.«

Ich hatte nun doch Skrupel. Nicht nur, dass ich unerkannt log, jetzt war ich sogar der vertrauensvolle Auftragserfüller.

»Ach«, sagte ich, »es war ganz leicht. Und warum ich dir nichts gesagt hab? Na, ganz einfach: Ich hab dich nicht gesehen. Und in eure Baracke hab ich mich nicht hineingetraut.«

»Richtig«, meinte Roberto. »Baracke ist Geheimort. Erst wenn ich werde in Liebe mit deine Mutter, machen wir große Essen mit viele Gewürze und große Feier. Und alle kommen. Natürlich auch du. Alle.«

Er grinste, in einer Art, die etwas Schelmisches hatte. Vielleicht, dachte ich, hat er gerade meinen Vater im Sinn, den er auch einladen würde. Alle wären froh und glücklich. Das wäre der Gipfel der Zauberei.

Ich dachte an Nilowsky, dessen Mitwirkung an der Feier so selbstverständlich wäre, dass es gar nicht erwähnt werden musste. »Weißt du eigentlich«, fragte ich, »wo Reiner ist?«

»Nein. Weißt *du* nicht?«

»Nein, ich dachte, du wüsstest es. Du bist ja sein Freund.«

»Du auch«, erwiderte Roberto. »Wir drei sind Freunde. Gemeinschaft von Freunde. Oder weißt du nicht?«

»Ich weiß«, sagte ich, »ja, ich weiß.« Kaum hatte ich es ausgesprochen, breitete sich ein Gefühl von Geborgenheit in mir aus.

Roberto strich mir über den Rücken und meinte: »Er muss Zeit für sich. Kommt wieder. Bin ich mir sicher.«

Roberto verabschiedete sich mit einer Umarmung von mir und ging in die Baracke. Ich lief nach Hause.

Meine Eltern saßen noch am Abendbrottisch. Sie waren in einen Streit vertieft und bemerkten gar nicht, dass ich die Wohnung betrat.

»Du küsst einen Neger, und ich soll mich nicht aufregen?«, hörte ich meinen Vater sagen. Ich stand im Flur und bewegte mich nicht. »Und ob ich mich aufrege. Ich rege mich so lange auf, wie ich will. Solange und kein bisschen weniger.«

»Du sollst nicht ›Neger‹ sagen«, entgegnete meine Mutter. »Das ist ein Schimpfwort, das will ich nicht hören …«

»Ach, das willst du nicht hören!«, unterbrach sie mein Vater. »Weißt du, was ich nicht will? Ich will nicht, dass du mit irgendwelchen Negern rummachst.«

»Ich habe nicht rumgemacht, ich hab mich nur mal küssen lassen. Ein einziges Mal. Und du sollst nicht ›Neger‹ sagen. Kapierst du das nicht?!«

»Ich kapiere sehr wohl«, sagte mein Vater. »Sehr wohl kapiere ich. Was gefällt dir eigentlich an diesen faulen Säcken? So faul wie die sind, haben die natürlich nur Ficken im Sinn.«

»Ich habe nicht gefickt. Ich habe mich nur mal küssen lassen. Begreifst du noch nicht mal das?«

»Ich habe auch nicht behauptet, dass du gefickt hast. Ich habe gesagt, die haben nur Ficken im Sinn, so faul wie die sind den ganzen lieben Tag lang.«

Wenigstens, dachte ich, sagt er nicht mehr »Neger«.

»Deine lieben, netten afrikanischen Staatsbürger«, fuhr er fort, »aus dem Freundesland, dem wir in sozialistischer Solidarität verbunden sind, holen sich die Damen natürlich nur deshalb in ihre Unterkunft, um Völkerfreundschaft und sozialistische Solidarität noch weiter zu vertiefen. Ist ja klar, dass ich das nicht kapiere. Also wirklich. Wie bescheuert muss ich denn sein, dass ich das nicht kapiere?«

So viel Sarkasmus hatte ich bei ihm noch nicht erlebt, und meine Mutter sagte: »Ich war nicht in der Unterkunft. Ich habe mich auch nicht ficken lassen. Obwohl er es wollte. Ich habe es abgelehnt. Vielleicht hätte ich es machen lassen sollen, um überhaupt mal wieder auf meine Kosten zu kommen. Aber du lässt mir ja lieber hinterherspionieren, statt dich« – sie machte eine Pause –, »statt dich um mich zu kümmern.«

Ich war erleichtert, dass sie nicht wieder »ficken« gesagt hatte. Und auch mein Vater schien erleichtert. Ich glaubte sogar, so etwas wie schlechtes Gewissen herauszuhören, als er antwortete: »Ich hab eben viel zu tun. Macht alles keinen Spaß mehr. Diese Arbeitsmoral, nicht nur bei den …« – nun machte auch er eine Pause – »… ich meine, bei den Schwarzen, auch bei den anderen, das ist alles keine Arbeitsmoral mehr. Aber dass jemand kommt und mir sagt, er hat dich gesehen und alles Weitere … Ich kann mir ja nicht die Ohren zuhalten, wenn der kommt und mir erzählt …«

»Ich weiß«, unterbrach ihn meine Mutter, milde, fast sanft gestimmt. »Ich weiß. Da hast du recht.«

Pause, Schweigen. Vielleicht vertrugen sie sich wieder. Fassten sich an, küssten sich. Ich fragte mich, wer meine Mutter verraten haben könnte und ob diese Person eventuell auch mich im Wald gesehen hatte. Und mir ging diese merkwürdige Umschreibung »auf meine Kosten kommen« nicht aus dem Kopf. Als hätte meine Mutter irgendwann einen Preis für eine Dienstleistung bezahlt, die mein Vater immer noch zu erbringen hatte. So ein Unsinn, dachte ich, auch wenn es mein Vater ihr gar nicht übel zu nehmen schien.

Ich hörte Schritte im Wohnzimmer. Rasch öffnete

ich die Wohnungstür, schlug sie wieder zu und hörte meinen Vater rufen: »Junge, nicht so laut. Die Tür hält auch nicht alles aus.« Und meine Mutter: »Wo kommst du denn her? Wir haben beim Abendbrot auf dich gewartet.«

»Ich hab mich nur mit einem Freund getroffen«, sagte ich und ging ins Bad. Ich schüttete das Hühnerblut ins Klo, spülte es hinunter und steckte das leere Fläschchen wieder ein. Sollten Reiner oder Roberto es irgendwann sehen wollen, würde ich sagen können: Hier, schaut her, kein Tropfen übrig geblieben.

24

Seit ich mich erinnern konnte, fuhren wir über Weihnachten und Silvester nach Karpacz ins Riesengebirge. Diesmal war es für meine Eltern die große Versöhnungsreise. Schon auf der Hinfahrt flirteten und turtelten sie, als ob ich ganze Kübel voll Hühnerblut über sie ausgegossen hätte. Wir fuhren durch eine dunkelgraugrüne Dunstschicht, die von den Kohlekraftwerken in der Nähe herrührte und mir größer und schmutziger vorkam als in den Jahren zuvor. Oberhalb dieser Dunstschicht inmitten schneebedeckter Berge war die Luft verhältnismäßig sauber. Vielleicht aber war das nur eine Täuschung, denn die vielen Bäume mit den abgebrochenen Ästen vermittelten das Bild einer vergifteten Landschaft. Meine Eltern jedoch störte das alles weniger denn je.

Am Neujahrstag am Ende eines ausgiebigen Frühstücks räusperte sich mein Vater, bevor er begann, eine Erklärung abzugeben: Er werde die Betreuung der mozambiquanischen Kollegen beenden. Und in zwei Wochen würden wir umziehen. Nach Pankow, weitab von Gestank und Bahndämmen. Aber nur drei U-Bahn-Stationen von meiner alten Schule in Prenzlauer Berg entfernt. Meinen Vater, so meine Mutter, erwarte eine neue, spannende Herausforderung in einem kleinen, mit fortschrittlichen Methoden arbeitenden Chemiebetrieb, in dem auch sie wieder als Chefsekretärin arbeiten dürfe – aber halbtags, damit sie mehr Zeit für mich habe; gerade jetzt, da ich ja in die Pubertät komme, sei das wichtig.

Ich war nach meinem Empfinden schon längst in der Pubertät, aber mir stand nicht der Sinn danach, irgendetwas zu sagen. Wenn es darum ginge, auf den Mars zu ziehen, dachte ich, weil dort ein Chemiebetrieb sei, der mit allerneuesten Methoden arbeite, hätte ich mich wohl auch noch zu freuen.

Ich beschloss, möglichst mein eigenes Leben zu führen, ganz gleich, wie meinen Eltern das gefiel. Und dazu gehörte auch, Nilowsky und Carola zusammenzubringen, egal, wo ich wohnen und wie viel Zeit es verlangen würde. Um das zu erreichen, musste ich zunächst Carola wiedersehen. Vielleicht würde mir bei unserer Begegnung etwas einfallen, demzufolge sie sich trotz allem in Reiner verliebte.

Am Abend unserer Rückkehr sah ich nach dem Pfirsichkern. Er war nicht da. Weder unter der losen Platte noch irgendwo sonst vorm Eingang zum *Bahndamm-Eck*. Möglich, dass Carola ihn an sich genommen hatte, um mir damit zu sagen, dass sie mich nicht mehr sehen wollte. Oder aber – das schien mir auf einmal logischer – Nilowsky hatte mich beobachtet, als ich den Kern wieder unter die Platte gelegt hatte, und ihn an sich genommen. Auch wenn er die Bedeutung dieses Vorgangs nicht kannte, konnte er davon ausgehen, dass er eine Bedeutung hatte. Er musste nur weiter heimlich den Eingangsbereich beobachten und würde irgendwann, nein, recht bald Carola sehen, wie sie nach dem Kern schaute. Wenn es nicht schon geschehen war.

Am nächsten Abend ging ich zum Haus, in dem Nilowsky neben Carolas Bonzeneltern wohnte. Die Fenster seiner Wohnung waren dunkel. Ich lauschte an seiner Tür; nichts war zu hören, kein Laut. Nur aus der Bonzenelternwohnung kam Musik, ein Volkslied, nicht irgendeines, sondern »Am Brunnen vor dem Tore«. Hört sich ja an, dachte ich, wie ein Willkommensgruß. Oder – unwahrscheinlich zwar, aber nicht ausgeschlossen – Reiner war in der Wohnung und gedachte gemeinsam mit Carolas Eltern seiner Großmutter.

Ich warf einen Blick auf das Klingelschild. Worgitzke. Der Name las sich, als hätte er irgendeine geheimnisvolle Bedeutung. Dass ich das so empfand, hing sicherlich nur mit meiner Aufregung zusammen. Ich fasste mir ein Herz und klingelte. Sekunden später wurde der Türspion betätigt. Sofort stolperte ich zwei Schritte zurück. Ein Türspion, dachte ich, ist ganz bestimmt Pflicht für höhere Parteifunktionäre.

Ein Mann mit einem länglichen sommersprossigen Gesicht und einer Vollglatze öffnete die Tür. Ich schätzte ihn auf über fünfzig. Er trug einen dunkelgrauen Anzug, mit dem Abzeichen der Sozialistischen Einheitspartei am Revers, im Volksmund »Bonbon« genannt. Noch nie hatte ich einen Menschen gesehen, der in seiner eigenen Wohnung mit einem Anzug herumlief. Obendrein mit Bonbon. »Na, du kommst uns genau richtig«, sagte er. »Komm mal gleich rein.«

Erstaunt wie ich war, folgte ich dem Mann ins Wohnzimmer, in dem sich eine dickliche Frau mit langen hellroten Haaren aus einem Sessel erhob. Sie trug eine weit aufgeknöpfte Bluse und Hot Pants. Immerhin einer der wenigen englischen Begriffe, die ich kannte.

»Wir hatten zwar grad was Besseres vor«, sagte die Frau, »aber wenn du schon da bist, setz dich mal hin.«

Sie knöpfte sich die Bluse zu und deutete auf den Sessel. Wenn ich mich da reinsetze, dachte ich, bin ich in der Falle. Aber ich war ja sowieso in der Falle. Carolas Vater, von dem ich mir vorstellte, dass er auch beim Sex seinen Anzug trägt, stand dicht hinter mir und fragte wie ein Verhörfachmann, der gerade noch einen kumpelhaften Ton hinkriegt: »Na, wo steckt er?«

»Wer denn?«, nuschelte ich, obwohl ich mir denken konnte, wer gemeint war. Und Carolas Mutter sagte: »Vom Sohn des Genossen Bäcker hätten wir uns ein bisschen mehr kooperative Zusammenarbeit gewünscht.«

Kooperative Zusammenarbeit – das doppelte sich. Bestimmt wollte sie damit die Wichtigkeit ihres Anliegens unterstreichen. »Meinen Sie Reiner Nilowsky?«, fragte ich, um mein Gesicht zu wahren, aber auch nicht als begriffsstutzig dazustehen.

Der Glatzkopf schob mich in den Sessel und sagte: »Wir wissen, dass du mit ihm befreundet bist. Du warst sogar bei der Beisetzung seines Vaters und seiner Großmutter. Wir haben Carla Serrini sehr gemocht – eine ehrenvolle italienische Kommunistin –, deshalb hören wir auch manchmal die Volkslieder, die sie ausgesprochen geliebt hat. Deutsches Kulturgut, das im Sozialismus würdevoll fortlebt.«

»Ja«, sagte ich und schämte mich für meine geheuchelte Zustimmung. Außerdem bezweifelte ich, allein weil dieser Bonzenvater es behauptete, dass Carla Serrini Kommunistin gewesen war. Jedenfalls war sie wohl kaum eine Bonzenkommunistin gewesen.

Carolas Mutter schaltete den Plattenspieler aus. Auf einmal war es sehr still. Beängstigend still. Ich hörte mein Herz klopfen, und ich bildete mir ein, Carolas Eltern hörten es ebenfalls.

»Carla Serrini«, fuhr Carolas Vater fort, »würde sich im Grabe umdrehen, wenn sie wüsste, was für ein Verbrecher ihr Enkel ist. Also, wo ist er?«

»Ich weiß es nicht«, beteuerte ich. Noch bevor ich fragen konnte, was denn Nilowsky angestellt habe, sagte der Vater: »Na gut, dann werden wir dir mal ein paar Takte über den Burschen erzählen.« Er wandte sich an seine Frau. »Willst du?«

Sie schüttelte knapp und energisch den Kopf. Also begann Carolas Vater: Seitdem Nilowsky in der Wohnung von Carla Serrini wohne, habe er kein einziges Mal gegrüßt. »Sicherlich deshalb, weil wir ihm, als er uns danach fragte, nicht verraten haben, wo die Baumschule von Carola ist.« Nun gut, Höflichkeit könne man nicht von jedem erwarten, nicht mal im Sozialismus, aber was schließlich geschah, sei nicht nur moralisch verwerflich, sondern auch juristisch gesehen ein Tatbestand.

»Komm zur Sache!«, unterbrach ihn Carolas Mutter, gab sich einen Ruck und berichtete selbst weiter: »Weihnachten. Vormittag. Heiligabend. Nicht später als zehn Uhr. Mein Mann war grad weg, einen Weihnachtsbaum kaufen. Es klingelt. Ich mach auf. Schwuppdiwupp ist Herr Nilowsky an mir vorbei in der Wohnung. ›Na, na, na, junger Mann‹, sag ich noch. Er aber schon ganz dreist: ›Wo ist Carola?‹ Ich: ›Wo sie sonst auch immer ist. In ihrer Baumschule, im Internat.‹ Er: ›Wie? Auch zu Weihnachten?‹ Ich: ›Ja. Auch zu Weihnachten. Das ist eben ihre Art. Auch zu Weihnachten.‹ Und er:

›Wo ist die Baumschule?‹ Ich: ›Sie sind der Letzte, dem ich das sagen werde.‹ Da greift er meinen Arm, dreht ihn um. Droht mir, mich umzubringen. ›Wo ist die Baumschule, wo ist die Baumschule, wo ist die Baumschule?!‹ Mein Gott, denk ich, der ist ja verrückt geworden. Ich sag: ›Wenn Sie die Tochter schon nicht kriegen, dann eben die Mutter, nicht wahr? Ist ja auch mehr dran.‹ Da war er aber geplättet. Schubst mich weg und haut ab. Und seitdem haben wir ihn nicht mehr gesehen.«

»Der Tatbestand«, resümierte Carolas Vater, »beinhaltet Hausfriedensbruch, Körperverletzung und im Grunde genommen auch versuchte Vergewaltigung. Wir haben sofort die Polizei verständigt. Die sucht und wird ihn finden. Und wenn die Polizei auch Sie befragen sollte, werden Sie schon erzählen, was Sie wissen. Das war's, Herr Bäcker. Und jetzt wollen wir weiter Musik hören.«

Er wies mir den Weg zur Tür. Ich ging rasch und ohne Auf Wiedersehen zu sagen und war froh, als ich wieder auf der Straße war. Ich schaute mich um, denn ich hielt es für möglich, dass ich von der Polizei beobachtet wurde. Oder von Nilowsky. Ich rannte los. Rannte bis zum Bahndamm, so schnell ich konnte. Der Achteinunddreißiger donnerte vorbei. Mit genau fünf Minuten Verspätung, wie ich auf meiner Armbanduhr sah. Ich hechelte, kotzte fast, völlig außer Atem.

Plötzlich, wie aus dem Nichts, nahmen mich zwei Arme fest in ihren Griff. Nilowskys Arme. Meinen Oberkörper umklammerten sie, wie Schraubzwingen, ging es mir durch den Kopf, wie Schraubzwingen. Er stand hinter mir, presste sich an mich und sagte: »Ich wusste, dass du herkommst, wusste ich. Hier ist man sicher. Man sieht die Polizei. Wenn die kommen, sieht man sie. Kann man flüchten, bevor sie einen haben. Guter Überblick hier, gut zum Flüchten.«

Er wusste also offenbar, dass er von der Polizei gesucht wurde. Trotzdem sagte ich, um ihm zu zeigen, wie sehr ich mich sorgte: »Sie suchen nach dir, die Polizei ...«

»Das müssen sie auch«, fiel er mir ins Wort. »Wenn sie eine Anzeige bekommen, müssen sie das; und eine Anzeige, die haben sie bekommen.«

Er ließ mich los. Ich drehte mich um und sah ihn, wie er kerzengerade vor mir stand, nicht mehr als einen Meter vor mir. Zu seinen Füßen stand ein Koffer aus dunkelbraunem, abgewetztem Leder. Er deutete auf den Koffer und sagte: »Sie suchen mich, aber sie werden mich nicht finden. Ich bin heut da, morgen dort, und nirgendwo werden sie mich finden.« Es klang abenteuerlustig, schadenfroh, dann allerdings bemächtigten sich Wut und Hass seiner Stimme. »Die dachte, ich will sie ficken, die fette Worgitzke, die dachte das. Und die Bullen werden ihr das glauben. Ihr Macker ist ja ein hohes Parteitier, Genosse Worgitzke, da werden sie es ihr glauben, die Bullen. Komm mit!«

Worgitzke – das klang nicht mehr irgendwie geheimnisvoll, sondern ordinär und gefährlich. Nilowsky nahm seinen Koffer, und ich folgte ihm wieder an den Gleisen entlang. Zum Glück war es nicht mehr so kalt wie vor Weihnachten, und es war auch fast windstill. Nilowsky schaute unablässig nach eventuellen Verfolgern. Es wunderte mich, dass er für den guten Ausblick in Kauf nahm, aus allen Richtungen gesehen werden zu können.

»Und die Bullen«, fuhr er fort, »die sind zu Carola, am ersten Weihnachtsfeiertag, in dieses Internat. Nur Carola und zwei andere Mädchen waren dort, die auch ihre Eltern hassen. Und die Bullen, die dachten, ich sei bei ihnen. Was für ein Blödsinn. Ich meine, schön wäre es gewesen. Wie kann man nur so blöd sein wie die Bullen oder die fette Worgitzke oder ihr Macker? Roberto hat es mir erzählt. Carola ist nämlich zu ihm, hat ihm das gesteckt, und Roberto ist der einzige Mensch, mit dem ich in Verbindung bin, der einzige. Aber mehr verrat ich dir nicht. Und dann hat Roberto ein Treffen organisiert, Carola und ich, nur wir beide. Nicht in der Baracke, natürlich nicht, denn die Bullen hatten auch schon die Baracke durchsucht, auch am ersten Feiertag. Als ob ich dort wäre. Mich ausgerechnet dort verstecke. Was für ein Blödsinn. Haben alles in Unordnung gebracht in der Baracke, die Bullen. Für wie blöd halten die mich denn, die Bullen? Komm mit!«

Er stakste die Böschung hinunter, die Arme zum Ausbalancieren von sich gestreckt, nach links und rechts, und in der Rechten den Koffer. Sicherlich stammt der von Carla Serrini, dachte ich. Ein altes italienisches Stück. Er schien prall gefüllt, doch an Nilowskys Arm wirkte er leicht wie ein Handtäschchen. Er warf ihn in die Luft, fing ihn auf, legte ihn auf den Grasboden und setzte sich auf ihn.

»Setz dich neben mich«, bat er und wies auf die Hälfte des Koffers, die er frei gelassen hatte.

Ich zwängte mich neben ihn, und er begann zu berichten. In einem Ton, der sich so sehr um Sachlichkeit bemühte, wie ich es bei ihm noch nicht erlebt hatte.

»Am Silvesterabend trafen wir uns. Am Bahndamm, wo sonst? Sie sagte, sie fände es sehr gut, wie ich ihre Mutter attackiert habe. Ich, ermuntert durch das Kompliment, fragte sie, ob ich sie küssen darf. ›Du willst nicht nur küssen, du willst mehr‹, stellte sie fest. Ich antwortete nicht drauf, ging weiter in die Offensive. Sagte: ›Hast du noch das Blut an deinem Oberarm?‹ Sie: ›Welches Blut?‹ Ich: ›Tu doch nicht so. Das Blut, das du nicht abwaschen wolltest.‹ Sie öffnet ihren Mantel. Unterm Mantel das kurzärmlige weiße Kleid mit den roten Punkten. Aber kein Blut am Oberarm. ›Du hast es abgewaschen, das Blut‹, sagte ich. Und sie: ›Wer hat dir denn den Blödsinn vom Blut am Oberarm erzählt?‹ Na, wer wohl?«

Diese Frage war an mich gerichtet. Aber auf eine Antwort legte Nilowsky gar keinen Wert. »Damit nicht genug«, sagte er. »Du hast Carola erzählt, dass ich es nicht geschafft habe, meinen Vater umzubringen. Wie blöd muss man eigentlich sein, um zu glauben, das kommt nicht raus?«

Hinter dieser Frage stand der viel schwerer wiegende Vorwurf: Du hast mich verraten! Obwohl du mir geschworen hattest, es nie und nimmer zu tun!

»Carola hat es mir gesagt, hat sie. Danach hat sie sich erst mies gefühlt, weil sie dich, den Verräter, verraten hat. Dann aber hat sie gemeint: ›Ach, was soll's. Verräter verraten – ist nichts weiter als ausgleichende Gerechtigkeit.‹ – ›Tschüss, Tschüss, Tschüssikowski‹, hat sie noch gerufen. Und ist davongehüpft, ist sie. Weggehüpft. Zu ihrer Baumschule. Nicht mal Roberto weiß, wo die Baumschule ist.«

Nilowsky hatte Tränen in den Augen. »Steh auf!«, sagte er. Sachlich, hart, sagte er es, und ich spürte die Spannung in seinem Körper, ein regelrechtes Vibrieren. Ich stand auf. Ohne ein Wort.

»Geh! Verschwinde!« Er schaute auf seinen Koffer herab. »Geh mir aus den Augen!«

Das klang endgültig. Nie mehr, dachte ich, nie mehr will er mich sehen. Ich war wie erstarrt. Trotzdem ging ich davon, ohne auch nur ein Wort zu sagen.

25

Der Umzug war an einem Dienstagvormittag bei Glatteis. Die vier Möbelträger hatten Mühe, sich auf den Beinen zu halten. Ab und zu rutschten sie aus und fielen hin. »Wie kann man denn bei so 'nem Wetter bloß umziehen?«, fluchte einer. Und ein anderer sagte zu meinem Vater: »Ick hoff ja nur, Sie sind jut versichert.«

»Das sind wir«, erwiderte mein Vater bestens gelaunt, »keine Bange, das sind wir.« Und als kurz darauf die Kleiderkommode aus dem Schlafzimmer meiner Eltern mit ihren beiden Trägern zu Boden fiel und auseinanderbrach, sagte mein Vater nur: »Na, was für 'n Segen, dass wir dafür versichert sind.« Er nahm meine Mutter in den Arm und küsste sie so lange und leidenschaftlich, dass einer der Möbelträger belustigt rief: »Halbzeit, Spucke wechseln«, woraufhin sich meine Eltern noch inniger küssten.

Mir war das peinlich. Andererseits fühlte ich so etwas wie Respekt: Alle Achtung, dass es ihnen immer wieder gelang, wie ein frisch verliebtes Paar zu sein. Ich konnte mir nicht vorstellen, dass ich das jemals so gut hinkriegen würde mit einer Frau. Beispielsweise mit Carola. Ich schämte mich für diesen Gedanken, denn er beinhaltete, dass nicht Nilowsky, sondern ich mit Carola zusammenkommen müsste. Das Beste wäre, sagte ich mir, wenn ich sie mehr und mehr vergessen würde. Und nicht nur Carola, auch Nilowsky. Irgendwann würden beide in meinem Leben nur noch eine kleine Episode sein. Aber auch dieser Gedanke bereitete mir Unbehagen. Ich konnte doch nicht jetzt schon festlegen, was in meinem Leben von Bedeutung sein würde und was nicht. Plötzlich hielt ich es durchaus für möglich, dass Reiner mich von irgendwoher heimlich beobachtete. Er hatte, wie ich ihn mir vorstellte, etwas Abfälliges im Blick. Als wollte er mir damit sagen: Wie unverschämt, dass du mich vergessen willst. Ich schaute mich um. Sah nur einen der Säufer aus dem *Bahndamm-Eck*, der durch die Unterführung Richtung Chemiewerk ging. Ich lief zurück in die Wohnung, die schon fast leergeräumt war. Hier konnte Reiner mich nicht sehen. Die Möbelträger transportierten die letzten Stücke hinaus, und mein Vater rief: »Wo bleibst du denn? Jetzt geht's zurück, zurück ins alte Leben.«

Was für ein blöder Spruch, dachte ich, ging hinunter zum Möbelwagen, stieg auf die Ladefläche und hörte meine Mutter sagen: »Gerade *du* müsstest dich eigentlich freuen, dass wir hier wieder wegziehen.«

Statt eine Antwort zu geben, schloss ich die Plane über der Ladefläche, sodass ich nichts mehr von draußen sehen konnte, nichts mehr vom Chemiewerk und den grünlich gelben Wolken, nichts mehr vom Bahndamm und auch nichts mehr von dem Haus, in dem ich fast fünf Monate gewohnt hatte.

Als wir in Pankow eintrafen, in einer ruhigen Straße am Schlosspark, öffnete mein Vater die Plane und fragte mit seiner unerschütterlichen guten Laune: »Na, bist du noch da?«

»Nein«, antwortete ich, stieg von der Ladefläche, bog

in die nächste Querstraße und ging, ohne mich umzusehen, immer weiter.

Erst am späten Abend kehrte ich zu dem Haus zurück, in dem ich nun wohnen sollte. Ich klingelte an der Wohnungstür, meine Mutter öffnete, umarmte mich und sagte nichts. Mein Vater kam aus dem Wohnzimmer und sagte: »Entschuldige bitte, wir haben unterschätzt … dass du … Wir haben uns nicht richtig verhalten … Dafür wollen wir uns entschuldigen … Vielleicht, nein ganz sicher haben wir dir zuviel zugemutet … Das hätten wir sehen müssen …«

So sehr mich seine gute Laune genervt hatte, so wenig konnte ich jetzt mit diesem Entschuldigungsgerede anfangen. Ich war froh, dass mich meine Mutter in mein Zimmer führte und dort allein ließ.

26

In meiner alten Schulklasse begegnete man mir, als hätte ich nur eine etwas längere Reise hinter mir und wäre wieder glücklich daheim. Man fragte, was ich erlebt habe, aber man erwartete nicht, dass etwas Außergewöhnliches dabei war. Ich erzählte nichts von Nilowsky, Carola, den Mozambiquanern oder den alten Frauen. Sie waren wie ein Schatz, dessen Kostbarkeit gerade darin besteht, dass niemand etwas über ihn erfährt. Ein Schatz jedoch, den ich eigentlich gar nicht verdiente. Zumindest so lange nicht, bis es mir gelänge, Reiner und Carola trotz allem zusammenzubringen.

An einem frühlingshaften Märzabend fuhr ich mit der S-Bahn in meine Bahndammgegend. Das *Bahndamm-Eck* war inzwischen wieder geöffnet. Ich schaute durchs Kneipenfenster und sah einen etwa vierzigjährigen, sehr kräftigen Mann mit Igelhaarschnitt hinterm Tresen stehen und Biere zapfen, während die Skatspieler und andere Trinker wie ehedem an den Sprelacarttischen saßen. Einen Moment lang dachte ich daran, hineinzugehen und nach Nilowsky zu fragen. Aber ich wagte es nicht. Ich würde – so empfand ich es – eine Grenze übertreten, die ich ohne Reiner nicht übertreten durfte.

Ich ging durch das Waldstück zur rotgelben Baracke. Wie gewohnt verbarg ich mich hinter einem Baum, etwa dreißig Meter von der Eingangstür entfernt. Die Baracke war dunkel, kein Laut drang aus ihr heraus. Nur der Ingwerknoblauchgeruch hing in der Luft, wie etwas, das vergessen worden war oder sich geweigert hatte, mitgenommen zu werden. Ich schlich zur Eingangstür und öffnete sie langsam und vorsichtig. Ich schaltete das Licht an und lauschte. Nichts war zu hören. Keine Mozambiquaner, keine Frauen. Im Flur standen nur ein Besen und ein Eimer. Ich wäre am liebsten in die Küche und in die Zimmer hineingegangen, aber auch hier hatte ich das Gefühl, eine Grenze, die Nilowsky mir gebot, nicht überschreiten zu dürfen.

Ich schaltete das Licht aus, schloss die Tür und ging weiter durch den Wald bis zur anderen Seite des Chemiewerks. Von dort war es nicht mehr weit zu Wallys Erdgeschosswohnung. Ich klopfte an die Jalousie, einmal lang, dreimal kurz, als wäre das unser vereinbartes Klopfzeichen.

»Wer is da?«, hörte ich Wally rufen.

»Ich«, rief ich zurück. »Markus Bäcker.«

Wally zog die Jalousie hoch, öffnete das Fenster und sagte: »Reiner hat immer zweemal lang, zweemal kurz, aber nich dass du denkst, ick hätte mit ihm jerechnet.«

Ich überlegte, ob ich sagen sollte, dass ich mich niemals trauen würde, Nilowskys Klopfzeichen nachzuahmen, entschied mich aber dagegen. Wally deutete mit einer Kopfbewegung in ihre Wohnung. »Na los, mach hinne. Oder worauf warteste?«

Ich stieg durch das Fenster, und Wally ließ die Jalousie wieder herunter. »Hier is viel passiert, seit ihr weggezogen seid. Na ja, dit wirste ja wohl mitbekomm' haben.«

»Ich hab nichts mitbekommen«, sagte ich.

Wally schaute mich prüfend an. Dann deutete sie auf ihr Sofa. »Setz dir hin.«

Ich setzte mich und sah an der Wand gegenüber ein paar Blutspritzer, die vom Fluchtversuch des geköpften Huhns herrührten. Was für ein Quatsch, dieser Voodoo-Zauber, dachte ich, zumindest wenn man nicht in Afrika ist. Im nächsten Moment sagte ich mir, dass ich eigentlich der Letzte bin, der das überhaupt beurteilen kann.

»Wat hab ick nich allet jemacht für Roberto und seine Jungs«, stellte Wally fest. »Ick denk nur an dit Huhn. Bin extra uff 't Land jefahren, um 'n lebendiget Huhn zu koofen. Is ja nich grad einfach, 'n lebendiget Huhn überhaupt zu kriegen. Alle fragten: Warum koofen Sie sich nich 'n tiefjefrorenet? Und ick konnt' ja nich sagen: Is für Wudu, deshalb nich. Tja, und nu? Weg sind sie, Roberto und seine Jungs. Ging janz schnell. Kaum wart ihr weg, du und deine Eltern, waren sie ooch nich mehr da. Versetzt. Wegen Disziplinmangel und unerwünschte Freizeitaktivitäten. Hieß et jedenfalls, offiziell. Und keener weeß, wo sie hin sind.«

Der Zusammenhang mit meinem Vater, dem ehemaligen Betreuer der Mozambiquaner, war eindeutig. Ich schämte mich dafür.

»Ach, Junge«, tröstete mich Wally, »mach dir nich verrückt. Du kannst ja nischt dafür. Musst eben warten, biste volljährig bist, und denn nischt wie weg. Wie die Carola. Oder meinste etwa, die is noch in ihrer Baumschule?« Wally ließ sich neben mich aufs Sofa plumpsen und gab sich selbst die Antwort: »Nee, da is sie nich. Kaum is sie achtzehn jeworden vor 'ner Woche, is sie irgendwo anders hin verduftet. Und jetzt willste wissen, woher ick dit weeß, oder?«

»Ja«, antwortete ich, denn meine Neugierde war mir wohl so deutlich anzusehen, dass es keinen Sinn gehabt hätte, sie zu leugnen.

»Ick weeß et, vom Reiner weeß ick et.« Wally öffnete ihre streng nach hinten gebundenen Haare und schüttelte sie, wie eine Diva, die damit ihre Attraktivität zeigt. »Er klopfte anne Jalousie – vier Tage isset erst her –, zweemal lang, zweemal kurz. So schnell hab ick dit Ding noch nie hochjezogen, und schwupps war er drin. Und denn sagte er: ›Ich geh weg, weit weg geh ich. Und Carola auch. Aber nicht zusammen, zusammen gehen wir nicht. Aber weit weg, auch Carola. Sie ist ja jetzt achtzehn, ist sie jetzt, und Bäume zum Großziehen und Pflegen, die gibt's überall, überall auf der Welt gibt's die. Und niemand wird wissen, wo wir hingehen. Auch du nicht, Wally, du auch nicht. Ist gut für dich, dass du's nicht weißt. Damit du uns nicht verraten kannst, aus Versehen oder warum auch immer, deshalb ist es für dich gut.‹«

Wally hielt inne, und ich staunte, wie gut sie Nilowsky wiedergeben konnte. Vielleicht war es sogar wortgetreu.

»Und denn«, fuhr sie fort, »fing er an mit seiner revolutionären Situation oder wie sich dit schimpft. Lenin hätte jesagt, dass 'ne jesellschaftliche Situation revolutionär is, wenn et für die herrschende Klasse unmöglich is, ihre Herrschaft uffrechtzuerhalten. Weil sich Not und Elend der unterdrückten Klassen verschärfen. Dit hätte Lenin jesagt. ›Und genauso‹, meinte Reiner, ›ist es mit mir und Carola. Genauso.‹ Ick sagte nischt dazu, ick dachte nur: Dit soll nu eener verstehen, dachte ick.«

»Das kann man verstehen«, erwiderte ich. Es klang etwas nassforsch. Aber das war mir jetzt egal. Und Wally schien gespannt darauf, dass ich es ihr erklärte. »Die unterdrückte Klasse«, erläuterte ich, »das ist Reiner. Die will nicht mehr, die unterdrückte Klasse, also Reiner. Und die herrschende Klasse, also Carola, die kann nicht mehr. Die kann nicht mehr anders, als sich zu verlieben. Und so kommen sie zusammen. Weil es nicht anders geht. Irgendwo in der Ferne, irgendwann. Und das ist Revolution.«

»Aha, so siehst du dit.« Wally nickte nachdenklich. Dann sagte sie: »Na ja, ick dachte immer, die unterdrückte Klasse wäre nach der Revolution die herrschende Klasse. Hat dit nich Lenin jesagt? Jedenfalls, wat soll da noch mit Liebe sein?«

»Ja«, erwiderte ich, »Reiner ist die herrschende Klasse, sobald er mit Carola zusammen ist. Aber eine gerecht herrschende Klasse. Eine Klasse voller Liebe. Und das heißt, dass Carola nicht die unterdrückte Klasse ist. So jedenfalls hat Lenin das gemeint. Logisch, oder?«

»Hauptsache, nich platonisch«, sagte Wally und lachte. Plötzlich jedoch füllten sich ihre Augen mit Tränen. »Jetzt pass uff, jetzt kommt wat Kitschiget. Dit heißt: Wat sehr Schönet. Wat Romantischet. ›Wir werden uns‹, sagte Reiner nämlich, ›wir werden uns höchstwahrscheinlich nicht wiedersehen. Nie, niemals. Und deshalb möchte ich dich küssen, zum Abschied küssen, das möchte ich. Darf ich das, dich küssen?‹ Und ick, verdattert wie ick war, aber ohne hin und her zu überlegen: ›Ja. Na klar!‹«

Sie sagte nichts weiter zu dem Kuss, aber ihr Schweigen war ein beredtes Schweigen. Sie lächelte nur. Erst nach einer Weile fand sie ihre Stimme wieder: »Und denn is er weg. Wie 'n Revolutionär, eener im Untergrund oder wie sich dit nennt, schwupps durchs Fenster uff de Straße, Kopp einjezogen und weg, wie 'n Revolutionär, so is er weg.«

Wieder schwieg sie. Und ich dachte: Wenn ich jetzt nichts frage, taucht sie möglicherweise noch weiter in ihrer Versonnenheit ab und kommt da nie wieder raus. »Und Carola?«, fragte ich. »War sie nochmal bei dir, bevor sie weg ist, weit weg?«

»Carola?« Ein schelmisches Grinsen schlich sich in Wallys Gesicht. »Carola, die will ja nie mehr älter werden. Irgendwann wird sie, um nich mehr zu wachsen, einfach nischt mehr essen. Immer kleener wird sie werden. Und denn wird sie so kleen und dünn sein von dem vielen Nichtessen, dass Elli sie inne Einkaufstasche steckt und ab mit ihr, rüber in 'n Westen. Weit, weit weg.« Wallys Grinsen verflog. Mit einem tiefen Seufzen erhob sie sich vom Sofa. »Nee, mein Junge, Carola hat sich nich mehr jemeldet bei mir. Und nu jenehmige ick mir erstmal 'n Eierlikörchen. Und du musst los. Ab, los mit dir!«

Sie sagte es so entschieden, dass auch ich mich vom Sofa erhob und mit knappem Gruß durch das Fenster, dessen Jalousie Wally wieder hochzog, verschwand.

Ich ging kreuz und quer, diesseits und jenseits des Bahndamms. Von den älteren Frauen, bei denen ich mit Nilowsky gewesen war, besuchte ich Elli in ihrem Reich der Gewürze, zusammengestohlen aus dem Kaufhaus des Westens, und Mariechen, deren lindgrünes Kleid an einer Fahnenstange im Abendwind wehte.

»Der Reiner«, meinte Elli, »der is sicherlich dort, wo Roberto, Ricardo und Pedro sind. Und die sind vielleicht gar nich mehr bei uns inne DDR, die sind vielleicht in Polen oder inne Tschechoslowakei oder sogar in Rumänien, da passen sie ja nu mal besser hin als zu uns fleißigen Deutschen. Dit is eben schön, dass wir Deutschen die Fleißigen sind, aber manchmal isset nich nützlich. Schon gar nich, wenn et um die sozialistische Solidarität jeht. Und der Reiner, der kann als Kellner überall arbeiten. Und vielleicht findet er da, wo er is, ooch 'ne nette Frau. Ick meine, wer soll denn dit verstehen, dass er nur immer die Carola wollte? Is zwar schön, wenn 'n Mann 'ne Frau haben will, aber so hundertprozentig wie der Reiner sie wollte, da musste ja die Carola Angst kriegen. Die will eben 'n freier Mensch sein, die Carola ... Jedenfalls, wenn er in Polen oder inne Tschechoslowakei oder sonst wo is, wenn er da unterjetaucht is, können ihn die Eltern von Carola nicht verhaften lassen. Zumindest will ick dit mal stark hoffen.«

»Ick könnte mir vorstellen«, sagte Mariechen hingegen, »der Reiner is irgendwo vorn Zug, so unglücklich wie der war. Und er war ja immer uff'n Gleisen, da hat er sich doch immer hinjezogen jefühlt. Und Roberto und die andern Mozambiquaner, na, werden wieder in ihrer Heimat sein. In Maputo oder wie dit heißt, da werden die sein. Da is ja ooch dit Klima besser, besonders für Neger natürlich. Und Frauen, die jibt's da ooch, jede Menge, junge, hübsche. Und ick meine, wenn ick dit Jeld hätte, würde ick als Rentnerin ooch da runter, nur mal uff Urlaub. Da würden Roberto und seine Truppe aber staunen, wenn Mariechen uff eenmal vor ihnen stehen würde, in ihrem lindgrünen Kleid mitten unter lauter Negern.«

Sie lachte, wie über eine lustige Geschichte, die aber auch sehr schön war und eines Tages vielleicht sogar wahr werden könnte. »Und weeßte eijentlich«, fuhr sie mit leiser, fast raunender Stimme fort, »dass et bei uns hier drei Grad wärmer war als anderswo in Berlin? Hab ick mehrmals jemessen mit mein' Thermometer, sojar in West-Berlin hab ick jemessen, wie et mir noch jut jing und ick öfters drüben war. Immer drei Grad wärmer. Aber seitdem Roberto und seine Truppe weg sind, isset nur noch zwei Grad wärmer. Exakt zwei Grad. Verstehste? Die haben quasi ein Grad mitjenommen.«

Ich verriet Mariechen nicht, dass ich über den Zusammenhang von Temperatur und Mozambiquanern bereits von Nilowsky unterrichtet worden war. Immerhin hatte ich ihm versprochen, dichtzuhalten.

27

Noch ein paarmal fuhr ich in die Bahndammgegend, aber ich hörte nichts Neues über den Verbleib von Reiner, Carola und den Mozambiquanern. Meine Eltern beteuerten mir gegenüber, dass sie nicht wissen würden, wo Roberto und seine Leute abgeblieben seien. Bald ging ich davon aus, dass Roberto auf jeden Fall wieder in seiner revolutionären Heimat lebte, um in den Reihen der FRELIMO gegen die ehemaligen Kolonialherren zu kämpfen, die seine Mutter ermordet hatten und immer noch ihr übles konterrevolutionäres Spiel spielten. Ja, dachte ich, er muss überglücklich sein, wieder diesen Kampf kämpfen zu dürfen, denn nur wenn er den Tod seiner Mutter rächt, wird er ein ganz und gar freier Mensch sein können. Und vielleicht, dachte ich, ist es Reiner gelungen, auf irgendeinem Wege, zum Beispiel als blinder Passagier mit einem Schiff, nach Mozambique zu kommen. Ich stellte ihn mir an der Seite von Roberto vor, auf der Ladefläche eines Armeefahrzeugs, bewaffnet mit einer Kalaschnikow. So fuhren sie durch die Savanne, von Dorf zu Dorf, immer auf der Suche nach den Verstecken feiger Konterrevolutionäre. Während dieser Fahrten konnte er auch überlegen, wo sich eines Tages am besten ein Chemiewerk errichten ließe, das, wie er mir am Bahndamm erklärt hatte, hochwertige Lebensmittel in Tablettenform produzieren würde, damit in Afrika oder irgendwo sonst auf der Welt nie mehr Hunger herrsche. Und irgendwann, während sie unterwegs waren, würde Reiner eine mutige, stolze Revolutionärin kennenlernen, die sich in ihn verliebte und mit ihm Kinder haben wollte, wunderschöne Mischlingskinder, die Vitoria, Progresso oder Socialismo heißen würden – oder sogar Vermelha-Amarela-Barraca, was für mich laut Wörterbuch die portugiesische Übersetzung für rotgelbe Baracke war.

Diese Vorstellung, so märchenhaft sie auch war, wurde mir immer vertrauter. Mit ihr glaubte ich mich von der Bahndammgegend zu lösen, und bald schon fuhr ich dort nicht mehr hin. Stattdessen entwickelte ich mich zu einem fleißigen, ehrgeizigen Schüler. Meist ging ich von der Schule aus direkt nach Hause, zog mich in mein Zimmer zurück, vertiefte mich in Hausarbeiten und las, abgesehen von Chemie, viel über naturwissenschaftliche Themen. Ich hatte mich für die Erweiterte Oberschule beworben, und Anfang April bekam ich den Bescheid, dass ich angenommen worden war. Meine Eltern öffneten zum Abendbrot eine Flasche Sekt und stießen mit mir an. Auf mich, auf meine Zukunft. Auf alles, was ich mir wünschte. Ich fühlte mich versöhnt mit ihnen, und eigentlich, dachte ich, ist das doch nur gut.

28

Eines Nachmittags, als ich von der Schule nach Hause fuhr, die U-Bahnstation verließ und in die Vinetastraße einbog, sah ich, zwei Straßenecken weiter, eine lange dürre Gestalt, die mit dem Rücken zu mir stand und nur Nilowsky sein konnte. Das war mir sofort klar. Unterm linken Arm trug er seinen abgewetzten Lederkoffer, und um den Kopf hatte er einen Schal gewickelt, mit dem er aussah wie einer dieser deutschen Wehrmachtssoldaten im russischen Winter, die ich aus den Geschichtslehrbüchern kannte. Ich war noch über zehn Meter von ihm entfernt, da drehte er sich zu mir um. Ich erschrak über sein abgemagertes Gesicht. Als würde die Haut auf den Knochen kleben, so sah er aus. Die Augen waren blutunterlaufen, der Adamsapfel riesengroß und die glatten, fettigen Haare bis über die Ohren gewachsen.

»Na? Starr mich nicht an, ich bin es. Kein Geist, keine Fata Morgana. Könnte mir nur besser gehen, könnte es. Ansonsten alles bestens.«

Ich versuchte, mein Erschrecken zu überspielen, während ich weiter auf ihn zuging.

Nilowsky hustete, räusperte sich, hustete wieder. »Jetzt fragst du dich, wie ich dich gefunden habe, das fragst du dich, nicht wahr?«

»Ja«, sagte ich, da er diese Antwort offensichtlich

hören wollte. Ich konnte mir denken, dass er, obwohl von der Polizei gesucht, sich von irgendjemandem aus dem Chemiewerk die Adresse meiner Eltern hatte geben lassen.

»Kannst du dir das nicht vorstellen?«, fragte er.

»Kann ich«, antwortete ich. Und er, ohne mich weiterreden zu lassen: »Ganz einfach. Ich hab meine Verbindungen. Bin zwar immer unterwegs, mal da, mal dort, und keiner ist in der Lage, mich zu finden, keiner, aber meine Verbindungen, die hab ich trotzdem noch.«

Er stand jetzt kerzengerade, genauso wie ich ihn zum ersten Mal gesehen hatte hinterm Fenster vom *Bahndamm-Eck*, und roch so sehr nach Bier und Schnaps, dass ich unwillkürlich flacher atmete. Doch er wirkte kein bisschen betrunken.

»Und du fragst dich«, fuhr er fort, »warum ich den Schal um den Kopf gewickelt hab, das fragst du dich, nicht wahr, warum ich hier herumlauf, als wenn wir noch Winter hätten, tiefen Winter. Kann dir sagen, warum. Kein Mensch quatscht mich an, wenn ich so herumlauf. Denken alle, ich wär nicht ganz dicht. Und die Polizei, die darf mich sowieso nicht sehen, die rieche ich schon, wenn die noch hundert Meter entfernt ist, ebenso wie ich dich gerochen hab, als du noch ein ganzes Stück weg warst.«

Es schmerzte mich, dass er mich gewissermaßen mit der Polizei gleichsetzte. Dennoch traute ich mich nicht, irgendetwas zu entgegnen.

»Komm mit!«, sagte Nilowsky, wieder in dieser Mischung aus Bitte und Befehl, die ich von ihm, aber auch von seinem Vater kannte.

Ich folgte ihm. Wir überquerten die Prenzlauer Promenade und liefen bis nach Heinersdorf. Kein einziges Mal begegneten wir einem Polizisten, und auch niemand sonst sprach uns an.

»Wusstest du eigentlich«, begann er zu erzählen, »dass in Mozambique viele Inder leben, sehr viele Inder? Die sind, vor Jahrhunderten sind die an die afrikanische Küste mit ihren Schiffen, haben ihre Gewürze mitgebracht und ihre Religion. Hinduismus heißt die, und bei der geht's um Reinkarnation, darum geht's da. Noch nie von gehört, was? Hat mir Roberto erklärt: Reinkarnation, auf Deutsch Wiedergeburt. Und weißt du, warum ich dir davon erzähl, ausgerechnet dir? Ganz einfach. Weil Roberto in deine Mutter verliebt war. Aber sie nicht in ihn. Obwohl sie sich geküsst haben, abends vor der Baracke. Das hast du ja gesehen. Genauso wie ich es gesehen habe. Roberto jedenfalls, der fand es nicht schlimm, dass er deine Mutter nicht kriegen konnte und sie obendrein noch weggezogen ist. Roberto meinte, dass er eines Tages, meinte er, auf die Reinkarnation deiner Mutter stoßen werde, und die werde sich dann Hals über Kopf in ihn verlieben, die Reinkarnation. Da staunst du, was?«

Ich hatte von Wiedergeburt schon mal gehört. Dass man zum Beispiel auch als Pferd oder sogar als Insekt wieder auf die Welt kommen könne. Doch es kam mir derart unwahrscheinlich vor, dass ich nie weiter darüber nachgedacht hatte.

»Das hieße ja«, antwortete ich, »dass meine Mutter stirbt und als anderer Mensch oder – schlimmer noch – als Käfer oder Spinne wiedergeboren wird, die sich obendrein in Roberto verliebt.«

»Na also, du weißt ja Bescheid«, stellte Nilowsky

fest, während ich mich dafür schämte, den Tod meiner Mutter in Erwägung zu ziehen.

»Ist das nicht Unsinn?«, gab ich vorsichtig zu bedenken.

Nilowsky blieb augenblicklich stehen. »Natürlich ist das Unsinn!«, fuhr er mich an. »Das ist nicht nur Unsinn, das ist, die größte Scheiße ist das, die ich jemals gehört hab. So was kann nur aus Robertos verschissenem Verräterhirn stammen, kann das nur. Eins steht nämlich fest: Mit diesem miesen Karma, das er hat, verliebt sich nicht mal eine Bazille in ihn. Mit dem miesen Karma ist er dazu verurteilt, eine Reinkarnation nach der anderen durchzumachen, bis es irgendwann weg ist, das miese Verräterkarma.«

Wir gingen weiter, und ich war höchst erstaunt, wie abfällig Nilowsky über Roberto sprach.

»Weißt du eigentlich«, erkundigte ich mich, um mich zur Verräterfrage etwas vorzutasten, »wo Roberto und die anderen Mozambiquaner hingekommen sind?«

»Das müsste ich dich fragen«, rief Nilowsky. »Deinem Vater sei Dank sind sie ja weg. Hast du nicht deinen Vater gefragt, wo sie hin sind? Hast du das etwa nicht?«

»Hab ich«, antwortete ich. »Er meinte, er würde es selber nicht wissen. Vielleicht hat er mich angelogen ...«

»Was heißt hier angelogen«, unterbrach mich Nilowsky. »Du solltest froh sein, dass du einen Vater hast, der sich um dich kümmert, einen solchen Vater hast du. Dafür solltest du dankbar sein. Tausendmal dankbar solltest du sein.«

Um ihn nicht in Rage zu bringen, erwiderte ich nichts. Ich nickte nur, und Nilowsky fuhr fort: »Nachdem sie weg waren, über Nacht einfach weg, ohne Abschied, nichts, einfach weg, eine Woche danach, da war ich in der Baracke. Das erste Mal war ich in der Baracke. Da staunst du, was? Das erste Mal.«

Tatsächlich hatte ich geglaubt, Nilowsky wäre zumindest gelegentlich beim Kochen und Essen und Tanzen dabei gewesen, obwohl er das mir gegenüber nie behauptet hatte.

»Ich war, gespannt war ich, wie es da drin aussah. Bin rein, spätabends, alles schon dunkel. Im Flur sehe ich Besen und Eimer, das war alles, nichts weiter. Auf einmal ist jemand hinter mir. Ich ahne es, ich rieche es: Roberto. Im Flur, in der Dunkelheit. ›Was machst du hier?‹, fragt er mich. ›Und du?‹, frag ich zurück. Und er, alles andere als erfreut, als hätte ich ihn bei irgendwas erwischt: ›Ich? Such was. Hab was vergessen. Das ist alles. Bin gleich wieder weg.‹ – ›Ich auch‹, sag ich, ›bin auch gleich wieder weg. Muss weit weg, muss ich, damit die Polizei mich nicht findet, weit weg. Kann ich dir helfen beim Suchen?‹ Und er: ›Danke. Brauch nicht Hilfe bei Suche.‹ Na gut, eben nicht, denk ich mir. Aber eins will ich wissen, unbedingt: ›Wo seid ihr eigentlich hinversetzt worden, plötzlich, über Nacht?‹ Und er, mit einer Angst, die hab ich bei ihm noch nicht gesehen, mit solch einer Angst: ›Darf nicht sagen. Ist geheim, wo wir hin.‹ Und ich: ›Aber mir kannst du's verraten, bin dein Freund, das bin ich.‹ Und er: ›Nein, darf nicht. Hohe Genosse von Partei, von sozialistisch Einheitspartei hat gesagt. Nein, nicht gesagt. Befohlen hat er.‹ Ich dachte, ich hör nicht richtig. Roberto, wie verwandelt. Wie ein Zauberopfer, so verwandelt, wie verhext. ›Befohlen?‹, frag ich. ›Was heißt hier befohlen?‹ Und Roberto: ›Ist revolutionärer Befehl. Darf nicht verstoßen. Darf auch nichts verraten.‹ – ›Aber mir!‹, schrei ich. ›Deinem Freund! Ich sag nichts weiter, niemandem.‹ Und Roberto: ›Leise. Sei leise. Du wirst gesucht von Polizei …‹ – ›Das ist mir egal‹, schrei ich, ›vollkommen egal!‹ Roberto schwitzt schon vor Angst. ›Bist Verbrecher‹, sagt er. ›Hast Genossin von Partei angegriffen. Darf man nicht machen.‹ Kaum hat er's gesagt, rennt er raus. Rennt und rennt. Wie vom Teufel verfolgt. Oder von irgendwelchen indischen Göttern, was weiß ich, wovon. Ist egal, wovon, sag ich mir. Vollkommen egal. Denk plötzlich an die Polizei, nur noch an die. Was ist, wenn Roberto die Polizei herschickt, wenn er das, sogar das tut? Deshalb bin ich auch weg, schnell weg. Nichts gesehen außer den Flur mit dem blöden Besen und dem blöden Eimer. Nicht mehr da gewesen, kein einziges Mal. Schlaf unter Brücken, auf Dachböden, an Bahngleisen. Natürlich an Bahngleisen. Mal da, mal dort. Kaum was zu essen. Macht aber nichts. Hält wach, der Hunger. Keine Chance für die Polizei, keine Chance, wenn ich wach bin, mit allen Sinnen. Ich ahne die, sobald sie in der Nähe sind, ich rieche die. Und Roberto? Armer Verräter. Das ist Roberto. Bestimmt haben sie einen bösen Zauber mit ihm gemacht, Voodoo-Zauber, hundertprozentig. Jedenfalls, das muss ich dir sagen: Gut, dass du Carola nicht mit dem Blut. Das war nämlich böses Blut, was denn sonst? Hat Carola nicht verdient, hat sie nicht. Wer weiß, was mit ihr passiert wäre. Danke dir, dass du's nicht gemacht hast. Tausend Dank.«

Ich ließ Nilowskys Worte für mich nachklingen und dachte: Nun müsste ich mich eigentlich befreit fühlen von meinem Versagen. Doch ich fühlte mich nicht befreit, nicht im Mindesten. Ich hatte das Bedürfnis, ihm für seinen Dank zu danken, aber nicht einmal dazu war ich in der Lage. Plötzlich blieb Nilowsky stehen, zog mich an sich heran. Ich roch wieder seinen Atem, diesen heftigen Schnapsdunst. »Ja, ich trinke«, raunte er mir zu. »Riechst du ja, oder? Ich sehe ja, wie du's kaum aushältst, das zu riechen. Ich klau mir den Schnaps aus den Kaufhallen, in die ich ab und zu reingeh, und trink ihn, schön verteilt übern Tag, schön verteilt. Hält warm der Schnaps, das tut gut. Und ich werd' nicht betrunken. Werd' ich nicht. Weil ich nicht betrunken werden *will*. Verstehst du das?«

Weil ich nicht betrunken werden *will* – das waren genau die Worte seines Vaters gewesen. Aber das sagte ich nicht.

»Ich habe besondere Enzyme«, erklärte Nilowsky und atmete mir ins Gesicht, »nicht nur das ADH, das Alkoholdehydrogenase, das hat ja jeder, falls du das überhaupt kennst, falls du davon überhaupt schon jemals gehört hast. Nein, besondere Enzyme, die hab ich. Die bauen ganz schnell den Alkohol ab. Kaum dass ich ihn getrunken hab, den Alkohol, bauen die den schon ab. Wenn ich will, dass die den abbauen. Willensenzyme. Vielleicht hatte mein Alter die auch. Aber der hat so viel gesoffen, da haben die Willensenzyme auch nichts mehr geholfen. Da hat nichts mehr was geholfen. Deshalb hab ich ihn ja auch verbrennen lassen, die alte Drecksau. Denn wer so viel säuft, wie der Alte gesoffen hat, der kann nicht verwesen, kann der nicht.«

Ich vermochte den Schnapsdunst fast nicht mehr zu ertragen und hielt die Luft an.

»Vielleicht aber«, flüsterte Nilowsky, »vielleicht ist er gar nicht verbrannt worden. Vielleicht hat der viele

Schnaps ihn dermaßen konserviert, dass er gar nicht brennen konnte. Und daraufhin haben sie ihn wieder rausgezogen aus dem Verbrennungsofen. Haben die Knochen und das bisschen Fleisch, das er noch auf den Knochen hatte, einfach zersägt. Haben die einzelnen Teile weggeworfen, und nur zwei oder drei Fleisch- und Knochenbatzen, die haben sie in die Urne getan, haben sie die. Damit die Urne nicht zu leicht ist, wenn sie ins Grab getragen wird. Fällt ja auf, wenn die Urne zu leicht ist. Warum atmest du nicht mehr? Willst du tot umkippen, damit ich dich reanimiere, falls du überhaupt weißt, was das ist, reanimieren?«

»Nein«, antwortete ich und atmete tief ein und aus.

Er blies mir abermals seinen Atem ins Gesicht und sagte: »Morgen Abend, neun Uhr. Punkt neun. Treffpunkt Chemiewerk. Am Schlupfloch. Erinnerst du dich?«

»Ja, klar«, beeilte ich mich zu versichern. »Klar erinnere ich mich.«

»Gut. Bis morgen.«

Mit diesen Worten drehte er sich von mir weg und eilte mit seinen langen staksigen Beinen davon.

29

Am nächsten Abend war ich schon zehn Minuten vor neun in der Nähe des Chemiewerks, um pünktlich an unserem Geheimeingang zu sein. Kaum war ich da, kam Nilowsky aus einem Gebüsch hervor. Er roch modrig-säuerlich, aber bei Weitem nicht so sehr nach Schnaps, wie ich es vom Tag zuvor noch in der Nase hatte. Außer seinem Koffer hatte er zwei Spaten bei sich, und ohne mich zu begrüßen, reichte er mir einen davon.

»Hier. Gibt was zu tun heute. Komm mit!«

Ich nahm den Spaten und folgte ihm, jedoch nicht ins Chemiewerk, sondern, wie mir rasch klar wurde, Richtung Friedhof. »Nicht dass du denkst, ich hätte die geklaut, die Spaten. Ich bin ja kein Dieb, nicht dass du das denkst, ich meine, abgesehen von den Kaufhallen, wo ich den Schnaps klaue. Aber das ist eigentlich auch kein Diebstahl, ich meine, ich muss mich ja versorgen, wenn ich von der Polizei gesucht werde und deshalb nicht arbeiten gehen kann und Geld verdienen. Die Spaten, die bringe ich zurück, die sind nur ausgeliehen. Die merken das noch nicht mal, die Laubenbesitzer, dass ich mal was ausgeliehen hab für einen Abend, das merken die gar nicht.«

Mir war inzwischen auch klar, was er vorhatte auf dem Friedhof; und so sehr es mich dabei schauderte, ich sagte kein Wort dazu.

Um nicht mit der Polizei zusammenzutreffen, gingen wir einen Umweg. »Ich weiß, wo die langgehen und wo nicht. Die haben immer dieselben Strecken. Idiotisch, was? Als ob die mich gar nicht finden wollen.«

Am Friedhof angelangt, warfen wir unsere Spaten und den Koffer über die Mauer und kletterten hinterher. Wir gingen zum Grab von Carla und Maria Serrini. Nilowsky legte seine Hand auf den Grabstein, an dem immer noch das Foto mit dem Olivenhain klebte. »Er kann nicht mit euch auf ein und demselben Friedhof liegen, das kann er nicht. Ich meine, das kann euch niemand zumuten, das meine ich und nichts anderes.« Nilowsky hatte Tränen in den Augen. »Hab extra gewartet«, sagte er zu mir. »Bis kein Frost mehr in der Erde ist. Wir müssen uns beeilen, klar, müssen wir. Können um die Wette graben. Müssen wir sogar. Wer zuerst auf seine Urne stößt, darf die Fleisch- und Knochenbatzen bis ins Kleinste zerstückeln und wegwerfen, weit weg.«

Wir liefen zur Urnenstelle von Nilowskys Vater und begannen unverzüglich mit dem Graben. Er von der linken Begrenzung aus, ich von der rechten. Bloß nicht die Wette gewinnen, dachte ich. Aber auffallen sollte es ihm auch nicht, dass ich das keinesfalls wollte. Ich grub so schnell und kraftvoll, dass ich heftig ins Schwitzen kam, und war froh, dass Nilowsky noch schneller war. »Wusstest du eigentlich«, fragte er, »dass auch Leichenfleisch Bioströme aussendet? Nein, das weißt du nicht. Woher sollst du das auch wissen? Ich weiß es ja auch erst, seitdem ich davon träume, fast jede Nacht träum ich davon. Träume, wie der Alte unerwartet hinter mir steht, im Flur der Baracke steht er hinter mir, erschrickt mich mit seinem blöden, hässlichen Lachen und sagt:

›Mein Fleisch und meine Knochen senden Bioströme aus, und die verjiften den janzen Friedhof, jawoll, den janzen Friedhof!‹ Ich denk sofort an meine Mutter, an meine Oma, an Carolas Verwandte denk ich, Onkel Antatsch, Tante Fettsucht, Oma Vergesslichkeit, Opa Hundertfuffzigprozentig, Analphabeten-Leo, Krebs-Käthe. Alle liegen sie ja auf dem Friedhof, alle werden sie vergiftet von den Leichenfleischbioströmen. Und auf einmal in den Träumen ist Carola da, im Flur der Baracke, neben dem Alten. Sie lächelt nur, lächelt mich an, aber dann hüpft sie weg. Raus aus der Baracke und immer weiter weg, und bald ist sie nicht mehr zu sehen. Und ich weiß sofort, ganz sicher weiß ich das, dass ich die Leichen- und die Knochenteile von dem Alten ausgraben und vernichten muss, muss ich die, und weit wegbringen. Damit nicht eine Winzigkeit von seinen giftigen Bioströmen auch nur in die Nähe vom Friedhof kommt, nicht eine klitzekleine Winzigkeit! Dann wird Carola zu mir kommen, und nicht im Traum, sondern in der Wirklichkeit, wenn du verstehst, was ich meine. Und lächeln wird sie und nicht mehr weggehen, nie mehr. Das wird sie!«

Mit diesem letzten Satz stieß Reiners Spaten auf die Urne. »Gewonnen!«, raunte er mir zu.

Wir gruben die Urne frei. Nilowsky legte sich auf den Bauch und hob sie aus dem Loch. Dann stand er auf und zerschlug das Gefäß auf dem Grabstein.

»Nicht so laut!«, flüsterte ich. Er achtete überhaupt nicht auf mich. Er kippte den Inhalt der Urne vor unsere Füße, und ich atmete auf, als ich keinen einzigen Fleischbatzen sah und keinen Knochen, sondern nur Asche.

»Ich kann's nicht glauben«, sagte Nilowsky, »ich kann's einfach nicht glauben.«

Er holte eine Taschenlampe aus seinem Koffer und beleuchtete die Asche, bis er sicher sein konnte, dass nichts als Asche in der Urne gewesen war. Er legte die Taschenlampe in den Koffer zurück und zog eine Flasche Meldekorn hervor. »Hier!« Er reichte mir die Flasche. »Trink!« Es war ein Befehl, und nicht der Hauch einer Bitte war dabei.

Ich nahm die Flasche, öffnete sie, und schon von dem Schnapsgeruch wurde mir fast schlecht.

»Trink! Na los!«

Ich nahm einen kleinen Schluck.

»Wie? Das ist alles? Na gut, schade um den edlen Tropfen, wenn du ihn nicht magst. Schade drum.«

Er riss mir die Flasche aus der Hand, legte den Kopf in den Nacken und trank. Ich starrte auf seinen riesigen Adamsapfel, der bei jedem Schluck hoch- und runterging. Ich zählte: Eins, zwei, drei, vier, fünf, sechs, sieben. Nilowsky setzte die Flasche ab, die nur noch halbvoll war, schüttelte sich und sagte lallend: »Das war's. Aber noch nicht alles, nur fürs Erste war's das, nur fürs Erste.«

Er grinste und hustete. Er war betrunken, und mir war klar: Er war es, weil er es sein *wollte*.

»Kannst du dich erinnern? Als ich, bei seiner Beerdigung war's, als ich ›Am Brunnen vor dem Tore‹ hab spielen lassen, das Lied, das er immer gehasst hat, da hab ich dir erzählt, wie er zu Tode gekommen ist, das hab ich dir erzählt. Er hat nämlich gesehen, dass ich ihn umbringen wollte, mit der Salzsäure, die Roberto mir besorgt hatte. Ich hab gewartet, bis er mal pinkeln gehen würde. Aber er ging nicht. Er hat's gewusst, dass ich ihm die Salzsäure ins Bier gießen wollte, er hat es gewusst. ›Ick bin zäh, mir kriegste nich einfach so weg‹, hat er gesagt. Mit Tränen in den Augen. Hatte ich noch nie gesehen bei ihm, Tränen in den Augen, noch nie. Und dann hat er sich selbst umgebracht. Eine ganze Flasche auf ex. Meldekorn, was sonst? War ja seine Sorte. Gleich tot. Das soll mal einer hinkriegen. Will ich erstmal sehen, dass das einer hinkriegt. Gleich tot, selber geschafft.«

Ich glaubte, nicht recht gehört zu haben: Aus Nilowskys Worten klang Bewunderung.

»Ich würde das jedenfalls nie hinkriegen«, sagte er, »niemals. Bin viel zu feige dazu.«

Er setzte die Flasche erneut an, doch bevor er zu trinken begann, nahm ich all meinen Mut zusammen und sagte, in dieser Mischung aus Bitte und Befehl: »Lass mich mal! Ich hab erst 'nen kleinen Schluck. Jetzt bin ich nochmal dran!«

Er nahm die Flasche vom Mund, sah mich erstaunt an und meinte nur: »Ja, das stimmt.« Dann reichte er mir die Flasche und stellte fest: »Wie gesagt, zu feige dazu. Siehst du ja. Wohl bekomm's.«

Kaum hatte ich die Flasche in der Hand, kämpfte ich schon gegen einen Würgereiz. Ich hielt die Luft an und trank. Einen Schluck, den zweiten, den dritten. Plötzlich konnte ich nicht mehr anders: Ich riss mir die Flasche vom Mund, warf sie mit Schwung über einige Gräber hinweg und kotzte. Noch heftiger als am Bahndamm, nachdem mir Nilowsky auf meine festgefrorene Zunge gepinkelt hatte. Derart heftig wie noch nie in meinem Leben. Und trotzdem achtete ich darauf, nicht aufs Grab des Vaters zu kotzen.

Als ich fertig war, sank ich auf die Knie und atmete erschöpft durch. Nilowsky strich mir über den Kopf und meinte: »Nu weene mal nich, nu weene mal nich, inne Röhre stehn Klöße, die siehste bloß nich. Kennst du nicht das Sprichwort?«

Ich weinte nicht, und wenn ich geweint hätte, dann vor allem aus Freude, ihm womöglich das Leben gerettet zu haben. »Geht mir wieder gut«, sagte ich. »Geht mir gut.«

»Siehst aber nicht gerade aus, als ob's dir gut ginge«, erwiderte er, hob mich hoch, legte mich über seine Schulter, klemmte die beiden Spaten und den Koffer unter den Arm und ging los. »Kotzen ist gut«, sagte er und lallte überhaupt nicht mehr. »Kommen die Gifte aus dem Körper. Immer raus damit, immer raus mit den Giften. Ist gesund, ist das. Aber nach Hause kannst du nicht. Bist viel zu schwach dazu. Kommst mit zu mir. Fährst morgen früh nach Hause.«

Wieder glaubte ich, nicht recht gehört zu haben. Aber ich widersprach ihm nicht. Abgemagert wie er war, hievte er mich sogar über die Friedhofsmauer; und als ich mich nicht mehr tragen lassen wollte, bestand er darauf, mich wenigstens zu stützen. Er legte einen Arm um meine Schulter und hielt mich unter der Achsel. So gingen wir zu seinem Versteck.

30

Das Versteck war ein Erdloch, bedeckt mit einer Holzplatte, auf die Nilowsky Moosflechten genagelt hatte. Das Erdloch war keine hundert Meter von der Baracke entfernt. Es war höchstens einen Meter tief und gerade mal so lang und breit, dass zwei Menschen mit angewinkelten Beinen und gekrümmtem Oberkörper liegen konnten. So lagen wir also da, meine Brust an Nilowskys Rücken, mein Mund nur wenige Zentimeter von seinem Hals entfernt. Trotz der Wärme, die Reiner abstrahlte, war mir kalt. Ich konnte nicht schlafen. Um Reiners Schlaf nicht zu stören, bemühte ich mich, ruhig und gleichmäßig zu atmen, während ich immer mehr das Gefühl hatte, in einem Sarg zu liegen. Ich ging davon aus, dass Nilowsky den knapp bemessenen Sauerstoff wegatmen und ich früher oder später ersticken würde, sofern ich nicht wach bliebe, um im äußersten Notfall das Erdloch verlassen zu können.

»Na, du? Ich merke, dass du nicht schlafen kannst, das merke ich.« Reiners Stimme klang verständnisvoll. »Würde mir übrigens genauso gehen, wenn Roberto neben mir liegen würde. Besser gesagt: Schlimmer, viel schlimmer würde es mir da gehen. Oder hast du nicht gesehen, wie er mich angestarrt hat beim Voodoo-Ritual, wie er auf meinen Oberkörper gestarrt hat? Das war eindeutig, wie er gestarrt hat.«

Ich begriff, was Nilowsky meinte, aber mir war nicht aufgefallen, dass Roberto oder auch Ricardo oder Pedro ihn in einer solchen Weise angestarrt hätten. Nilowsky setzte sich auf, und wie auf Kommando setzte auch ich mich auf.

»Du glaubst nicht, was für Schweinereien mir Roberto erzählt hat. Soll ich dir mal von seinen Fliegen erzählen, die er heimlich gehalten hat? Einfache Stubenfliegen, ganz scharf war er auf die. Weil's in Mozambique keine Fliegen gibt. Weil es dort viel zu heiß ist für Fliegen. Wenn's in Mozambique auch nur eine einzige Fliege gäbe, hat er gesagt, die würde in den nächstbesten Kühlschrank flüchten, sobald der auch nur einen Spalt offen stehen würde, nur einen winzigen Spalt. Das hat er gesagt. Aber ich glaub ja noch nicht mal, dass es in Mozambique Kühlschränke gibt, höchstens in Maputo, in den besten Hotels oder für die Regierung, höchstens. Nein, er war ganz scharf auf die Fliegen, weil er mit ihnen Wettrennen veranstaltete – und noch andere Sachen, du glaubst nicht, was für Sachen. Deshalb hat er ihnen die Flügel rausgerissen, und in einem dunklen Kästchen hat er sie gehalten, mit winzigen Löchern, sodass sie kaum Luft kriegen konnten. Und manchmal, hat er erzählt, durften sie raus. Raus auf die Rennbahn, die er für sie gebaut hat, fünfzig Zentimeter lang, drei Zentimeter breit, glatte Fläche, mit hohen Steinen begrenzt. Ist eine Fliege raus aus dem Rennen, hoch auf einen der Steine, hat er sie sofort getötet. Zerdrückt und fertig. Revolutionäre Notwendigkeit, hat er dazu gesagt. Die Fliege, die als Erste ins Ziel ist, die hat er genommen und sich unter die Vorhaut geschoben, das hat er. Dort hat sie um ihr Leben gekämpft, ohne Luft, und immer feuchter wurde es unter seiner Vorhaut, während er vom Krabbeln der Fliege ganz geil wurde. Wahrscheinlich hat er gedacht, dass die Fliege die Reinkarnation irgendeiner Frau ist, auf die er mal scharf gewesen und die gestorben ist. Vielleicht hat er sie auch ermordet, was weiß ich. Nicht dass er deine Mutter noch ermordet, irgendwann, damit sie als Fliege wiedergeboren wird und unter seine Vorhaut kommt. Und während er immer geiler wurde, hat er erzählt, ist sein Schwanz gewachsen, und die Eichel ist unter der Vorhaut hervorgekommen, und die Fliege war wieder an der Luft. Aber sie war total feucht und konnte nicht mehr weg von der Eichel. Und das Krabbeln, dieses verzweifelte Krabbeln, das reizte die Eichel. Bescherte Roberto einen Orgasmus. ›Wahnsinnig Orgasmus‹, sagte er. Das Sperma ergoss sich über die Fliege, und das arme Tier erstickte daran. Und nachdem Roberto das alles erzählt hatte, fragte er mich, ob ich den Sex mit der Fliege mal sehen wolle. Er könne mich ja in die Baracke mitnehmen, wenn niemand drin sei, und mir das zeigen.«

Nilowsky hielt inne, schaute mich an, und während er mich anschaute, steckte er die rechte Hand in seine Hose und atmete tief und genussvoll durch. »Das hättest du nicht gedacht von Roberto, nicht wahr? Und mit den alten Frauen ist auch nie was gewesen, nicht mal mit Wally. Nur platonisch. Kennst du ja, das Wort. Und jetzt denkst du, ich hol mir einen runter, weil ich meinen Schwanz massiere, das denkst du, oder?« Wieder sein tiefes, genussvolles Durchatmen. »Nein, ich heb's mir auf, das Sperma, damit ich ganz viel habe, wenn ich mit Carola zusammen bin. Wenn wir verheiratet sind. Das ist Tantra, dass ich's mir aufheb. Körper und Seele im

Einklang. Und das Sperma wird immer besser und edler, das wird veredelt, indem ich's mir aufheb. Und eines Tages wird Carola kluge, kräftige, gesunde Kinder bekommen von dem edlen Sperma, das wird sie.«

Den letzten Satz hatte Nilowsky in seiner Art von optimistischem Trotz gesagt. Er nahm seine Hand wieder aus der Hose. »Das reicht. Genug Tantra für heute. Sonst atme ich dir noch den ganzen Sauerstoff weg. Haben ja kaum noch was von dem Zeug in unserm hübschen Palast hier. Merkst du, dass wir kaum noch Sauerstoff haben? Aber macht nichts, macht gar nichts. Müssen nämlich sowieso raus. Jetzt staunst du, was?« Er schob die Holzplatte ein Stück zur Seite, nahm seinen Koffer und kletterte hinaus. »Müssen zur Baracke. Los, mein Freund. Eile ist angesagt. Komm mit!«

Er klang regelrecht beschwingt und reichte mir die Hand, damit ich schneller aus der Grube herauskam. Ich zögerte, die Hand zu nehmen, aber das Gebot der Eile war stärker als das Ekelgefühl.

Ich rannte ihm hinterher und fragte mich, ob er mit mir zusammen finden wolle, was Roberto gesucht hatte, als er auf Nilowsky gestoßen war. Aber nein, Reiner blieb im Flur stehen und öffnete seinen Koffer. »Riechst du hier eigentlich den Ingwerknoblauchgeruch?«, fragte er.

»Ja«, sagte ich. »Sehr schwach rieche ich ihn.«

»Sehr schwach?« Nilowsky musste fast lachen. »Der ist nicht mehr da, der Geruch. Das ist nur noch Einbildung, Erinnerung. Jetzt heißt es: nach vorne blicken, in die Zukunft. Das heißt es jetzt.«

Er zog eine Schnapsflasche aus seinem Koffer. Ich konnte in der Dunkelheit das Etikett nicht erkennen.

»Was ist das? Was hab ich da drin?«

»Schnaps«, antwortete ich.

»Oh mein Gott, wie begrenzt deine Phantasie ist, wie begrenzt. Denkst nur an Schnaps. Na los, mein Freund, weiter raten!«

»Salzsäure«, sagte ich, um nicht ohne Vermutung dazustehen, und fragte mich gleichzeitig, was er damit vorhaben könnte. Dass er sich umbringen wollte, konnte ich mir nicht vorstellen. Dafür hatte er eben noch viel zu optimistisch geklungen mit seiner Parole: nach vorne blicken, in die Zukunft.

»Schon besser, mein Freund, schon besser. Aber Salzsäure hat einen Nachteil. Salzsäure brennt nicht. Das ist der Nachteil von Salzsäure.«

»Du willst doch nicht ...«

»Warum denn nicht? Das will ich. Genau das.«

Er schüttete den Inhalt der Flasche auf den Holzboden, zündete ein Streichholz an und warf es in die Benzinpfütze. Augenblicklich loderte eine Flamme aus der Pfütze. »Ja, das will ich«, wiederholte Nilowsky zufrieden. »Sieht schön aus, das Feuer, richtig ästhetisch, findest du nicht? Und jetzt kriegst du noch was von mir, pass auf.«

Er nahm, während das Feuer über die Grenze der Pfütze hinausging und an die Holzwände gelangte, eine Zellophantüte aus seinem Koffer und reichte sie mir. In der Tüte waren seine plattgefahrenen Groschen, dreißig, vierzig, mehr nicht. »Das sind die schönsten Exemplare, sind das. Die bewahrst du für mich auf. Bis ich zu dir komme und sie wiederhaben möchte, bewahrst du sie auf, nicht einen Tag weniger. Und jetzt verschwinde.«

»Ich kann doch jetzt nicht gehen«, erwiderte ich. »Ohne dich.«

»Und ob du das kannst. Hau ab!«

Es war ein Befehl, frei von jeglicher Bitte. Jedoch mit einer Gelassenheit ausgesprochen, wie ich sie noch nie bei Nilowsky erlebt hatte. Vielleicht war es die Macht dieser Gelassenheit, die mich geradezu willenlos werden ließ. Jedenfalls ging ich, ohne auch nur ein Wort der Verabschiedung gesagt zu haben. Ich bemühte mich, nicht in einen Laufschritt zu verfallen. Bloß nicht auffallen.

Auf dem Weg zur S-Bahn merkte ich, dass es bereits zu dämmern begonnen hatte. Aus der Ferne ertönten die Sirenen von Polizei und Feuerwehr. Ich blieb stehen, überlegte, zurück zu Nilowsky zu gehen. Nein, entschied ich. Das, was er getan hatte, hatte nur noch mit ihm zu tun. Und sein Befehl, dass ich abhauen solle, war nichts anderes als die logische Folge. Ich ging weiter zum S-Bahnhof und stieg in die Bahn, die voll war von Menschen, die zur Arbeit fuhren. Die Zellophantüte mit den plattgefahrenen Groschen presste ich an meinen Bauch, als hätte es jemand darauf abgesehen, sie zu klauen.

31

Eine Woche nach der Nacht mit Nilowsky fuhr ich zurück. Ich ging zu den alten Frauen, zu Lenchen, Mariechen, Wally. Von ihnen erfuhr ich, dass die Baracke fast vollständig abgebrannt war, während Nilowsky am Tatort verharrt und sich sofort der eintreffenden Polizei gestellt hatte. Inzwischen sei er in Untersuchungshaft; die Gerichtsverhandlung würde nicht lange auf sich warten lassen.

Tatsächlich fand die Verhandlung bereits drei Wochen später statt und dauerte nicht länger als eine halbe Stunde, wie mir Wally, die unter den Zuschauern gewesen war, wenige Tage danach berichtete.

»Verhandlung konnte man dit nich nennen«, meinte sie. »Er gab ja allet zu.« Wally überlegte kurz, dann erzählte sie: »Dit Besondere aber war wat anderet. Dit Besondere war, dass Carola da war. Zwee Bänke hinter mir saß sie. Ihre Eltern, die Bonzeneltern, sollten ja als Zeugen ufftreten. Und Carola saß da und guckte zu Reiner. Und der guckte zu ihr, dürr wie er war, mit Riesenoogen im Knochenjesicht, und sagte zu dem Richter: ›Ich kann Ihnen gleich verraten, weshalb ich mich versteckt habe, da brauchen Sie mich gar nicht fragen, brauchen Sie nicht. Ich wollte nämlich Frau Worgitzke nicht vergewaltigen, aber umbringen, das wollte ich. Blöderweise hab ich's nicht fertiggebracht. Aber eines Tages werde ich es tun. Werde ich! Und den Genossen Worgitzke, den werde ich zusammenschlagen und ebenfalls umbringen. Deshalb hatte ich mich versteckt, deshalb!‹ – Ja, dit waren seine Worte, jenau seine Worte, und dabei guckte er immer noch zu Carola, janz offen und ruhig guckte er. Und während alle im Saal schockiert waren – so wat hatte wohl noch niemand jehört und schon jar nich vorm Jericht –, war Carola überhaupt nich schockiert. Nee, die lächelte Reiner an. Die war beeindruckt, und richtig stolz uff ihn war sie. Und Reiner, der redete einfach weiter: ›Die Urne von meinem Vater, die hab ich ausgegraben, und zerschlagen hab ich die, weil ich ihn erlösen wollte, endlich erlösen. Hab ich schon lange vorgehabt, schon bei seiner Beerdigung hab ich das vorgehabt. Die Asche soll vom Winde verweht werden, damit nichts mehr von ihm übrig ist, und er muss sich nicht mehr quälen, wenn nichts mehr von ihm übrig ist.‹ – Ja, auch dit waren seine Worte. Wie 'n Verrückter, aber janz klar, so sagte er dit. ›Und die Baracke‹, sagte er weiter, ›da gab's nur Schweinereien, aber nicht, was Sie denken, Herr Richter, nichts mit Frauen. Nein, die Schweinereien werde ich nicht erzählen, werde ich nicht. Jedenfalls, die Baracke, da war nichts mit Revolution und Solidarität, da war nur Lüge und Verrat, deshalb hab ich die Baracke abgebrannt, deshalb!‹ – Dit waren also ebenfalls seine Worte, und der Richter meinte: ›Das Feuer hätte aufs Chemiewerk übergreifen können, und in dem Fall wäre eine Katastrophe passiert.‹ Und Reiner darauf, janz klar und entschieden: ›Nein, das war nicht möglich. Ich hätte es niemals getan, wenn das möglich gewesen wäre, niemals!‹ Der Richter zählte alle Verbrechen zusammen, verzichtete daruff, die Zeugen zu hören, und verkündete dit Urteil: Vier Jahre, ohne Bewährung. Reiner janz ruhig, jespenstisch ruhig. Und Carola beeindruckt, richtig bewundernd. – Ja, so war dit!«

Wally goss sich einen Eierlikör ein und fragte: »Warum warst du eijentlich nich dabei? Warst doch sowat wie 'n Freund für ihn. Aber nee, lass mal, kann ick schon verstehen, kann ick dit.«

Sie trank den Eierlikör, und ich fühlte mich nach ihrer Frage erneut wie ein Versager. Wäre ich dabei gewesen, hätte ich mit Reiner zumindest Blicke austauschen und dadurch etwas über seine Gefühle erfahren können. Ich hätte vielleicht auch die Chance gehabt, mit Carola zu reden. Ihre Bewunderung für Reiner zu erleben. Sie in dieser Bewunderung zu bestärken. Doch die Furcht, genau das nicht zu schaffen, und die Möglichkeit, dass Reiner meine Anwesenheit nicht gut getan hätte, hatten mich davon abgehalten. Oder es war noch viel einfacher: Sein »Hau ab!«, mit dem er mich von der brennenden Baracke weggeschickt hatte, war für mich so etwas wie ein Freifahrtschein für meine Feigheit.

»Und Carola?«, fragte ich. »Ist sie wieder weg?«

»Dit is sie«, antwortete Wally und goss sich den nächsten Eierlikör ein. »Und keener weeß, wo sie hin is.«

Einige Male noch fuhr ich zum Bahndamm, ging immer wieder zu den Orten, an denen ich mit Nilowsky gewesen war; und jedes Mal musste ich heulen, wenn ich die verkohlten Reste der Baracke sah. Ich trug seinen Schatz, die plattgefahrenen Groschen, in der Zellophantüte bei mir und hoffte, Carola zu treffen. Ich musste mir eingestehen, dass ich nach all den Wochen immer noch in sie verliebt war, ohne dass ich es wollte.

Es war schon Sommer und brütend heiß, als ich zum letzten Mal – so hatte ich es mir fest vorgenommen – über den Friedhof ging, am Bahndamm entlang und durch die Straßen hinterm Chemiewerk. Mariechens lindgrünes Kleid hing nicht mehr an ihrem Fenster, und von Wally erfuhr ich, dass sie mindestens drei Tage lang tot im Bett gelegen hatte, bis Lenchen, mit der sie zu Kaffee und Kuchen verabredet gewesen war, die Polizei verständigte. Vor ihrem Tod war Mariechen wohl einfach viel zu schwach gewesen, um noch zum Fenster zu gehen und das Kleid wegzunehmen. »Dit hat also nich jeklappt«, resümierte Wally, »mit der Psychologie oder wie sich dit nennt und dem Willen, wie Reiner dit erklärt hat. Hat er sich so jedacht, mit dem Willen, der den Tod verhindert, aber jeklappt hat dit nich.« Sie führte mich zum Küchenfenster, das zum Hof hinausging, und zeigte auf das gelbe Tuch, das aus ihrem Fenster hing. »Ick hab ’ne bessre Methode«, erklärte sie. »Jeden Tag ’n neuet Tuch. Braun, rot, grün, alle möglichen Farben. Und wenn zwee Tage hinternander dit selbe Tuch draußen hängt, is mir wat passiert. Wie findste dit?«

»Sehr gut«, antwortete ich und hatte plötzlich das Bedürfnis, Wally zu erzählen, dass ich zusammen mit Nilowsky die Urne seines Vaters ausgegraben hatte und dabei gewesen war, als er die Baracke anzündete. Aber es kam mir irgendwie prahlerisch vor, und deshalb sagte ich kein Wort davon. Stattdessen fragte ich: »Wie ist es, wenn man in jemanden verliebt ist, aber das nicht sein will?«

»Wie dit is? Janz einfach: Kannste nischt machen. Musste abwarten. Kennste nich dit Sprichwort? Die Zeit heilt alle Wunden. Oder kennste dit andre Sprichwort? Dit is noch viel besser. Jibt nich nur 'ne Handvoll, jibt 'n janzet Land voll.«

»Nein«, antwortete ich, »kenne ich nicht. Ich werd's mir merken.«

»Sehr gut«, sagte Wally. »Da kann ja nischt mehr schiefgehen. Und nu mach dir mal wieder uff die Socken.«

Ich verabschiedete mich von ihr, das erste Mal mit einer Umarmung. Als ich nach Hause fuhr, wiederholte ich immer wieder für mich die beiden Sprichworte, bis ich mir sicher war, sie nie mehr zu vergessen. Sie hatten etwas sehr Einfaches, aber Lebenskluges an sich. Das Tröstliche, das von ihnen ausging, tat mir gut.

32

Im August feierte ich meinen fünfzehnten Geburtstag, im September kam ich auf die Erweiterte Oberschule. Ein neuer Lebensabschnitt, wie meine Eltern es stolz nannten.

Ich bemühte mich, etwas von ihrem Stolz für mich abzuzweigen, lernte noch fleißiger und war noch ehrgeiziger, als ich es nach dem Umzug nach Pankow schon gewesen war. Und so wurden mir Fleiß und Ehrgeiz auch auf meinem ersten Zeugnis in der neuen Schule bescheinigt. Der Klassenlehrer schlug mich als *Verantwortlichen für Solidaritätsmaßnahmen* vor; ich brachte es nicht fertig, Nein zu sagen, und sammelte fortan monatlich bei meinen Mitschülern Geld für die SANDINISTAS in Nicaragua, die Palästinensische Befreiungsorganisation oder die FRELIMO. Ich hatte den Eindruck, dass mir niemand wirklich gern etwas von seinem Geld gab, doch nicht einer verweigerte sich, denn alle hatten vermutlich Angst, als unsolidarisch dazustehen. Einmal fragte ich Manuela, die Klassenbeste, warum ich von ihr nur zwei Mark bekäme. Da sie mir nicht gleich antwortete, erklärte ich ihr, dass sowohl in Nicaragua als auch im Nahen Osten und vor allem in Mozambique eine revolutionäre Situation herrsche, die unbedingt zu unterstützen sei. Sonst siege die Konterrevolution, und der sozialistische Fortschritt in der Welt erleide eine heftige Niederlage. Da das für sie noch nicht beachtlich genug war, definierte ich in einem Satz, worin eine revolutionäre Situation besteht. Manuela, die Klassenbeste, hätte es in einem Satz nicht sagen können. Von nun an gab sie mir Monat für Monat nicht zwei, sondern vier Mark.

Nach dem Unterricht hatte ich wenig mit meinen Mitschülern zu tun. Ich verbrachte Stunden zu Hause in meinem Zimmer, las und lernte, oder ich machte lange Spaziergänge, in denen ich noch weiter über mathematische Formeln und physikalische Gesetze nachdachte. Immer häufiger ging ich in den Schlosspark. Dort, an der Panke, traf sich fast jeden Abend eine Clique, die ich heimlich beobachtete. Es handelte sich um fünf bis sieben Jungs und zwei, drei Mädchen. Sie tranken Bier, rauchten und hörten aus ihren Kassettenrekordern Musik von Deep Purple, Led Zeppelin oder Uriah Heep. Die Jungs hatten Haare, die bis über die Ohren reichten oder sogar schulterlang waren. Sie trugen Jeans und Parka oder abgewetzte Lederjacken. Die Mädchen eiferten ihnen mit der Kleidung nach. Manchmal tanzten sie ausgelassen zur Musik.

Es war an einem warmen Frühlingsabend, als eines der Mädchen mir zuwinkte, während ich über fünfzig Meter entfernt einen Weg entlangging. Zuerst konnte ich mir nicht vorstellen, dass ich gemeint war, dann tat ich so, als hätte ich sie nicht bemerkt. Ich fühlte mich fremd, unterlegen. Noch nie hatte ich es mit einer Clique zu tun gehabt. Und noch nie hatte ich in der Öffentlichkeit Rockmusik gehört, noch nie hatte ich Kleidung getragen, die man als eine Form von Widerstand gegen den Sozialismus ansehen konnte. Das Mädchen ließ nicht nach, mir zuzuwinken. Auf einmal war es mir peinlich, sie weiter zu ignorieren. Ich fasste mir ein Herz und ging zu ihr.

Statt einer Begrüßung fragte sie mich, ob ich ein Bier wolle. Sie legte ihren Kopf dabei leicht zur Seite und lächelte mich an. Sie war groß und schlank, und ihre Augen waren so hellblau wie ihre verwaschene Jeans. Ich nickte nur knapp, weil »Ja« zu sagen mir schon zu offensiv vorgekommen wäre. Sie reichte mir ein Bier, und als käme es darauf an, keine Pause entstehen zu lassen, trank ich sofort einen großen Schluck. Während ich trank, sah ich aus den Augenwinkeln die missbilligenden Blicke der Jungs. Einer von ihnen, ein großer Schlaksiger, schlug mit der Faust gegen einen Baumstamm und stellte die Musik lauter. Das Mädchen drehte ihm den Rücken zu und schaute demonstrativ in meine Richtung. Ich setzte die Flasche ab und mied seinen Blick. Ich mied auch den Blick des Mädchens. Ich wollte nicht, dass sie sieht, wie unbehaglich ich mich fühlte. »Ich muss weiter«, sagte ich nach einer Weile, drehte mich um und ging los, ohne sie oder einen von der Clique nochmal anzusehen. Ich klammerte mich an die Bierflasche, die ich immer noch in der Hand hielt.

Am nächsten und auch am übernächsten Abend blieb ich zu Hause. Ich beschloss, nicht mehr durch den Schlosspark zu gehen. Eine Woche später – ich hatte gerade wieder vier Mark von Manuela, der Klassenbesten, kassiert – traf ich das Mädchen auf dem Weg von der Schule nach Hause. Von der gegenüberliegenden Straßenseite kam sie auf mich zu. »Na«, fragte sie, »glaubst du an Zufälle?« Ehe ich antworten konnte, fügte sie hinzu: »Das ist nämlich keiner.«

Wir gingen nebeneinanderher, und sie erzählte mir, dass sie ein halbes Jahr mit Martin zusammen gewesen war, doch seine Eifersucht und sein Hang zur Gewalt hätten sie veranlasst, Schluss zu machen, zumal sie ihn sowieso nicht richtig geliebt habe. Sie wollte aber die Clique nicht gefährden, und deshalb sei sie bei den abendlichen Treffen unverändert dabei. Sie lächelte, schaute mich an und sagte: »Ich habe gesehen, dass du uns immer wieder beobachtet hast. Und mich besonders. Das hat mich irgendwie gefreut.«

Ich hatte nicht sie besonders beobachtet. Doch das wollte ich ihr nicht sagen. Also nickte ich.

»Ja, das hat mich gefreut«, sagte sie aus vollem Herzen. »Da es niemand außer mir mitgekriegt hat, würde ich vorschlagen: Es bleibt unser Geheimnis.«

Ich hatte den Eindruck, sie erwartete, dass ich mich dafür bedanke. Also bedankte ich mich, und sie fragte: »Wann sehen wir uns wieder?«

»Morgen?«, antwortete ich, verblüfft wie ich war.

Von da an sahen wir uns fast täglich. Meist ein oder zwei Stunden, bevor sie den Abend mit ihrer Clique verbrachte, die ich nicht mehr beobachtete, sondern weiträumig mied. Sie hieß Martina, und auch das, sagte sie, habe dazu beigetragen, dass sie sich mit Martin liiert hatte. »Eigentlich war ich nur verliebt in diesen Zufall«, meinte sie. Ich fragte, woher sie das Wort »liiert« kenne, oder ob es einfach so sei, dass sie Fremdwörter mag. Sie wisse nicht, woher, sagte sie und staunte, dass ich auf so was achtgab. Wahrscheinlich habe sie es irgendwo aufgeschnappt. Wahrscheinlich war es einfach nur das. Mit Fremdwörtern habe sie eigentlich nichts am Hut.

Wir gingen spazieren. Oder ins Kino. Oder in eine

Kneipe namens *Rampe*. Nichts in der Kneipe hatte mit einer Rampe zu tun, und auch der Wirt wusste nicht, woher dieser Name kam. Die Kneipe, behauptete er, heiße schon seit Jahrhunderten so. Obwohl wir beide erst fünfzehn waren, bekamen wir hier Bier und Wein. Wir mussten nur versichern, langsam, in ganz kleinen Schlucken zu trinken. Eines Abends, als wir angetrunken aus der *Rampe* kamen und zum Vollmond hinaufschauten, nahm Martina mein Gesicht in ihre Hände, zog es zu sich heran und küsste mich. »Du musst deine Lippen öffnen«, flüsterte sie mir zu. Ich öffnete meine Lippen, und ihre Zunge stieß gegen meine Zähne. Ich hatte Angst, auf ihre Zunge zu beißen, und unterdrückte einen Schluckreflex. Das ist er also, dachte ich, der erste Kuss. Ich schob meine Zunge an ihre heran, damit der Kuss ein richtiger war. Genauer gesagt: So, wie ich mir einen richtigen Kuss vorstellte. Ich versuchte, mir meine Ernüchterung nicht anmerken zu lassen.

Am nächsten Abend saßen wir wieder in der *Rampe*. Der Wirt brachte uns zwei Bier, wie immer mit viel zu viel Schaum. Martina trank einen großen Schluck, wischte sich mit dem Handrücken den Schaum von den Lippen, legte ihren Kopf schräg und gestand mir, dass sie sich in mich verliebt habe. Um etwas Zeit zu gewinnen, trank ich ebenfalls einen großen Schluck. Dann behauptete ich, dass es mir umgekehrt genauso ginge. Nach dem Bier verließen wir die Kneipe, liefen Hand in Hand durch die Straßen, küssten uns, und Martina meinte, dass sie keine Lust mehr habe, mit ihrer Clique rumzuhängen. »Die sind alle so unzufrieden«, sagte sie, und es klang für mich, als wäre ich in ihren Augen das absolute Gegenteil von Unzufriedenheit. »Jürgen und

Hansi«, sagte sie, »hassen ihre Eltern, Dieter und Micha ihre Lehre als Schlosser, und Martin, der hasst alles: seine Maurerlehre, seine Alten, sogar seine Geschwister und Großeltern.« Sie hingegen, erzählte sie, sei auch nicht gerade begeistert von ihrer Lehre als Kosmetikerin, aber sie freue sich auf die Arbeit in diesem Beruf. Man komme mit vielen Menschen zusammen, könne dazu beitragen, dass sie schöner aussehen als sie von Natur aus sind, und daraus entstehe doch eine enorme Befriedigung. Außerdem liebe sie ihre Eltern, ihre ältere Schwester, obwohl sie sich in der Kindheit mit ihr immer gestritten habe, und ihre Großeltern liebe sie sowieso. Kein Wunder, dass sie die Einzige aus der Clique sei, die nicht in den Westen wolle. Was solle sie denn dort? Sie schaute mich an, erwartete offensichtlich eine Antwort. »Ja«, sagte ich, »das finde ich auch.« Tatsächlich hatte ich noch nie daran gedacht, eines Tages in den Westen überzusiedeln. »Mal nach Spanien reisen oder Frankreich oder Italien«, sagte ich, »das würde ich gern. Aber ich würde immer wieder zurückkommen.« – »Ich auch«, meinte Martina. Es klang wie die Hervorhebung einer einzigartigen Übereinstimmung. »Und wo würdest du am liebsten hin, wenn du könntest, jetzt, sofort?« – »Nach Paris«, sagte ich. »Oder nach Rom. Oder … nach Apulien.« Sie hatte noch nie etwas von Apulien gehört. »Das ist in Italien«, erklärte ich. »Der Hacken des Stiefels.«

Einige Wochen vergingen, in denen wir die Clique und den Schlosspark mieden, uns immer geschickter und ausgiebiger küssten und ich schließlich meine Lust, mit Martina zu schlafen, kaum mehr zurückhalten konnte. Ich sagte es nicht. Höchstens deutete ich es an, indem ich, wenn wir uns küssten, meine Hände an ihrem Rücken zum Po hinuntergleiten und sie dort verweilen ließ. Eines Abends, in der ersten Woche der Sommerferien, sagte Martina, dass sie noch ein bisschen Zeit brauche, ein bisschen nur müsse ich mich noch gedulden. Dass sie meine Lust offenbar bemerkt hatte, machte mich glücklich. Dieses Unausgesprochene und das Vertrauen, das ich aus ihrer Bitte herausgehört hatte, berührten mich so sehr, dass ich mich in Martina verliebte.

Immer wieder hatte ich an Carola gedacht. Und mit ihr an Nilowsky. Jetzt jedoch begannen die beiden in meiner Erinnerung zu verblassen. Ich war froh darüber, hoffte aber, dass ein wenig von der Erinnerung nie vergehen würde. Meine Verliebtheit, dachte ich, war gewissermaßen geblieben, galt nun aber nicht mehr Carola, sondern Martina. Sie war einfach gewechselt. Von einer Person zu einer anderen. Dass das ging, hätte ich nicht für möglich gehalten. Nun hatte ich es erlebt. Oder glaubte zumindest, es erlebt zu haben. Ich dachte an Wallys Worte: *Jibt nich nur 'ne Handvoll, jibt 'n janzet Land voll.* Nicht alle Mädchen des Landes hatte ich gebraucht, eines hatte schon gereicht. So einfach war das.

Ich lud Martina zu meinem sechzehnten Geburtstag ein. Meine Eltern, schien mir, waren aufgeregter als sie und ich, als wir zu viert am Wohnzimmertisch saßen, Zitronenkuchen aßen, den meine Mutter gebacken hatte, und Kaffee tranken. Mein Vater erzählte, wie er als zweiundzwanzigjähriger Chemiestudent auf Praktikumseinsatz meine Mutter erblickt hatte. Er sagte tatsächlich: *erblickt*. Und dann sprach er von *sofortiger Erregung*, die ihn gepackt hatte. »Ein halbes Jahr aber musste ich um sie werben, ehe sie sich für mich entschied. Sie hatte ja noch ’n kleines Techtelmechtel mit ’nem Arbeiter aus der Chemiebude, wo sie als Sekretärin arbeitete. Na ja, ich war geduldig, denn ich wusste, ich wollte sie und nur sie.«

»Das war kein Techtelmechtel«, wandte meine Mutter ein, »und ich hab mich auch nicht für dich *entschieden*. Ich hab mich nach ’nem halben Jahr in dich verliebt, und daraufhin war die Beziehung mit dem andern aus.«

»Na ja, dann war’s eben so«, sagte mein Vater mit gespieltem Bedauern und schlug vor, zur Feier des Tages einen guten Weinbrand zu trinken.

Ich sah Martinas Unbehagen und sagte: »Für uns keinen Alkohol! Und wir müssen nach dem Kaffee auch gleich los.«

»Nicht mal ’n Schlückchen?« Mein Vater war irritiert, doch bevor er mehr dazu sagen konnte, meinte meine Mutter: »Das ist großartig, dass ihr keinen Alkohol trinkt. Ich freu mich, wie vernünftig ihr seid.«

Kaum hatten wir unseren Kaffee ausgetrunken, verabschiedeten wir uns und gingen in die *Rampe*.

»Dein Vater und deine Mutter sind doch nett«, meinte Martina. »Von mir aus hätten wir noch bleiben können.«

»Ich hatte den Eindruck, du wolltest gehen.«

»Nein, wollte ich nicht. Ganz und gar nicht.«

Martina sah mich nicht an, schwieg vor sich hin. »Was ist denn?«, fragte ich nach einer Weile. »Was hast du denn?«

»Nichts ist. Ich fand’s nur interessant, was deine Eltern erzählt haben.«

Martina sah ich von diesem Abend an immer seltener. Sie habe viel zu tun, behauptete sie. Auch wenn sie nur eine Lehre mache, gäbe es allerhand zu lernen, und sie wolle unbedingt einen sehr guten Abschluss. Das sei sie sich schuldig.

Wir küssten uns nicht mehr, und als ich sie fragte, ob ich sie mal wieder küssen dürfe, sagte sie, sie sei zu unkonzentriert, es gehe grad nicht. Schließlich – zwei Monate nach meinem Geburtstag, ich war inzwischen in der zehnten Klasse – bat sie mich, ihr eine Auszeit zu gewähren. Ich grübelte über den Grund ihrer Distanz. Kein Tag verging, an dem ich nicht darüber nachdachte, welchen Fehler ich begangen haben könnte. Irgendein Fehler musste es doch gewesen sein.

Eines Abends ging ich wieder in den Schlosspark. Aus einer Entfernung von über hundert Metern, verborgen hinter einem Baumstamm, sah ich Martina mit ihrer Clique. Ich sah sie auch an den folgenden Abenden. Sie rauchte, trank Bier aus der Flasche und unterhielt sich mit den anderen. Am fünften Tag wartete ich, bis sie sich von der Clique verabschiedete und nach Hause ging. Ich bemühte mich, es wie einen Zufall aussehen zu lassen, dass wir uns über den Weg liefen. »Hallo«, sagte ich. »Schön, dich mal wieder zu sehen.«

Martina war nicht überrascht. »Na, so ein Zufall«, sagte sie leicht spöttisch, aber doch irgendwie erfreut, wie mir schien. »Komm, wir gehen ein Stück!«

Wir gingen nebeneinander her, und sie lächelte mich an. Ein trauriges Lächeln, voller Bedauern. »Entschuldige bitte«, sagte sie, »ich hätte es dir längst erzählen sollen.«

»Was denn?«, fragte ich und ahnte, dass etwas folgen würde, was mindestens so bedauernd war wie ihr Lächeln.

»Nachdem ich immer mit dir zusammen gewesen bin und nicht mehr mit den andern, ist Martin auch nicht mehr in den Schlosspark gegangen. Wusste ich von Hansi und Jürgen, die sich Sorgen um Martin gemacht haben. Einmal bin ich zu ihm nach Hause. Er fertigte mich gleich an der Tür ab, wollte, dass ich wieder verschwinde. Aber ich wollte nicht. ›Wie geht's dir denn?‹, fragte ich. Er verdrehte nur die Augen, holte tief Luft und sagte, als wäre ich dermaßen begriffsstutzig, dass man's gar nicht mehr aushalten könne: ›Mir geht's bestens. Bestens!‹ Also ließ ich ihn allein. Das war nur ein paar Tage vor deinem Geburtstag. Seitdem hab ich ihn nicht mehr gesehen. Seitdem ist er mir aber auch nicht mehr aus dem Kopf gegangen.«

Was macht er denn in deinem Kopf?, wollte ich schon fragen. Doch es kam mir sinnlos vor, auch nur irgendetwas zu fragen. »Ist doch prima, wenn es ihm gut geht«, sagte ich schließlich und ärgerte mich sogleich über diese Bemerkung, mit der ich ja nur den Eindruck erwecken konnte, dass ich nichts, aber auch gar nichts begriffen hatte.

Martina nickte vor sich hin, als würde sie mir recht geben. Dann sah sie mich an, die Augen voller Tränen. Das schlechte Gewissen, das mich anstarrte, kam mir wie eine Verhöhnung vor. »Mir geht's gut«, sagte ich, ohne dass sie mich etwas gefragt hatte. »Alles okay.«

Sie nickte wieder, irgendwie erleichtert. Dann drehte sie sich um und lief los. Ich schaute ihr nach und redete mir ein, dass es gut ist, erst einmal allein zu sein. Um in Ruhe über alles nachdenken zu können. Ich ging nach Hause und war froh, sie nicht gefragt zu haben, ob ich irgendeinen Fehler gemacht hätte. Mir war klar: Was Martina beschäftigte, hatte wenig, vermutlich überhaupt nichts mit mir zu tun. Irgendwie fühlte es sich für mich richtig an, dass sie nicht mehr mit mir zusammen sein wollte. Es betrübte mich weit weniger, als ich befürchtet hatte. Und ich fragte mich, wo nur meine Verliebtheit geblieben war.

33

Fast ein Jahr verging. Ein erfolgreiches Schuljahr, das ich mit Einsen in allen naturwissenschaftlichen Fächern abschloss. Nur in Chemie hatte ich eine Drei.

Dann, zu Beginn der elften Klasse, an einem sommerlichen Septemberabend – ich war seit Stunden in meinem Zimmer und lernte für eine Mathematikarbeit –, kam meine Mutter zu mir an den Schreibtisch und fragte mich, ob sie mir etwas geben dürfe.

»Wieso fragst du?«, antwortete ich verwundert. »Was ist es denn?«

Mit einem neugierigen Lächeln reichte sie mir einen Brief. »Der war heut in der Post.«

Ich schaute auf den Absender: Carola Worgitzke, Klement-Gottwald-Allee. Keine Hausnummer. »Warum gehst du an meine Post?«, herrschte ich meine Mutter an.

»Na, hör mal«, erwiderte sie, »ich hab ihn ja nicht gelesen. Nun hab dich mal nicht so, oder was ist los mit dir?«

Ich antwortete nicht, und meine Mutter verließ das Zimmer. Ich starrte auf den Brief. Mein erster Gedanke war, dass Nilowsky aus dem Knast geflüchtet war und dass ich ihm dabei helfen solle, irgendwo unterzutauchen. Oder ihm und Carola, die, betört von seinem Mut, mittlerweile seine Braut geworden war. Ich hatte Angst davor, in etwas hineingezogen zu werden, das mein Leben verändern würde. Das mich womöglich sogar kriminell werden ließ. Zugleich freute ich mich, auch wenn ich es mir nicht recht eingestehen wollte, endlich einmal wieder ein Lebenszeichen von Carola bekommen zu haben.

Ich öffnete den Brief. Las sehr schnell. Und noch einmal, langsamer.

Lieber Markus,
ich hoffe, Dir geht es gut. Ach, Quatsch, ich bin mir sicher, dass es Dir gut geht. Mir übrigens auch. Ich arbeite inzwischen als Landschaftsgärtnerin. Bin für die Parks in Pankow und Weißensee zuständig. Ich möchte ein Fest feiern. Das Altweibersommerfest. Der Altweibersommer ist nämlich alle Jahre wieder meine Lieblingszeit. Ich gebe Dir noch Bescheid, wann Du kommen kannst und wohin. Ich hoffe, Du kommst.
Carola.

Kein Wort über Nilowsky. Und schon gar nichts Besorgniserregendes. Im Gegenteil: Das Wort »Altweibersommerfest« fand ich so leicht und schön, dass ich dachte: Ein glückliches Carola-Wort.

Ich hielt den Brief in meinen Händen, und auf einmal spürte ich, wie eine Wärmewelle durch meinen Brustkorb ging und mein Herz heftig schlug. Über zwei Jahre war es her, dass ich Carola zum letzten Mal gesehen hatte. Es kam mir vor wie zwei Tage. Und vor allem: Dieses Gefühl von Verliebtheit war wieder da. Als wäre es nie weg gewesen, hätte sich nur versteckt, bereit, mit aller Wucht zurückzukehren. Ich versuchte, dagegen anzukämpfen, doch es gelang mir nicht. Ich hatte das sonderbare Gefühl, mit Martina fremdgegangen zu sein. Als hätte ich den ersten Kuss nur Carola geben dürfen. Unsinn!, sagte ich mir. Sie gehörte, wenn überhaupt zu einem Mann, nur zu Nilowsky.

Ich hoffte, Carola würde sich nicht mehr bei mir melden. Nie mehr. Gleichzeitig wartete ich Tag für Tag auf eine Nachricht von ihr, zerbrach mir den Kopf darüber, was ich ihr zu ihrem Altweibersommerfest schenken sollte. Nach zwei Wochen hatte ich eine Idee. Ich ging in die nächste Buchhandlung und erkundigte mich nach einem Buch über Tantra. Die Buchhändlerin schaute mich fragend an. »Indische Wohlfühlkunst, Körper und Seele im Einklang«, erklärte ich.

»Ja, ja, ich weiß schon, was das ist, aber so etwas wird bei uns nicht verlegt«, antwortete sie und schien das ehrlich zu bedauern. »Ich kann Ihnen aber einen Bildband bestellen. Bombay, Kalkutta, Delhi …«

»Ein Bildband ist nicht Tantra«, stellte ich fest und ärgerte mich sogleich über die Blödheit dieser Bemerkung, die ich einzig und allein meiner Aufgeregtheit zuschrieb. »Ich meine«, fragte ich, »haben Sie auch Bildbände über Afrika?«

»Da haben wir allerhand.«

»Auch Mozambique?«

»Selbstverständlich«, bestätigte die Buchhändlerin. »Mozambique ist ja ein befreundetes Land.«

Nein, dachte ich, das kann ich nicht schenken. Das wirkt womöglich wie eine Anspielung. Als würde ich Carola unterstellen wollen, mit Roberto und den anderen etwas gehabt zu haben, obwohl ich mir sicher war, dass das nicht der Fall gewesen war.

»Entschuldigen Sie bitte«, sagte ich. »Aber ich kann mich nicht entscheiden. Auf Wiedersehen.«

Eine Viertelstunde ging ich zu Fuß, bis ich die Klement-Gottwald-Allee erreicht hatte. Ich wollte in der Nähe von Carola sein, sie vielleicht sogar zufällig treffen. Zumindest sehen, wo genau sie wohnte. Ich lief die Straße hoch und runter, doch an keinem Klingelschild konnte ich den Namen Worgitzke entdecken. Ich war überzeugt davon, ihn übersehen zu haben, und lief erneut die Straße entlang. Wieder nichts. Ich schwitzte von der Altweibersommerwärme und war erschöpft und traurig. Dass sich Carola vor ihren Eltern verborgen hielt oder vielleicht auch vor Nilowsky, sofern er nicht mehr im Knast war, konnte ich ja verstehen. Aber warum vor mir? Darüber hinaus kränkte es mich, dass sie mich auf eine Nachricht warten ließ. *Ich gebe dir noch Bescheid, wann Du kommen kannst und wohin.* Das hörte sich an, als wäre ich ihr Befehlsempfänger. Ich lief ein letztes Mal die Straße entlang und machte mich dann auf den Weg nach Hause.

Am nächsten Nachmittag fand ich einen neuen Brief von ihr im Briefkasten. Diesmal nur mit ihrem Namen versehen. Endlich. Ich öffnete ihn sofort.

Lieber Markus,
bitte komme übermorgen Abend um zehn Uhr zum Auferstehungsfriedhof am St.-Joseph-Krankenhaus. Die Mauer zu diesem Friedhof ist leicht zu überwinden, am besten vom Gelände des Krankenhauses aus. Bitte komme zum Eingang der Kapelle. Dort werde ich sein.
Carola.

Ich faltete den Brief zusammen und steckte ihn in meine Hosentasche. Ich hätte ihn auch wegwerfen können, denn schon nach einmaligem Lesen kannte ich seinen Inhalt auswendig.

Am Abend unserer Verabredung war ich weniger aufgeregt, als ich befürchtet hatte. Ich hatte auch nicht den Eindruck, etwas Verbotenes zu tun, während ich über ein Gittertor aufs Gelände des St.-Joseph-Krankenhauses gelangte und von dort über die Friedhofsmauer kletterte. Als wäre es das Normalste von der Welt, sich mit Carola an einer Kapelle auf einem Friedhof zu treffen.

Punkt zehn war ich am Eingang zur Kapelle. Carola war nicht da. Ich wartete eine Viertelstunde, zwanzig Minuten, Carola kam nicht. Ich ging um die Kapelle herum, und so sehr ich auch Ausschau hielt, ich konnte sie nicht entdecken. Ich bekam Angst in der Stille und Dunkelheit. Vielleicht, dachte ich, beobachtet sie mich. Mit Nilowsky an ihrer Seite. Nilowsky, aus dem Gefängnis ausgebrochen, mit einem Erdloch als Behausung, umgeben von Knochen und Asche. Es war wie damals, das gleiche Gefühl, bevor ich mich von meiner alten Gegend verabschiedet und Wally mir mit auf den Weg gegeben hatte, dass die Zeit alle Wunden heile. Als wäre seitdem keine Zeit vergangen. Ich redete mir ein, Carola und Nilowsky wollten nur prüfen, ob auf mich Verlass sei. Sicherlich hätten sie einen Auftrag für mich: Ich solle dafür sorgen, dass Reiner ohne Gefährdung versteckt bliebe. Und um sicherzugehen, dass ich alleine gekommen war, beobachteten sie mich. Völlig verständlich.

»Hallo, da bist du ja also.« Es war Carolas Stimme,

kein Zweifel, aber sie war überhaupt nicht mehr quäkend. Ich drehte mich um. Carola, keine zwei Meter von mir entfernt, zog an einer Zigarette, und ihr Gesicht leuchtete im Licht der Glut. »Schön, dass du gekommen bist. Wartest du schon lange?«

Ich staunte so sehr über ihre sonore, ein wenig heisere Stimme, dass ich kein Wort herausbekam. Außerdem sah sie nicht mehr aus wie dreizehn. Sie war größer und kräftiger, und auch ihre Brüste unterm Rollkragenpullover waren allem Anschein nach nicht die einer Dreizehnjährigen.

»Praktisch, oder?«, sagte sie. »Ich meine, ein Friedhof direkt am Krankenhaus. Keine langen Wege. Ich meine, für die Leichen. Was ist los mit dir?« Sie lachte und zog erneut an ihrer Zigarette. »Du guckst, als würdest du mich kaum wiedererkennen. Liegt wahrscheinlich daran, dass ich beschlossen habe, älter zu werden. Zwanzig, hab ich beschlossen. Und zwanzig bin ich ja auch, rein rechnerisch, wenn du mal scharf nachdenkst. Ein tolles Alter übrigens, kannst du mir glauben. Der Beginn einer neuen Dekade. Freust du dich, mich wiederzusehen?«

»Ja, na klar«, antwortete ich. »Hab die ganze Woche gewartet, seit deinem Brief. Bin die Klement-Gottwald-Allee hoch- und runtergelaufen, aber nirgendwo konnte ich deinen Namen entdecken.«

Hört sich an wie ein Verliebter, dachte ich, der sich trotzdem einen leisen Vorwurf nicht verkneifen kann. Ich sollte mich erstmal etwas bedeckter geben, sagte ich mir, und Carola noch mehr kommen lassen.

Carola lächelte. »Meinst du, ich wohne in der Straße, die ich als Absender auf einen Brief schreibe? Du bist mir ja einer. Schon mal was von Konspirativität gehört? Komm mit!«

Nein, von Konspirativität hatte ich noch nie etwas gehört. Dieses Wort war mir unbekannt. Ich folgte ihr über den Friedhof, an Gräberreihen entlang, über knisterndes Laub, geradeaus, rechts, links, in einem chaotischen Zickzack. Ich fragte mich, wo denn das Altweibersommerfest stattfinden sollte, und fürchtete, dass Nilowsky doch noch irgendwo in einem Erdloch auf uns wartete.

»Eigentlich«, sagte Carola, »wollte ich das Fest ganz anders feiern. Mit meinen Freundinnen wollte ich es feiern – und mit dir. Du wärst der einzige Mann gewesen. Und wir Damen alle in den schönsten Farben: weiß wie die Lilie, gelb wie die Tulpe, rot wie die Rose. Und du mittendrin. Hättest dir die schönste Blume von allen pflücken können. Ja, da staunst du, was? ›Das ist Markus Bäcker‹, hätte ich gesagt. Und dann: ›Soll er zugreifen und glücklich werden mit der schönsten Blume von uns allen.‹ Tja, so wäre das gewesen. Nun aber musst du mit mir allein vorliebnehmen. Hoffe, das ist nicht allzu schlimm.«

Ganz und gar nicht, wollte ich schon sagen und spürte mein Herz wieder so heftig klopfen wie beim Öffnen ihrer Briefe. Aber ich sagte nichts.

»Willst du nicht wissen, warum wir uns hier auf diesem Friedhof treffen?« Carola zündete sich, ohne stehen zu bleiben, eine neue Zigarette an.

»Doch, ja, will ich, will ich schon wissen.«

»Na gut, wenn du's wissen willst, verrat ich's dir: Es ist eine Reminiszenz. Eine Reminiszenz an alte Zeiten.« Erst jetzt blieb sie stehen und schaute mich eindringlich an, während ich mich fragte, was das Wort »Reminiszenz« bedeutet. »Und deshalb«, fuhr sie fort, »musst du Folgendes wissen: Unser Leben soll nicht mehr auf Friedhöfen stattfinden. Dazu sind wir zu jung. Wir sollten einen Schlussstrich ziehen, neu anfangen, alles hinter uns lassen. Deshalb hab ich dich auf einen Friedhof eingeladen. Damit wir ihn gemeinsam verlassen. Und zwar jetzt! Diesen Ort der Vergangenheit, schnurstracks verlassen wir den, ein für allemal. Das ist, wenn wir das jetzt machen, nicht nur eine tatsächliche, sondern vor allem eine symbolische Handlung. Ja, das ist es, verstehst du? Nie mehr Friedhof!«

Ich konnte es kaum fassen: Sie hatte *uns* gesagt, und *wir* hatte sie gesagt. Das konnte doch nur bedeuten, dass sie mich damit meinte. Sie steuerte in die vom Krankenhaus entgegengesetzte Richtung auf die Friedhofsmauer zu. Ich folgte ihr. Sie stieg auf einen Grabstein, von dem Grabstein auf die Mauer und reichte mir ihre Hand, damit ich schnell nachkommen konnte. Hand in Hand sprangen wir auf der anderen Seite hinunter. Jetzt erst nahm sie ihre Zigarette aus dem Mund. »Willst du eigentlich nicht wissen, was Reminiszenz bedeutet? Ich hab dir nämlich angesehen, dass du das Wort nicht kennst.«

»Das würde ich gern«, antwortete ich. »Und auch dieses andere Wort.«

»Du meinst: Konspirativität.« Sie betonte jede Silbe und lächelte. »Es ist nichts anderes als ein Schutz: Wenn ich mich mit meinen Eltern treffe, zum Geburtstag oder zu Weihnachten, nicht öfter, verwende ich so viele Fremdwörter wie möglich. Sie sind zwar Funktionäre, aber Fremdwörter kennen sie nicht. Außer ›Dialektik‹

oder ›Manifest‹. Was das bedeutet, haben sie auswendig gelernt. Auf ihren Funktionärsschulungen. Da sie nicht fragen, wenn sie was nicht verstehen, weil sie arrogant sind und borniert obendrein, verebbt unsere Kommunikation, noch bevor sie überhaupt begonnen hat. Das Wort ›Kommunikation‹ wirst du ja wohl kennen. Es bedeutet: Gesprächsaustausch, Verständigung. Ganz einfach, oder?«

Ich erinnerte mich, wie Carolas Mutter mir gegenüber von »kooperativer Zusammenarbeit« gesprochen hatte, als ich ihr verraten sollte, wo Nilowsky ist. Ich wollte Carola fragen, ob »kooperativ« denn kein Fremdwort für sie sei, doch in diesem Moment nahm sie wieder meine Hand, und die Frage war mir nicht mehr wichtig. Wir bogen in die Klement-Gottwald-Allee ein und von dort in die Pistoriusstraße. Ich ging davon aus, dass Carola durch meine Hand hindurch meinen Herzschlag spürte. Dass sie kein Wort darüber verlor, löste bei mir Vertrauen aus. Ich hätte ewig so gehen wollen.

Plötzlich blieb sie stehen und grinste mir schadenfroh ins Gesicht. »Wenn Reiner aus ’m Knast raus ist, kann ich meine Fremdwortaffinität an den Nagel hängen, verstehst du, wie ich das meine? Ich werde meine Eltern nie mehr sehen, denn sie werden Reiner meiden wie der Teufel das Weihwasser, so viel steht fest. Nach dieser Gerichtsverhandlung, bei der er ihnen eine Wahnsinnsangst eingejagt hat. Toll, wie er das gemacht hat. Logisch, absolut logisch, dass ich sie nie mehr sehen werde.«

Logisch, dachte ich, dass sie mit Reiner zusammen sein wird. Ganz klar und eindeutig, so wie sie das gesagt hatte. Logisch also, dass ich nicht in sie verliebt sein durfte. Ich spürte, wie dieser Gedanke mir die Kehle zuschnürte. Wie meine Hände feucht wurden und zugleich verkrampften.

»Ich hab einen Brief für dich«, fuhr Carola fort und löste ihre Hand von meiner. Sie nahm ein mehrfach gefaltetes Stück Papier aus ihrer Hosentasche und reichte es mir. »Er ist von Reiner. Für mich. Der erste Brief von ihm. Aber ich soll ihn auch dir geben. Du kannst ihn behalten, wenn du magst. Ich kenne ja den Inhalt. Lies ihn bitte nicht in meinem Beisein, das bringt Unglück, kannst du mir glauben. Lies ihn erst, wenn du allein bist. Am besten zu Hause in deinem Zimmer. Damit niemand dich dabei sieht.«

Sie vermied es, mich anzusehen, während ich den Brief nahm und einsteckte. »Fremdwortaffinität« hallte es in meinem Kopf nach, was für ein affiges Wort. Was für ein blöder Zungenbrecher. Nie im Leben, dachte ich, werde ich fragen, was sie mit diesem Wort gemeint hat.

»Ich muss los«, sagte Carola, drehte sich auf dem Absatz um und hüpfte koboldhaft, wie ich sie kannte, davon.

34

Ich wollte den Brief erst zu Hause lesen, doch meine Ungeduld war so groß, dass ich mich ins Licht einer Laterne setzte, ihn aus der Hosentasche zog und auseinanderfaltete. Er war an Carola gerichtet, wie sie mir gesagt hatte, aber sie sollte ihn auch mir geben. Der Gedanke, dass es sich womöglich um einen Auftrag handelte, den nur wir beide erledigen konnten, war mir unbehaglich. Ich sah mich schon in einen Strudel von Unvorhersehbarkeiten geraten, der die ganze Situation mit Nilowsky, Carola und mir nur noch weiter verkomplizieren würde. Ich faltete den Brief wieder zusammen und schaute mich um. Konnte doch sein, dass Carola mich beobachtete. Um sicherzugehen, dass ich auch wirklich erst zu Hause las. Aber ich konnte sie nirgends sehen. Also faltete ich den Brief erneut auseinander. Und wenn schon, dachte ich, wo und wann ich lese, sollte immer noch meine eigene Entscheidung sein.

Liebe Carola,
der Gefängnisalltag ist, wie Du wissen solltest, eine sehr gute und wichtige Probe fürs Leben. Man muss lernen, mit dem, was man hat, gut auszukommen. Man muss lernen, sich für das Wenige, das man hat, zu interessieren. Und das Wenige ist dann eben auch gar nicht mehr wenig. Ich habe begonnen, mich zum

Beispiel für die Fliegen zu interessieren. Zuerst hab ich mich vor ihnen geekelt. Haariges Gesindel, das die Stille meiner Zelle immer und immer wieder mit widerwärtigem Gesurre zerstört. Ich schlug sie tot, die Fliegen, mit der flachen Hand schlug ich sie tot. Wenn sie auf meinem Tisch saßen oder auf der Zellentür umherkrabbelten oder frecherweise direkt vor mir auf dem Fußboden. Du glaubst nicht, was für eine Schnelligkeit ich entwickelte, um sie totzuschlagen. Die zermatschten Körper warf ich in den Mülleimer, die Flecken aber, die sie hinterließen, machte ich nicht weg. Überall in meiner Zelle diese Tupfer, wie kleine Gemälde.

Eines Sonntagmorgens – vor etwa vier Wochen – sah ich ein krabbelndes Etwas, das sich an der Wand von Fleck zu Fleck bewegte. Ganz gezielt schien es sich zu bewegen und saugte an jedem Fleck, und die Flecken wurden von diesem Saugen blasser und kleiner. Ich dachte, es handele sich um einen Käfer, doch als ich näher an das Tier heranging, sah ich, dass es nichts anderes als eine Fliege war, eine Fliege ohne Flügel. Nach einer Weile, in der ich mich ebenso wenig bewegt hatte wie die Fliege, legte ich meine Hand neben sie an die Wand. Es vergingen keine drei Sekunden, da krabbelte sie auf meine Hand. Was für ein gutes, vertrauensvolles Karma, dachte ich. Unfassbar!

Seitdem ist sie mein Haustier. Sie hat keinen Namen, ich nenne sie nur Fliege ohne Flügel. Ich sage: Guten Morgen, Fliege ohne Flügel. Oder: Na, wie geht's, Fliege ohne Flügel? Seitdem ich sie als Haustier habe, stören mich auch die umherschwirrenden Artgenossen nicht mehr. Im Gegenteil: Ich habe mir aus der

Gefängnisbibliothek »Brehms Tierleben« ausgeliehen und alles über Fliegen gelesen. Was für eine Vielfalt! Und mein Haustier, ein dünnes, längliches Exemplar, ist eine Empis-Fliege, auch Tanzfliege genannt. Zur Paarungszeit, las ich, schwirren die Männchen mit ihrem Hochzeitsgeschenk, einem frisch gefangenen, unbeschädigten Insekt, durch die Gegend, bis sie ein Weibchen entdeckt haben. Hinter diesem jagen sie dann her, und wenn es einem Männchen gelungen ist, das Weibchen zu gewinnen, so übernimmt Letzteres das geraubte Insekt und saugt es während der Paarung aus. Das wollte ich Dir schreiben. Bitte lass auch Markus Bäcker diesen Brief lesen. Ich denke an Dich und an unsere Zukunft.

Ich faltete den Zettel zusammen, steckte ihn in meine Hosentasche, holte ihn wieder hervor und las ihn noch einmal. Haariges Gesindel, widerwärtiges Gesurre … Dieser blumige, etwas bemühte Stil passte nicht zu Nilowsky, fand ich. Den Gefängnisalltag als gute und wichtige Probe fürs Leben zu bezeichnen, war dagegen wohl ein Zugeständnis an die Gefängnisleitung, die den Brief ganz sicher las, bevor er hinausdurfte. Nilowsky hatte also gelernt, sich klug und geschickt zu verhalten. Was aber, fragte ich mich, hat es mit der Tanzfliege auf sich? Offenkundig hatte Reiner sie nicht getötet, weil er sie für eine Reinkarnation seiner Großmutter hielt oder seiner Mutter. Oder gar seines Vaters, den er mittlerweile bewunderte, weil er es geschafft hatte, sich selbst umzubringen, nachdem er die feige Tötungsabsicht des Sohnes durchschaut hatte. Oder vielleicht war ja auch Roberto die flügellose Fliege. Roberto, der bei einem revolutionären Einsatz in der Heimat ums Leben gekommen war und nun hoffte, unter Nilowskys Vorhaut geklemmt und von dessen Sperma überflutet zu werden, um, dieserart getötet, eine erneute Wiedergeburt zu erleben und dadurch ein besseres Karma zu erlangen.

Ich fragte mich, ob ich Reiner meine Überlegungen schreiben sollte. Ob er sich vielleicht sogar genau das wünschte, wenn er Carola schon gebeten hatte, mich den Brief lesen zu lassen. Außerdem fragte ich mich, wer in seiner Welt das Insekt war, das zur Hochzeit ausgesaugt wird. Sollte ich es sein? Oder er? Wer wäre im zweiten Fall der Bräutigam? Ich etwa?

Es wäre ein Einfaches, dachte ich, die Adresse des Gefängnisses herauszufinden, in dem Reiner saß. Andererseits, und das war zweifellos eine Tatsache: Carola wollte mit ihm zusammenleben, sobald er wieder draußen war. Da hatte ich genaugenommen nichts mehr zwischen oder auch nur neben ihnen oder sonst wo in ihrer Nähe zu suchen. Abstand. Ablenken. Vergessen, selbst wenn es nur in langsamen, kleinen Schritten möglich sein sollte.

Ich blinzelte in das Licht der Straßenlaterne, erhob mich und ging mit diesem Vorsatz nach Hause.

35

Nicht nur dass ich mich immer mehr mit Mathematik und Physik, meinen Lieblingsfächern, beschäftigte, ich war auch nach wie vor *Verantwortlicher für Solidaritätsmaßnahmen*. Und als mich Manuela, die Klassenbeste, für die Funktion des Gruppenratsvorsitzenden vorschlug, willigte ich ein und ließ mich von der Klasse wählen. Ich hätte wohl noch weitere Aufgaben auf mich genommen, um mich abzulenken und Abstand zu gewinnen. Andererseits wollte ich nicht als Musterschüler gelten. Deshalb kaufte ich mir von meinem ersparten Taschengeld bei einem Mitschüler eine verwaschene Rotschild-Jeansjacke aus dem Westen. Ich tauschte die Jeansjacke gegen einen Parka, den Parka gegen zwei Platten von Deep Purple, die Platten gegen eine Jeans und eine andere Jeansjacke. Ich lernte zwar unverändert viel und fleißig, ging aber auch mit Freunden auf Partys, mindestens einmal in der Woche, immer häufiger.

Das elfte Schuljahr ging zu Ende, und Carola hatte sich nicht mehr bei mir gemeldet. Trotz meiner Ablenkungsversuche konnte ich nicht aufhören, immer wieder an sie zu denken. Ich wünschte mir, sie wiederzusehen, und zugleich wünschte ich es mir nicht. Was wäre, fragte ich mich, wenn das mein ganzes Leben lang so bliebe? Ich würde niemals mehr frei sein.

Im Frühjahr 1981, vier Jahre nach seiner Inhaftierung, sollte Nilowsky aus dem Gefängnis kommen, wenn er nicht schon wegen guter Führung vorher entlassen worden war. Aber ich hörte nichts von ihm und nach wie vor auch nichts von Carola.

So ging schließlich auch das zwölfte – das letzte – Schuljahr zu Ende, und der Gedanke, nie mehr etwas von ihnen zu erfahren, beunruhigte mich mehr denn je. Sosehr ich es auch wollte, ich konnte diese Beunruhigung nicht abstellen. Ich musste etwas tun! Etwas, das mich mehr als bisher klarkommen ließ mit der komplizierten Situation, die so viel Unfreiheit in sich barg.

Es war wieder September – Altweibersommer, 1981, fünf Jahre nachdem ich Nilowsky und Carola kennengelernt hatte –, als ich noch einmal in die Bahndammgegend fuhr. Zum letzten Mal, wie ich mir auch diesmal vornahm. Ich ging auf den Friedhof, an den Urnengräbern von Onkel Antatsch, Tante Fettsucht, Analphabeten-Leo und Krebs-Käthe vorbei. Die Gräber waren mit Stiefmütterchen bepflanzt und sogar frisch gegossen. Wer sonst sollte das getan haben, wenn nicht Carola. Sie hatte zwar von Schlussstrich und Nie-mehr-Friedhof! gesprochen, aber sie hatte ja auch *wir* und *uns* gesagt, und trotzdem hatte sie sich nicht mehr bei mir gemeldet. Sie war also mit dem, was sie sagte, nicht gerade ein Paradebeispiel an Zuverlässigkeit. Es hätte mich nicht überrascht, wenn sie mir an der nächsten Ecke entgegengekommen wäre.

Statt Carola sah ich jedoch Wally. Sie hatte ihre widerspenstigen grauen Haare streng nach hinten gebunden und harkte das Grab von Carla und Maria Serrini. Breitbeinig stand sie da, harkte bedachtsam um die Stiefmütterchen herum und schnaufte dabei vor sich hin. Das Foto mit dem Olivenhain war nicht mehr am Grabstein. Nur noch Klebstoffspuren erinnerten daran.

»Guten Tag. Kann ich helfen?«

Wally schaute auf, blinzelte, weil ihr Schweiß in die Augen floss, und sagte nur: »Ach, dir jibt's ooch noch? Klar kannste mir helfen.«

Da sie sogleich weiterharkte, ging sie wohl davon aus, dass ich selber wissen würde, wie ich zu helfen hätte. Ich ging mit der Gießkanne los, füllte sie mit Wasser, und als ich zurückkam, sagte Wally, ohne vom Harken aufzuschauen: »Ick kann mir vorstellen, wen du suchst. Aber nich nur Carola, ooch Reiner hat sich bei mir nich mehr blicken lassen. Nur hier uff 'm Friedhof müssen sie jewesen sein, heimlich, bestimmt nachts, denn irgendwer muss ja dit Foto entfernt haben. Vor drei Monaten, als der Sommer begann, war's weg, von einem Tag zum andern, und Reiner hatte da jerade seine vier Jahre abjesessen, wenn ick richtig jerechnet hab. Da muss er gleich her mit Carola. Klar, wer denn sonst?«

Also doch ein Schlussstrich, dachte ich und fragte mich zugleich, wie Wally mit Sicherheit davon ausgehen konnte, dass Reiner und Carola das Foto abgenommen hatten.

»Jedenfalls«, resümierte sie, »am Ende hat dit Hühnerblut jeholfen. Wer hätte dit allen Ernstes jedacht? Ick meine, dit hätte ick dem Wudu nich zujetraut.«

»Haben sie geheiratet?«, fragte ich.

Wally schaute mich an. Sie stützte sich auf die Harke und schnaufte kräftig aus. »Wat weeß denn ick? Mir haben sie nich einjeladen.« Sie reichte mir die Gießkanne und sagte: »Komm mit!«

Ich folgte ihr den Friedhofsweg entlang und fragte

mich, was es damit auf sich hatte, dass nun auch sie mich mit diesem »Komm mit!« ansprach. Wirkte ich etwa so unterwürfig, dass ich diese Aufforderung geradezu heraufbeschwor?

An der Urnenstelle von Karl-Heinz Nilowsky blieben wir stehen. Auch hier Stiefmütterchen, die ich auf Wallys Anweisung goss, während sie mir erklärte, dass Reiner kurz nach seiner Verurteilung eine neue Urne gekauft hatte, in die man die Asche von seinem Vater hineingetan hatte, die bei der Ausgrabungsaktion übrig geblieben war.

»Ich bin dabei gewesen«, sagte ich. »Ich meine, wir haben zusammen ... Zusammen haben wir die Urne ausgegraben.«

Es tat mir gut, dass ich das sagte, und ich hoffte, Wally würde mich jetzt neugierig ausfragen. Sie war aber weit weniger neugierig als besorgt. »Wenn's so jewesen is«, meinte sie, »behalt's in Zukunft mal schön für dir. Oder willste ooch noch in 'n Knast wandern?« Wieder schnaufte sie kräftig aus. Dann sagte sie mit leiser, fast brüchiger Stimme: »Manchmal denk ick, da is nich seine Asche in der Erde, sondern er selber, der alte, versoffne Nilowsky. Er hat nur die Luft anjehalten und die Augen zu, und mit der Zeit hat er so viel Kraft anjesammelt, dass er seine Hand durch die Erde bohren und mir packen und zu sich nach unten ziehen kann, wo ick nich mehr wegkomme und für immer bleiben muss. Und alle fragen sich: Wo is denn bloß die Wally hin? Aber irgendwann fragt sich keener mehr, und ick bin bei ihm und komm nich weg. Gott, nee, is dit schrecklich. Dit is ja schlimmer als der schlimmste Horrorfilm. Bloß schnell weiter. Bevor ick seine hässliche Knochenhand noch herbeirede und du ’n Herzschlag kriegst, wenn die hier aus der Erde jeschossen kommt.«

Wieder folgte ich ihr, während Wally seufzte und in einem bedauernden, beinahe zärtlichen Tonfall weiterredete: »Und weeßte eijentlich, wat schade is? Dass die Mozambiquaner alle weg sind und keener von ihnen hier liegt, dit is schade. Hätt’ ja ruhig mal eener sterben können. Am liebsten natürlich Roberto. Oder ooch Pedro. Ach, den würd’ ick gießen und harken wie keenen andern. Da könnten mir ruhig alle Neger-Wally nennen. Dit wär mir völlig schnuppe.«

Ich dachte, dass ich entsetzt sein müsste über Wallys Wunsch, aber ich war es nicht. Stattdessen bekam ich einen Schreck, als ich das Urnengrab von Helene Wiedemann, genannt Lenchen, sah.

»Drei Wochen nach Mariechen is sie jestorben«, erklärte Wally und stellte die Harke an Lenchens Grabstein ab. »Dit heißt, Mariechen hat sie nachjeholt. Mariechen hatte ja keenen andern, den sie hätte nachholen können. Da hat sie Lenchen nachjeholt. Nur jut, dass *ick* mir nich so oft zu Kaffee und Kuchen mit Mariechen jetroffen hab.«

Wallys Logik des Nachholens beeindruckte mich, und ich wollte nicht ausschließen, dass mehr dahinter steckte als nur ein Hirngespinst. Ohne ihre Aufforderung abzuwarten, begann ich das Grab von Lenchen zu gießen, während Wally die Stiefmütterchen begutachtete. »Bei mir herrscht Gleichberechtigung«, stellte sie rigoros fest. »Alle, die keenen haben, der sie pflegt, kriegen Stiefmütterchen von mir. Ohne mir wäre der Friedhof halb so schön. Ach wat, viertel so schön wär der nur.«

»Wenn Reiner und Carola das Foto mitgenommen haben«, sagte ich, »vielleicht bedeutet das, dass sie nach Apulien auswandern wollen. Oder schon geflüchtet sind, irgendwie. Nach Lecce, wo Reiners Oma aufgewachsen ist, die ihm immer vom Wind im Olivenhain erzählt hat ...«

»Nu is aber mal jut«, unterbrach mich Wally. »Wenn du schon hier bist uff 'm Friedhof, wo du eigentlich nischt zu suchen hast, dann hilf mir beim Gießen, und ansonsten halt die Klappe!«

Ich hätte gerne gewusst, warum ich auf dem Friedhof nichts zu suchen hatte, aber ich wollte nicht fragen. Möglicherweise meinte Wally, dass ich in der ganzen Gegend nichts mehr zu suchen hätte. Wahrscheinlich, dachte ich, hat sie auch recht damit. Ich sollte einfach nur noch nach vorne schauen. Auch wenn die Zukunft für mich erst einmal achtzehn Monate Armee waren, Grundwehrdienst. Darauf freute ich mich nicht gerade, im Gegenteil, mir war bange davor, doch immerhin würde es neuerliche und hoffentlich sehr wirksame Ablenkung mit sich bringen. Außerdem hatte ich einen Studienplatz: Pädagogik, Fachgebiete Mathematik und Physik. Nach der Armeezeit würde ich mit dem Studium beginnen. Beste Voraussetzungen, sagte ich mir, für ein gutes Leben.

Ich verabschiedete mich mit einem höflichen Händedruck von Wally und fuhr nach Hause. Dort angekommen, ging ich geradewegs in den Keller und holte hinter einem Stapel von Briketts die Zellophantüte mit den plattgefahrenen Groschen hervor. Meine Hände zitterten, als ich auf den Haufen Aluminium starrte, der Nilowskys Schatz gewesen war und der ihn, wenn es drauf ankäme, beschützen sollte. Doch an meinem Vorhaben, die Groschen wegzuwerfen, änderte das nichts. Die Tüte in eine der Mülltonnen auf dem Hof zu stopfen, kam mir allerdings würdelos vor. Also wartete ich, bis es Nacht war, fuhr mit dem Fahrrad nach Treptow und warf Nilowskys Schatz in die Spree.

36

Im Oktober wurde ich in die Armee eingezogen. Eggesin. Eine Gegend, in der es außer Armee fast nichts gab. Panzersoldat, Ladeschütze. Die Grundausbildung nahm meine Kräfte und meine Nerven dermaßen in Anspruch, dass ich jeden Abend todmüde ins Bett fiel und sofort einschlief. Ich hatte neue Freunde aus Thüringen, aus Sachsen, aus Mecklenburg und machte mir bald über nichts und niemanden mehr Gedanken, der nichts mit der Armee zu tun hatte.

Nach zwei Monaten jedoch leitete mir meine Mutter einen Brief weiter, auf dessen Umschlag keine Adresse stand, sondern nur: *Carola und Reiner Serrini, Berlin-Weißensee.* Ich war nicht wirklich überrascht, von den beiden einen Brief zu erhalten. Insgeheim hatte ich damit sogar gerechnet, wenngleich ich mir das nie und nimmer eingestanden hätte. Sie hatten offenbar geheiratet und sich den Namen »Serrini« zugelegt. Um nicht weiter zu mutmaßen, wie ihnen das gelungen war, entschloss ich mich, den Brief sofort zu lesen. Ich sperrte mich in eine Klokabine ein und öffnete das Kuvert.

Lieber Markus,
wie Du Dir vielleicht schon gedacht hast beim Blick auf den Briefumschlag: Wir haben geheiratet. Nur zu zweit, auf dem Standesamt, ohne Feier danach. Bitte

wundere Dich nicht über den Namen »Serrini«. Wir würden gern so heißen, und deshalb nennen wir uns so. Eines Tages, meint Reiner, wenn die Revolution gesiegt hat und wir im wahren, im echten Sozialismus oder sogar im Kommunismus leben, ist es ganz sicher möglich, den Namen zu tragen, den man tragen möchte. Dann werden wir ihn offiziell beantragen.

Was ich Dir aber vor allem sagen will: Reiner wünscht sich, dass Du uns besuchen kommst, sobald Du aus Deinem Armeedienst entlassen worden bist. Das wird erst in sechzehn Monaten sein, doch trotzdem will ich Dich schon wissen lassen, wann und wo Du Dich einfinden sollst. Bitte sei am 10. Mai 1983 um 20 Uhr auf dem Antonplatz in der Klement-Gottwald-Allee. Wir werden Dich dort abholen und in unsere Wohnung führen. Bis dann, und halte durch!

Deine Carola.

Das Erste, was mir einfiel, als ich den Brief zusammenfaltete, war: Konspirativität. Ich wusste inzwischen aus dem Fremdwörterbuch, dass konspirativ nichts anderes hieß als »verschwörerisch« oder »geheim«. *Einfinden sollst … in unsere Wohnung führen …* Das hörte sich an, als wären wir in einer Spionagegeschichte. Eine Marotte, sagte ich mir, die sie offenkundig gemeinsam hatten und nun mit Genuss teilten. Es war ein unangenehmes Gefühl, diesem Genuss gewissermaßen zur Verfügung stehen zu sollen.

Noch mehr bekümmerte mich etwas anderes: Selbst wenn ich den Zettel augenblicklich wegwerfen würde, würde mir der Termin nicht mehr aus dem Kopf gehen. Nie mehr! Die achtzehn Monate Armee, hatte ich gedacht, müssten ausreichen, um mich von Nilowsky und Carola frei zu machen. Jetzt hatten sie ein Datum und eine Uhrzeit in meinen Kopf gesetzt, und genau das – so empfand ich es – unterstrich nur meine Unfreiheit ihnen gegenüber.

Tatsächlich verging fortan kein Tag, an dem ich nicht an diesen Termin dachte. Manches Mal nahm ich mir vor, ihn einfach zu vergessen; doch in dem Moment, in dem ich es mir vornahm, wusste ich schon, dass es mir nicht gelingen würde.

Ich konnte noch so erschöpft sein nach irgendwelchen Dauermärschen, Manövereinsätzen, Schießübungen, Politweiterbildungen, Kompaniereinigungsaktionen, es nutzte nichts: Je näher der Termin rückte, desto stärker dachte ich an ihn. Natürlich wusste ich, dass ich ihn einfach verstreichen lassen könnte, dass ich nicht hingehen musste, dass mich auch niemand dazu zwingen konnte. Doch der Zwang war in mir. So stark, dass ich niemals würde Ruhe haben, wenn ich *nicht* hinginge.

37

Am zehnten Mai, vierzehn Tage nach meiner Entlassung, fuhr ich mit der Straßenbahn nach Weißensee. Am Antonplatz stieg ich aus und verbarg mich hinter einer Straßenlaterne, ehe die Bahn weiterfuhr. Es war Viertel vor acht, und kurz überlegte ich, an der Laterne einen Zettel zu hinterlassen. *Übermorgen, gleicher Ort, gleiche Zeit, keine Minute eher oder später.* Wenn schon diese konspirative Marotte, dann konnte ich auch mitspielen. Doch ich verwarf den Gedanken sofort wieder. Ich wollte nur noch das Treffen hinter mich bringen und damit auch den Termin aus meinem Kopf bekommen, der sich sechzehn lange Monate in mein Gedächtnis eingebrannt hatte.

Fünf Minuten vor acht. Ich schaute über den Platz und entdeckte, keine hundert Meter entfernt, an eine Straßenlaterne gelehnt, Nilowsky, der mich bereits im Visier hatte und mir zulächelte. Er sah mit Jeans und Jackett, kurzen, akkurat geschnittenen Haaren und der ungewohnt lässigen Körperhaltung wie jemand aus, dem es gut geht. Nichts mehr erinnerte an den abgemagerten Nilowsky mit den langen fettigen Haaren, der mich aufgesucht hatte, bevor er gefasst und eingesperrt worden war.

Ich bemühte mich um die gleiche lässige Haltung, während ich auf ihn zuging. Erst im Näherkommen bemerkte ich, dass der erste Eindruck mich getäuscht hatte. Sein Hals war fetter geworden. Der Adamsapfel war kaum noch zu sehen, und sein Gesicht wirkte aufgedunsen.

»Markus Bäcker, immer pünktlich wie die Feuerwehr«, rief er mir anerkennend zu und breitete seine Arme aus. Ich nahm die Umarmung an und fühlte mich wohl, als mein Kopf für zwei oder drei Sekunden an seiner Schulter lag und seine Hand ein paarmal sanft auf meinen Rücken schlug. Zugleich überraschte es mich, dass ich mich wohl fühlte. Es verunsicherte mich. Ich nahm mir vor, mich von nun an nicht mehr gehen zu lassen und Distanz zu wahren. Wie bei der Beerdigung seines Vaters roch Nilowsky stark nach Rasierwasser, aber ich hätte schwören können, es handelte sich um eine andere, bessere Sorte.

»Komm mit!«, sagte er, löste sich von mir und ging voran über den Fahrdamm. Dieses altbekannte »Komm mit!«. Als wären nur einige Tage, höchstens ein paar Wochen vergangen. Ohne ein Wort zu sprechen, liefen wir ein kurzes Stück die Straße entlang, bis Nilowsky einen dunklen Hausflur betrat, der nach Urin stank.

Die Wohnung der beiden befand sich in der ersten Etage, am Klingelschild stand: *Reiner und Carola Nilowsky*, in Klammern war *Serrini* hinzugefügt. Das machte auf mich den selbstbewussten Eindruck einer gemeinsamen Zukunftsvision. Es freute mich. Im nächsten Moment jedoch spürte ich wieder Wehmut: Die beiden waren zusammen, und ich gehörte nicht mehr dazu, allenfalls als Freund der Familie, oder wie immer das zu nennen sein würde.

Carola öffnete die Tür, noch bevor Nilowsky geklingelt hatte. Als wäre Rauchen von nun an verboten, zog sie hastig an ihrer Zigarette. Dann sagte sie: »Na also, da ist ja die alte Truppe endlich mal wieder beisammen.«

Mehr als der saloppe Ton erschreckte mich Carolas Stimme, die noch viel heiserer klang als bei unserer letzten Begegnung auf dem Friedhof am St.-Joseph-Krankenhaus. Außerdem war ihr Gesicht so schmal, wie ich es noch nicht gesehen hatte. Es wirkte grau, fast wächsern. Mein erster Gedanke war, dass sie an einer Krankheit litt. Oder sie zeigte damit an, dass es ihr mit Nilowsky schlecht ging.

»Kommt rein!«, rief sie und ging voran ins Wohnzimmer. Auf dem Tisch in der Mitte des großen Raumes standen Schüsseln mit Schweinebraten, Soße und Kartoffeln und eine Karaffe mit Weißwein.

»Das ist unser Festmahl«, verkündete Carola und drückte ihre Zigarette in einem Aschenbecher aus, der vor Kippen schon fast überquoll. Der Aschenbecher stand auf der Kommode, die ich aus Carla Serrinis Wohnung kannte, und neben der Kommode leuchtete das goldgelbe Kanapee mit den Blutflecken.

»Hoffentlich ist es auch *dein* Festmahl«, sagte Nilowsky zu Carola, und zu mir fügte er hinzu: »Am liebsten rührt sie nämlich keinen Happen an. Ich frag sie immer: Welcher Mann will sich denn schon einen Splitter einreißen, wenn er mit seiner Frau ins Bett geht? Das frag ich sie. Aber sie ist unerschütterlich. Bloß nicht mal ’n Gramm zunehmen. Nicht ein winziges Gramm.« Er legte seine Hand zärtlich auf Carolas Rücken, doch sie ging zwei Schritte von ihm weg, sodass Nilowskys Hand kurz in der Luft hing, ehe er sie zurückzog. Er schaute mich an und zuckte mit den Achseln, als wolle er sagen: Ja, so ist sie eben.

»Nun setzt euch schon hin«, forderte Carola uns auf. »Ihr habt euch ja bestimmt tausend Sachen zu erzählen.«

Ihr übertrieben aufgeräumter Ton verunsicherte mich noch mehr. Nilowsky setzte sich, ich mich daraufhin ebenfalls, und Carola lud uns große Portionen Fleisch, Kartoffeln und Soße auf unsere Teller. Sie selbst nahm sich von allem nur so viel, wie gerade nötig war, um nicht zu verhungern. Als Nilowsky Wein einschenkte, legte sie die Hand auf ihr Glas und schüttelte den Kopf, woraufhin Reiner zu mir in bemüht witziger Art sagte: »Wenn sie so weitermacht, vertrocknet sie auch noch. Du bist Zeuge, dass ich nicht schuld bin, wenn sie vertrocknet sein wird. Du bist Zeuge.«

Er hatte, wie mir schien, wieder den Drang, sie zu berühren, aber er tat es nicht. Stattdessen sagte er: »Erzähl ihm von der Gerichtsverhandlung! Wie es war. Für dich. Wie es für dich war. Erzähl ihm das!«

Es klang, als hätten die beiden miteinander verabredet, dass Carola, sobald Nilowsky sie dazu aufforderte, vom Schönsten und Wichtigsten ihres Lebens erzählte. Es klang feierlich, aber auch dringlich, und ich glaubte auch, einen ängstlichen Unterton herausgehört zu haben. Hoffentlich, dachte ich, erzählt Carola in einer Art und Weise, dass er sich freut oder sogar stolz auf sich sein kann. Hoffentlich macht sie mir endgültig klar, dass sie zu ihm und nur zu ihm gehört. Dass es ihr überhaupt nicht schlecht geht an seiner Seite. Dass sie auch nicht krank ist. Dass alles, was ich mir in dieser Richtung dachte, ein großer Irrtum war.

Carola kaute ein winziges Stück Schweinebraten zu

Ende, grinste, schluckte das Stück Fleisch hinunter und sagte: »Wie es war? Es war wunderbar. So es war. Alles klar?«

Sie lachte über ihren Reim, Reiner und ich lachten mit ihr, und ich dachte: Da war es eben wieder, das dreizehnjährige Mädchen, trotz heiserer Stimme. Ihre Verwandlung hielt aber nur kurz an. Sie wurde sehr ernst, schob ihren Teller beiseite, zündete sich eine Zigarette an, und nachdem auch wir unser Essen unterbrochen hatten, begann sie zu erzählen: »Vor der Gerichtsverhandlung. Noch davor. Ich zu meinen Eltern. Bat sie, nicht gegen Reiner auszusagen. Gnade vor Recht, sagte ich und dachte: So 'n Quatsch. Denn eigentlich ging's ja um Gerechtigkeit vor Paragraphen. Nun ja, eine Konzession. Das heißt, ich meine: ein Zugeständnis. Aber nix zu machen. Die Alte sagte nur: ›Der ist asoziales Gesindel.‹ Und der alte Sack musste auch noch seinen Senf dazugeben: ›Der ist eine Schande für unsere sozialistische Gesellschaft.‹« Carola nahm einen tiefen, wütenden Zug von ihrer Zigarette, ehe sie in jenem telegrammartigen Stil fortfuhr, den ich eigentlich nur von Nilowskys schriftlichen Mitteilungen kannte. Dass sie so redete, tat ihm sichtlich gut. »Reiner bei der Verhandlung. Ganz dünn. Riesenaugen. Gibt alles zu und noch mehr: ›Wollte die Worgitzke nicht vergewaltigen, sondern umbringen. Hab's nicht fertiggebracht, blöderweise.‹ Da musste ich grinsen. Die fette Plinse, wie soll man die auch vergewaltigen wollen? Reiner guckte zu mir. Da verging mir das Grinsen. Seine Augen leuchteten. Wunderschön. Ganz offen, ganz ruhig.«

Carola verstummte, und es kam mir vor wie ein Zeichen für Nilowsky, dass er nun dieses große gemeinsame Erlebnis weitererzählte.

»Ja, das war ich: Ruhig, sicher. Konnte kommen, was wollte. Hauptsache, Carola schaute zu mir. Und wie sie schaute, das gab mir Kraft. Unendlich viel Kraft gab mir das. Mit dieser Kraft konnte ich in den Knast gehen. Mit dieser Kraft würde ich alles überstehen, alles. So dachte ich, so fühlte ich.«

»Und ich«, fuhr Carola fort, »konnte es einfach nicht fassen. Mein Herz schlug höher. Ich war stolz auf ihn. Auf seinen Mut. Wie ein Revolutionär, so ein Mut. Vier Jahre dafür, keinen Tag weniger. Die Bonzeneltern, die Drecksäcke, ganz wütend. Weil sie nicht als Zeugen gehört wurden. ›Der hätte noch mehr kriegen müssen‹, meinte der Alte. ›Hätten sie mich zu Wort kommen lassen, hätte er das Doppelte gekriegt.‹ Und die fette Tonne: ›Vier Jahre, die sitzt der doch mit einer Arschbacke ab, auch wenn die nur aus Knochen besteht, so klapperdürre wie der ist.‹ Hätte der perversen Kuh an den Hals springen, sie erwürgen können. Aber sah ihre Angst. Und die von dem alten Sack. Hatten Angst, dass er nach vier Jahren rauskommt, und das Erste, was er macht, ist, sie irgendwo abzufangen, nachts auf der Straße oder sonst wo.«

Sie blies genüsslich den Rauch ihrer Zigarette über den Tisch. Nilowsky trank einen großen Schluck Wein und sagte so stolz, wie ich ihn noch nie vorher gehört hatte: »Das war unsere Geschichte.« Und dann: »Hab Genossen Worgitzke und seine Gattin nicht mehr gesehen seitdem. Hab auch nicht das Bedürfnis danach. Sollen Alpträume von mir haben. Das wär das Beste.«

Er lachte, Carola stimmte mit ein. »Hab sie zur Hochzeit eingeladen. War mir ein innerer Vorbeimarsch. Natürlich sind sie nicht gekommen. War mir von vornherein klar. Bin ja nichts als eine Schande für sie. Verheiratet mit einem asozialen Kriminellen. Schimpf und Schande. Was Besseres konnte mir gar nicht passieren. Ich meine, ich bin sie los. Aus, vorbei!«

Sie nickte zufrieden, und dennoch spürte ich, dass sie immer noch wütend war auf ihre Eltern, dass sie nicht, wie sie vorgab, mit ihnen abgeschlossen hatte. Ich sagte nichts dazu. Ich kam mir fremd vor zwischen den beiden, in ihrer Wohnung mit den Möbeln von Carla Serrini. Ich starrte Carola an, versuchte aus ihrem Gesicht Antworten auf die Fragen herauszulesen, die ich nicht stellte. Carola schaute zur Seite und sagte: »So, jetzt geh ich schlafen.«

Nilowsky sah irritiert zu ihr. Offenbar war so ein frühzeitiger Abgang alles andere als verabredet zwischen ihnen. Er stopfte sich ein Stück Schweinebraten in den Mund, als müsse er verhindern, etwas zu sagen, was er besser nicht sagen sollte. Trotzdem gab er Carola mit der Hand ein Zeichen, dass er etwas sagen wolle, sobald er fertiggekaut habe.

»Was ist denn?«, fragte Carola ungehalten und stand auf. »Ich bin müde. Das ist alles. Und ihr habt euch doch sicherlich auch ohne mich ein paar Sachen zu erzählen, oder?«

Nilowsky schluckte den Bissen hinunter. Er nickte, aber ich sah ihm an, dass er seinen Unmut nur schwer unterdrücken konnte.

»Ja, haben wir, das haben wir«, meinte er, während Carola erneut einen tiefen Zug von der Zigarette nahm, ehe sie den Stummel im Aschenbecher auf der Kommode ausdrückte und das Zimmer verließ.

Eine Weile saßen wir uns schweigend gegenüber. Nilowsky nahm sich erneut vom Schweinebraten, den Kartoffeln und der Soße und aß vor sich hin, als ob es mich nicht geben würde. Nun hatten wir das Gegenteil einer feierlichen Situation. Und das tat mir leid für Nilowsky. Ich fragte mich, ob Carola gegangen war, weil ich sie so angestarrt hatte. Ich fühlte mich schuldig und überlegte, was ich sagen konnte, um Reiner aufzumuntern. Aber mir fiel nichts ein.

»Wie geht's dir?«, fragte er schließlich. »Du müsstest ja bald anfangen zu studieren, oder?«

Der sachliche Ton seiner Frage verstärkte nur meine Hilflosigkeit. »Ja«, antwortete ich in gleicher Art. »Im Oktober. Pädagogik, Fachgebiete Mathematik und Physik.«

»Na, da wollen wir doch mal sehen, wie pädagogisch du bist, wenn's jetzt mal was Anständiges zu trinken gibt. Wollen wir mal sehen.«

Er lachte laut, während ich mich fragte, was denn in diesem Falle das Pädagogische mit dem Trinken zu tun habe. Er holte eine Flasche Himbeergeist aus der Kommode, goss zwei Weingläser voll, reichte mir eines und trank seines in einem Zug aus.

»Weißt du eigentlich, wie ich meine Fliege im Knast beerdigt hab?«

»Nein, erzähl!«, antwortete ich mit einem überschwänglichen Interesse, das ihm Freude bereiten sollte, und nahm einen Schluck Himbeergeist.

Er boxte mir gegen den Oberarm. »Na, musst nicht gleich übertreiben mit deiner Anteilnahme.« Er lachte erneut, goss sich sein Glas wieder voll, trank es aus und fing an: »Ich wollte sie natürlich konservieren, so wie Wladimir Iljitsch Lenin konserviert wurde, wenn du verstehst, was ich meine. Da ich meiner Fliege ohne Flügel aber nicht mit 'nem Mausoleum dienen konnte, fragte ich beim Knastchef, ob ich hochprozentigen Schnaps haben dürfe, in den ich sie hineintun könne. Der Knastchef fragte, wie ich denn garantieren könne, dass ich den Schnaps nicht aussaufe. Ich sagte, ich gebe mein Ehrenwort. Der Knastchef überlegte kurz, dann fragte er: ›Welcher Schnaps soll's denn sein?‹ Und ich: ›Na, wenn Sie mich so fragen, würde ich mal sagen: Himbeergeist.‹ Der Knastchef: ›Besorg ich Ihnen.‹ Am nächsten Tag hatte ich 'ne Flasche. Und hier ist sie!«

Nilowsky stellte die Flasche vor mir auf den Tisch. Auf ihrem Boden schaukelte die tote flügellose Fliege hin und her. Sie war derart aufgedunsen, dass ich den Eindruck hatte, sie könnte jeden Moment platzen.

Ich spürte einen Brechreiz in mir aufkommen. Um mich von ihm abzulenken, stellte ich mir vor, wie ein wenig von dem guten, vertrauensvollen Karma von der Fliege in den Himbeergeist und vom Himbeergeist in Nilowsky und auch in mich, der ich einen kleinen Schluck genommen hatte, übergegangen war.

»Du musst wissen«, sagte Nilowsky, »sie war schon von den Überresten der totgeschlagenen Fliegen in meiner Zelle, die sie genüsslich gefressen hatte, dick und fett geworden. Aber der gute Himbeergeist hat sie noch weiter aufquellen lassen.«

Ich nahm meinen Blick von der toten Fliege weg, doch der Brechreiz wurde nur noch stärker. Es kann doch nicht sein, dachte ich, dass ich, wenn ich mit Reiner zusammen bin, immer wieder kotzen muss. Plötzlich hielt er mir die Soßenschüssel vor den Mund. »Tu dir keinen Zwang an. Na los, lass es raus!«

Das war wie ein Kommando. Nein, sagte ich mir. Ich werde nicht kotzen vor ihm, nie mehr. Ich befahl es mir regelrecht.

»Na los, genier dich nicht!«, forderte er. »Aber pass auf, dass nichts danebengeht. Carola macht mich zur Schnecke, wenn auch nur ein Krümelchen danebengeht.«

»Muss nicht kotzen«, log ich und stand auf, um nicht mehr in die Soßenschüssel zu starren, die mir Nilowsky immer noch hinhielt.

»Dir ist's nur peinlich vor mir«, meinte er. »Dabei seh' ich als Kellner jeden Abend irgendwelche Suffköppe kotzen. Gewöhnt man sich dran, so wie man sich dran gewöhnt, dass jeden Morgen die Nacht vorbei ist. Außerdem dachte ich, dass wir Freunde sind, dachte ich. Na, nichts für ungut.« Er stellte die Schüssel zurück auf den Tisch und nahm einen Schluck aus der Flasche mit der toten Fliege. »Bist blass wie 'ne Kalkwand. Leg dich hin, bevor du umkippst!«

Er deutete mit dem Kopf zum Kanapee. Mir war es recht, nicht mehr so dicht bei ihm und dem Schnaps zu sein. Ich ging die paar Schritte und legte mich hin. Aus Furcht, mich doch noch übergeben zu müssen, versuchte ich, nicht auf die Blutflecken zu achten. Ich schloss die Augen und hörte Nilowsky einen großen Schluck trinken und laut ausatmen. Nur ausruhen, dachte ich, und dann nach Hause. Bloß nicht einschlafen.

»Weißt du eigentlich«, sagte er, »dass die Inder nicht nur Tantra erfunden haben und an die Reinkarnation glauben, sondern auch Verehrer des Hakenkreuzes sind?« Er machte eine Pause, um, wie mir schien, meine Überraschung auszukosten, aber ich zeigte keine Reaktion. »Die sind klug, die Inder, clever sind die, denn ihr Hakenkreuz, das ist genau verkehrt herum. So kann keiner sagen: Ihr Verbrecher, das ist ja 'n Hakenkreuz. Kann keiner sagen. Genau verkehrt herum.«

Von indischen Hakenkreuzen hatte ich noch nie gehört. Trotzdem sehr unwahrscheinlich, dachte ich, dass Nilowsky sich so was ausdenkt. Ich hörte ihn wieder trinken und kräftig ausatmen.

»Na ja, kein Wunder, dass die Inder Afrika erobern, Schritt für Schritt erobern sie Afrika, die Ostküste haben sie schon lange erobert, Tansania, Mozambique, alles im Griff, mit ihren Geschäften, mit ihrem Handel. Handel und Wandel, kennst du nicht das Sprichwort? So schnell können die faulen Neger gar nicht gucken, wie sie von den Indern erobert werden. Aus Angst vor den Eroberern behaupten sie, an Reinkarnation zu glauben. Dabei gibt's die, manchmal gibt's die, aber die Neger glauben nicht dran, tun nur so. Denken, man ist blöd und kauft's ihnen ab, denken die.«

Ich wollte fragen, wer denn in der flügellosen Fliege weitergelebt habe und wie es mit dem oder der weitergegangen sei nach dem Tod der Fliege, doch abgesehen davon, dass mir schon beim Aussprechen des Wortes »Fliege« vermutlich wieder schlecht geworden wäre, hielt ich es auch für ungehörig, mit solch einer Frage in Nilowskys Intimsphäre einzugreifen. Vielleicht aber hatte ich auch davor einfach nur mal wieder Angst. Ja, dachte ich, die Angst ist es, wie bei den Afrikanern, einfach nur die Angst.

»Ich muss los«, sagte ich und erhob mich langsam und vorsichtig, damit mir nicht schwindlig wurde.

Nilowsky war nicht nur irritiert, er wirkte geradezu erschrocken. »Was denn? Jetzt? Bleib noch, ’n bisschen. Bitte, bleib noch, ’n bisschen nur.«

So unterwürfig hatte ich ihn noch nie erlebt. Ich wusste nicht, wie ich reagieren sollte. Einerseits hatte ich, trotz allem, das Bedürfnis, ihm ein Freund zu sein, andererseits verspürte ich immer mehr den Drang, das Zimmer zu verlassen und aus der Wohnung zu rennen. Weg von Nilowsky, weg von Carola, die, wie auch immer, zu ihm gehörte, weg von all dem hier.

»Leg dich wieder hin«, bat er mich. »Mach’s dir bequem. Schlaf ein Stündchen, dann kannst du immer noch gehen. Will einfach, dass du noch ein klein wenig bei mir bist, ein klein wenig nur.«

Ich wusste nichts zu entgegnen und spürte wieder Übelkeit in mir aufsteigen. Nilowsky kam zum Kanapee und setzte sich neben mich. Er legte mir seine Hand auf die Stirn, drückte mich sanft zurück und stopfte mir ein Kissen unter den Kopf. Ich schloss die Augen, und die Angst, im Beisein von Nilowsky einzuschlafen, wich einer merkwürdigen Geborgenheit. Könnte tatsächlich schlafen, sagte ich mir und hörte, wie er wieder aufstand, zurück zum Tisch ging und von seinem Himbeergeist mit der toten Fliege trank. Erschöpft wie ich war, schlief ich mit dem Trinkgeräusch ein.

Es war mitten in der Nacht, als ich schweißgebadet wach wurde. Nilowsky konnte ich nirgends im Zimmer entdecken. In der Flasche, die auf dem Tisch stand, war nur noch ein Daumenbreit Himbeergeist, in dem die Fliege, wie ich zu erkennen glaubte, unverändert hin und her schaukelte. Leise erhob ich mich vom Kanapee, schlich mich zum Flur und sah Nilowsky vor der Wohnungstür schlafen. Keinen Spalt, da war ich mir sicher, würde ich die Tür öffnen können, ohne ihn zu wecken.

Ich ging zurück ins Wohnzimmer, öffnete das Fenster, kletterte das Regenrohr herunter, rannte über den Antonplatz in die Langhansstraße und rannte und rannte.

38

Durch diese Begegnung mit Nilowsky und Carola war die Armeezeit in recht weite Ferne gerückt. Sie kam mir auf einmal vor wie ein jahrelang zurückliegendes Intermezzo von nicht mehr als einigen Wochen. Dass Carola, ihrer romantischen Erinnerung an die Gerichtsverhandlung zum Trotz, ganz offenkundig an Nilowskys Seite litt und verkümmerte, ließ mir keine Ruhe. Nicht mehr lange, dachte ich, und sie würde so grau und schmal sein, dass um ihr Leben zu fürchten wäre. Nilowsky hatte mich als Freund bezeichnet, doch unter diesen Umständen konnte ich das nicht sein. Ohnehin wollte ich es auch nicht mehr.

Ich spürte ein von Tag zu Tag stärker werdendes Bedürfnis, Carola zu retten. Es war keine Verliebtheit, die diesem Bedürfnis zugrunde lag, es war etwas, das ich als tieferes Gefühl empfand, irgendetwas zwischen Liebe und Freundschaft. Mit diesem Gefühl ging ich immer wieder durch die Parks von Pankow und Weißensee, aber ich traf Carola nicht an. Schließlich fragte ich beim Gartenamt, ob eine Landschaftsgärtnerin namens Carola Nilowsky oder Serrini, vormals Worgitzke, bekannt sei. Carola, erfuhr ich, arbeite schon seit einiger Zeit nicht mehr, sie sei, soviel man wisse, Hausfrau geworden. Ich fragte mich, was Carola bewogen haben könnte, ihren Beruf aufzugeben. Ob Nilowsky es vielleicht gefordert hatte? Weil er als Kellner genug Geld für zwei verdiente oder sogar für eine Familie?

Dass Nilowsky durch das Zurückhalten seines Spermas oder allein durch diese Idee schlichtweg verrückt geworden war, hielt ich immer mehr für denkbar. Und dass er den Indern oder zumindest einem Teil von ihnen unterstellte, Verehrer des Hakenkreuzes zu sein, ging mir als mögliches Anzeichen beginnenden Irrsinns auch nicht aus dem Kopf.

Ich überlegte, wen ich nach der Beziehung der Inder zum Hakenkreuz fragen könnte. Ich versprach mir nicht viel davon, meine Eltern zu fragen, doch da mir sonst niemand einfiel, tat ich es dennoch.

Wir saßen am Abendbrottisch, und meine Mutter war zwar ebenso überrascht wie mein Vater, worüber ich mir so Gedanken machte, antwortete aber ruhig und klar: »Nein, die Inder sind keine Verehrer der Nazis. Bei ihnen ist es ein Glückssymbol, ein altes Sonnenzeichen, ein Zeichen des Lebens und der Wiedergeburt. Die Nazis haben das Symbol für sich vereinnahmt.«

Wenn meine Mutter recht hatte, und davon ging ich aus, dann bestand Nilowskys Irrsinn also darin, dass er die Wahrheit einfach verbogen hatte. Denkbar, dass er außer den Indern inzwischen auch die Nazis bewunderte.

»Woher hast du dieses Wissen?«, fragte mein Vater meine Mutter überrascht und angetan zugleich.

Meine Mutter lächelte ihn herausfordernd an. »Du weißt eben nicht, was ich alles weiß.«

Sie kostete sein Erstaunen aus und noch mehr, wie mir schien, seine Neugierde. »Na, was ist? Willst du mich nicht bitten, eine tiefdunkle Ecke meiner Persönlichkeit zu beleuchten?«

Sie genoss das leicht Kokette ihrer Frage, und mein Vater freute sich daran, dass sie das genoss.

»Wenn sie tiefdunkel ist«, sagte er, »flehe ich dich geradezu an, sie zu beleuchten.«

Meine Mutter erzählte, dass sie sich im Alter von fünfzehn Jahren ein Buch über die Geschichte, Kultur und Religion Indiens aus der Bibliothek ausgeliehen und Seite für Seite dieses Buches fast auswendig gelernt hatte. Dass sie davon träumte, nach Bombay, Delhi oder Kalkutta zu reisen, aber nie jemandem von diesem Traum erzählt hatte. Vielleicht wäre es ihr irgendwann gelungen, nach Indien reisen zu dürfen. Über *Jugendtourist*, mit Führungszeugnis von der Arbeitsstelle. Aber sie wollte nicht. Sie hatte sich Indien inzwischen doch lieber in der Phantasie aufheben wollen.

»Das war's«, sagte meine Mutter lapidar, und mein Vater darauf: »Wenigstens mir hättest du ja dein Geheimnis verraten können.«

»Habe ich doch eben. Und nicht nur dir.« Meine Mutter lächelte mich an, und in diesem Moment überlegte ich, sie zu fragen, ob in dem Buch über Indien auch etwas über Tantra oder Karma gestanden hatte, und wenn ja, ob man sich zu der Frage geäußert habe, wie lange es denn möglich sei, Sperma zurückzuhalten, ob das etwa über Jahre hinaus ginge.

Während ich noch überlegte, nahm mein Vater die Hand meiner Mutter, knetete sie zärtlich und sagte: »Na, du bist mir ja eine, du kleine Geheimnisvolle.«

Sein schmalziger Ton war mir peinlich. Zugleich bewunderte ich die beiden einmal mehr dafür, wie sie immer wieder so gut miteinander umgehen konnten. Ich war weniger denn je in der Lage, mir vorzustellen, dass mir das mit einem anderen Menschen jemals gelingen würde.

Nilowsky, dachte ich später, in der Nacht, als ich nicht schlafen konnte, inzwischen ein Nazianhänger, der seine Ehefrau dazu zwang, nicht mehr dem geliebten Beruf nachzugehen, sondern Hausfrau zu sein. Diese Möglichkeit ließ mir keine Ruhe. Ich musste Kontakt zu Carola aufnehmen. Ich musste herausfinden, ob und wie ihr zu helfen sei.

Am nächsten Vormittag – ich konnte vor Müdigkeit kaum die Augen offen halten – klingelte es an der Wohnungstür. Ich öffnete, und Carola stand vor mir. Wie gerufen. Sie trug eine graue ausgebeulte Trainingshose und ein weiß-rot kariertes Hemd, das ihr ein paar Nummern zu groß war und über die Hose hing. Sie wirkte darin, als käme sie gerade von der Arbeit; Gartenhandwerk oder Pflanzenpflege, dachte ich.

»War grad in der Gegend«, flüsterte sie. »Kann ich reinkommen?« Ohne eine Antwort abzuwarten, schob sie sich an mir vorbei. »Wo ist denn dein Zimmer? Deine Eltern sind nicht da, oder?«

»Nein, die sind nicht da«, antwortete ich und zeigte in die Richtung meines Zimmers.

»Und du?«, fragte Carola. »Lebst in den Tag hinein? Lässt dich von deinen Alten durchfüttern?«

Sie sagte es so liebevoll, dass ich es nicht als Provokation empfand. Trotzdem verfiel ich sofort in einen Ton der Rechtfertigung: »Ja, aber nur bis zum Beginn des Studiums. Dann ... Spätestens dann zieh ich aus. In die Nähe der Uni, auf eigene Kosten ...«

»Wieso denn?«, unterbrach mich Carola. »Ist doch gut auf Kosten der Eltern. Ist die Optimallösung, wenn man solche Eltern hat wie du. Ach, ich wollt' ja keine Fremdwörter mehr. Kleiner Ausrutscher.«

Sie ging voran in mein Zimmer, und ich überlegte, sie zu fragen, ob sie auf Nilowskys Kosten lebte. Ob er ihr das aufgenötigt habe. Ich dachte darüber nach, wie ich die Frage formulieren sollte, während sie ans Fenster trat, es öffnete, sich hinauslehnte und jubilierte, als sie eine Straßenbahn um die Ecke kommen sah: »Juchhe, juchhe, was ich da seh'. Ist ja wie am Bahndamm. Schöner noch, weil die Straßenbahn nicht so schnell ist und man ihr länger zusehen kann.« Sie warf einen Blick auf ihre Uhr und sagte: »Das ist jetzt also die Elfsiebzehner.«

Sie sah der Straßenbahn hinterher, bis sie um die nächste Ecke gebogen war. Dann drehte sie sich zu mir um. »Was hat er dir eigentlich erzählt, nachdem ich ins Bett gegangen bin?«

Die Frage sollte lapidar klingen, doch ihre Dringlichkeit war kaum zu überhören. »Wird das hier ein Verhör?«, fragte ich und war selbst überrascht, wie vehement ich das sagte.

»Oh, du schießt zurück. Sehr gut. Du hast dich entwickelt. Willst du nicht den Spieß umdrehen und mich verhören, wenn du schon so offensiv bist? Willst du nicht wissen, wie es ist mit ihm? Oder hat er dir alles erzählt? Willst du nicht wissen, wie meine Meinung dazu ist?«

Sie zündete sich eine Zigarette an, blies den Rauch zum Fenster hinaus, und ehe ich ihr antworten konnte, dass mich das natürlich interessierte, brennend sogar, begann sie schon zu erzählen: »Kein Tag vergeht, an dem ich nicht an unsere Hochzeitsnacht denke. Kein einziger Tag. Am Abend unserer Verheiratung trank ich erstmal

’ne halbe Flasche Tokajer, Dessertwein, süß und klebrig. Um mich lockerzumachen, verstehst du? Reiner trank mit. ›Eigentlich trink ich ja nichts‹, meinte er, ›nur mal heut, zur Feier des Tages, ’n Schlückchen.‹ Ich sagte: ›Komm, lass uns miteinander. Gehört ja dazu.‹ Er, ganz ernst und ruhig: ›Ja, gehört dazu. Soll auch sein. Aber ich will, dass du es willst. Das will ich.‹ Und ich: ›Ja, ich will. Kannst mir glauben, ich will.‹ Kaum hatte ich’s ausgesprochen, fing ich an zu heulen, ich blöde dumme Trine fing an zu heulen. Und er: ›Du willst es nicht. Aber ist nicht schlimm. Ist nicht schlimm, dass du es nicht willst. Eines Tages wirst du’s wollen. Eines Tages. Deshalb kann ich warten, kann ich.‹ Ich stellte mir meine Alten vor, die verfickten Drecksäcke, wie sie uns zusehen. Wie sie hoffen, dass wir es *nicht* machen. Nicht schaffen. Wischte mir den Tränenrotz aus ’m Gesicht, schrie Reiner an: ›Ich will es! Na los, ich will es!‹ Er überlegte, zögerte. Ich schrie ihn nochmals an: ›Glaubst du mir nicht, was ich sage? Jetzt schon, am Anfang unserer Ehe, glaubst du mir nicht? Am ersten Tag unserer Ehe? Na los!‹ Ich zog mein Kleid aus, das dunkelblaue mit den weißen Punkten, meinen Schlüpfer zieh ich aus, meinen BH. Steh nackt vor ihm, nackt bis auf Strümpfe und Schuhe. Und er? Guckt mich noch ’ne Weile an, in die Augen guckt er mir. Ich halt seinem Blick stand. ›Na gut‹, sagt er, ›setz dich hin. Setz dich aufs Bett.‹ Ich setz mich aufs Bett. Er tut seine Hand in die Hose, massiert seinen Schwanz. Holt ihn raus, schließt die Augen. ›Jetzt ist es so weit‹, flüstert er vor sich hin, ›endlich ist es so weit. Gott Vater im Himmel, ich dank dir, dass es so weit ist, endlich, ich dank dir.‹ Er legt sich auf mich, ganz sanft legt er sich auf mich, kaum zu glauben, wie sanft. Und dann spür ich ihn, in mir spür ich ihn. Ist nicht schlimm, überhaupt nicht schlimm. Kein Schmerz. Nur plötzlich Angst, Riesenangst. Ein Kind zu bekommen. Einen Sohn wie den alten Nilowsky. Eine Tochter wie meine Fettmatronenmutter. Und Reiner? Hält inne. Zieht seinen steifen Schwanz raus. Legt sich neben mich. Atmet tief ein, tief aus. ›Ich behalt's bei mir‹, sagt er. ›Wie beim Tantra behalt ich's bei mir. Bis du ein Kind willst, wirklich willst, solange behalt ich's bei mir, solange.‹ Und ich? Fang wieder zu heulen an. Dankbar, voller Achtung für ihn. Ist das nun Liebe, frag ich mich, dass ich voller Achtung bin, wie noch nie in meinem Leben? Jedes Mal frag ich mich das, jedes Mal, wenn wir es machen, wie beim Tantra machen wir es, jedes Mal frag ich mich das. Und jetzt auch wieder. Ist das meine Art von Liebe? Kann ich nicht anders lieben? Nicht *wirklich* lieben? Aber was ist schon wirklich, wirklich lieben, was ist das denn?«

Carola schaute mich an, als erwartete sie, dass ausgerechnet ich ihr diese Frage beantworten könnte.

»Reiner«, sagte ich, um etwas zu sagen, »Reiner also meint, dass ... Dass man ein Kind haben möchte, wenn man wirklich liebt?«

»Reiner, Reiner.« Carola blies mir Rauch ins Gesicht. »Kannst du mal an was anderes denken als an Reiner? Hast dich ja immer noch nicht losgemacht von ihm. Wirst es wohl nie schaffen, was?«

Ich sagte nichts. Wusste nichts zu sagen. Sie drückte die Zigarette auf dem Fensterbrett aus und kam dicht an mich heran. »Ich mein's nicht so. Entschuldige bitte. Außerdem, ist blöd von mir, dass ich dir dieses sexuelle Zeug erzähle. Damen machen das ja nicht, gehört sich nicht für Damen. Hast du schon mal? Ich meine, hast du schon mal gefickt?«

Mit dieser Frage hatte ich nicht gerechnet. Ich wurde rot, während Carola übermütig grinste. Ich roch ihren Zigarettenatem, wagte es aber nicht zurückzuweichen.

»Musst nicht antworten«, sagte sie und beendete ihr Grinsen. »Ist mir nur so rausgerutscht.«

Ich dachte an Martina. Wie sie mich um ein bisschen Geduld gebeten hatte, weil sie noch ein wenig Zeit brauche. Ich dachte daran, wie glücklich ich gewesen war, dass sie meine Lust offenbar bemerkt hatte und mir Vertrauen schenkte. Umso größer die Enttäuschung, als sie mir gestand, dass Martin ihr nicht aus dem Kopf ginge.

Ich schüttelte zaghaft den Kopf, denn ein »Nein« auf Carolas Frage wäre mir nicht über die Lippen gekommen. Sie verstand sofort. »Wie? Du hast noch nie? Echt nicht?«

Ich hatte den Eindruck, sie wünschte eine Erklärung. Ich konnte jetzt nicht mehr zurück. »Ich war mal verliebt. Aber sie wollte dann nicht mehr. Ihr Herz hing noch an einem andern. Später war ich oft auf Partys, doch es kam nicht dazu. Und zuletzt die Armeezeit. Da hab ich alles verdrängt.«

Carola streichelte mein Gesicht, lächelte mich zärtlich an. »Du warst mal verliebt?«

Ich nickte, und in dem Moment ging mir auf, dass sie sich damit gemeint fühlen könnte. Und sie hatte ja auch recht. Ich war zweimal verliebt gewesen, hätte ich sagen müssen. Oder: Ich war verliebt gewesen, und die Verliebtheit wechselte.

Carola nahm meine Hände, drückte sie fest. »Könntest du dir vorstellen … mit mir? Oder denkst du, du triffst auf einen Kirschbaum, wenn du meinen Hintern anfasst?« Sie legte meine Hände auf ihre Pobacken. »Oder sogar auf einen Pfirsichbaum?«

Ich dachte an den Pfirsichkern, den Carola unter die lose Platte vor der Eingangstür zum *Bahndamm-Eck* gelegt hatte und der später verschwunden war. Ich wollte sie schon fragen, wo der geblieben ist, als ich spürte, wie sie die Muskeln ihres kleinen, runden Pos unter meinen Händen bewegte. Es erregte mich sofort, und die Frage nach dem Pfirsichkern war mir plötzlich egal.

»Du hast mir immer noch keine Antwort gegeben«, flüsterte Carola in mein Ohr.

»Das … Das fühlt sich sehr schön an«, antwortete ich.

»Das? Was meinst du mit ›das‹?«

»Deinen Po«, sagte ich und konnte nichts mehr dagegen tun, dass mein Schwanz anschwoll.

Carola nahm meine Hände von ihrem Hintern, senkte ihren Kopf und flüsterte: »Ich weiß nicht, ob es gut ist … Ich weiß nicht, ob es gut ist, dass wir uns wiedersehen. Ich weiß es nicht.«

Sie schüttelte den Kopf und hatte Tränen in den Augen. »Muss los!«, sagte sie. »Muss nach Hause!« Sie zündete sich eine Zigarette an und ging aus der Wohnung, ohne mich noch einmal anzusehen.

39

Ich blieb den Tag über in meinem Zimmer. Hörte Musik von Led Zeppelin und Uriah Heep, die ich mir von ausgeborgten Schallplatten auf Tonbänder überspielt hatte. Dachte an Martina, die inzwischen in irgendeinem Kosmetiksalon arbeitete, wenn sie nicht doch, mit Martin zum Beispiel, in den Westen gegangen war, wo sie aber auch sicherlich nirgendwo anders als in einem Kosmetiksalon ihre Tage verbrachte. Nein, Martina trauerte ich nicht nach. Allerdings dachte ich, während ich die Musik hörte, an die vielen Platten, die ich mir kaufen könnte, wenn ich im Westen leben und dort Geld verdienen würde. Es war das erste Mal, dass ich daran dachte, im Westen zu leben. Genaugenommen wusste ich aber, dass es mir eigentlich nicht um den Westen ging, sondern einfach darum, irgendwo anders zu sein. Und sei es nur für ein paar Wochen. Obwohl ich doch, vor nicht länger als einem Monat, fernab von Berlin bei der Armee gewesen war.

Am späten Nachmittag kam meine Mutter nach Hause und legte mir einen Brief auf den Schreibtisch. »Für dich«, sagte sie nur, bemüht, jeglichen Unterton zu vermeiden. In ihrem Blick jedoch sah ich Sorge. Auf dem Briefumschlag stand *Für Markus*. Es war Carolas Schrift, die vermutlich auch meine Mutter erkannt hatte. Ich machte die Musik nicht leiser und öffnete den Brief.

Lieber Markus,
ich muss nicht so hässlich bleiben, wie ich gerade bin. Ich muss nur mehr essen, mehr schlafen und nicht mehr so viel rauchen. Ich sollte auch wieder arbeiten gehen. Nicht zu Hause sitzen wie ein Mauerblümchen, sondern in frischer Luft die Pflanzen in Parks und Gärten hegen und pflegen. Wenn ich das alles tue, erblühe ich vielleicht wie eine Blume. Für Dich würde ich gern erblühen. Und Du könntest Dir aussuchen, ob meine roten Haare abstehen wie die Blütenblätter einer Gerbera, oder ob ich für Dich den schönen Lockenkopf einer Pfingstrose haben soll oder aber die sachliche Schönheit einer Tulpe oder die Grazie einer Lilie. Vielleicht auch die Quirligkeit einer etwas fusseligen Nelke oder die Zartheit himmelblauer Vergissmeinnicht. Ja, das könntest Du Dir aussuchen. Oder ich wäre im Frühjahr die Gerbera, im Sommer die Rose, im Herbst die Tulpe, im Winter die Lilie. Oh ja, das würde mich mit Freude erfüllen. Ach, ich möchte Dich sehen. Nein, ich möchte Dich nicht sehen. Ich pflücke Blütenblätter ab: möchte, möchte nicht, möchte, möchte nicht ... Immer wieder pflücke ich.
Deine Carola.

Ich las den Brief dreimal, viermal. Legte ihn in die Schreibtischschublade. Zwischen Schulbücher und Hefte. Der schönste Brief, den ich bislang in meinem Leben bekommen hatte. Der erste Liebesbrief. *Ich muss nicht so hässlich bleiben ... Für Dich würde ich gern erblühen ...* Nichts Geschriebenes hatte mich jemals so angerührt. Ich machte die Musik aus und hatte Lust, Carola zu antworten, dass sie alle Blumen der Welt für mich sein soll, zu allen Jahreszeiten, immer. Auch wenn mir dieser Vergleich kitschig vorkam, nichts anderes wollte ich ihr schreiben. Andererseits fürchtete ich mich vor den Folgen. Ich beschloss zu warten. Eine Entscheidung heranreifen zu lassen. Und hoffte, dass Carola sich bei mir melden würde.

Zwei Wochen vergingen, drei Wochen. Kein Lebenszeichen von ihr. Dieses sehnsuchtsvolle Warten war kaum mehr zu ertragen. Ich begann es zu verabscheuen. Und mich dafür, dass ich nichts dagegen tat. Kurzentschlossen fuhr ich in den Thüringer Wald. Ich traf mich mit Freunden aus der Armeezeit, ging mit ihnen in Kneipen und auf Partys. Eines Morgens erwachte ich neben einer kräftigen, blondierten Kellnerin, mit der ich am Vorabend nach Ausschankschluss eine Flasche Wodka geleert hatte. Die Kellnerin schlief tief genug, dass sie nicht bemerkte, wie ich aus ihrem Bett stieg, mich anzog und aus der Wohnung verschwand. Ich überlegte, wie ich überhaupt in ihr Bett gekommen war. Ich konnte mich nicht erinnern. Offensichtlich war es das nun gewesen, mein erstes Mal, und dass ich mich nicht erinnern konnte, beschämte mich. Ich versuchte, es zu vergessen, aber das gelang mir nicht.

Umso mehr dachte ich wieder an Carola. Es kam mir albern vor, doch bei jeder Blume, die ich sah, fragte ich mich, wie Carola ihr Aussehen gestalten würde, um dieser Blume zu entsprechen. Ich wollte sie sehen. Ich hoffte, einen Brief von ihr vorzufinden. Nach achtzehn Tagen Thüringer Wald fuhr ich zurück nach Berlin.

Auf meinem Schreibtisch fand ich keinen Brief von ihr, dafür einen von Nilowsky. Ich erkannte sofort seine Schrift: *Für Markus Bäcker*. Der Text ohne Anrede.

Tun sich Dinge in mir. Müssen uns sprechen. Bald. Sehr bald. Meld Dich! Egal wie.

Dieser Telegrammstil, wie in alten Zeiten. Und so knapp und heftig, dass für mich außer Frage stand, dass ich mich bei ihm melden würde. Ich überlegte nur, wie. Ich zerriss den Brief, spülte ihn im Klo runter. Am späten Abend fuhr ich zum Antonplatz und verbarg mich hinter der Straßenlaterne, hinter der ich schon einmal gewartet hatte.

Ich wartete keine Dreiviertelstunde, da kam Nilowsky die Klement-Gottwald-Allee herunter. Meine Hände begannen zu zittern. Um mich zu beruhigen, ballte ich sie zu Fäusten. Öffnete sie wieder. Atmete tief durch. Trat hinter der Laterne hervor und ging auf ihn zu. Kaum dass er mich sah, blieb er stehen und breitete die Arme aus, wie man es für ein Kind tut, das sich mit größtem Vertrauen auffangen lassen möchte. Diese Geste verunsicherte mich nur noch mehr. Ich zwang mich zu einem Lächeln. »Hallo«, rief ich und hob die Hand dabei, um einer Umarmung vorzubeugen.

»Hallo, alter Halunke«, rief Nilowsky zurück. »Wird Zeit, dass du dich mal blicken lässt.«

Er trug wieder Jeans und Jackett, sein dickliches Gesicht war gerötet.

»Ich war verreist«, sagte ich. »Thüringer Wald. Bisschen mehr als zwei Wochen.«

Sofort ärgerte ich mich über den Ton, der nach Rechtfertigung klang, ja fast nach Entschuldigung, und bemühte mich, einen lässigen, unbeschwerten Eindruck zu machen.

»Ich verreise auch«, sagte Nilowsky und schlug mir

mit der flachen Hand auf die Schulter. »Jede Nacht. In meine Traumwelt. Aber es ist nicht schön, dorthin zu reisen. Ist es nicht. Deshalb geh ich nicht gern schlafen, verstehst du? Oder sauf so viel, dass ich traumlos schlafen kann. Kann ich aber meistens nicht. So viel ich auch sauf, kann ich nicht. Komm mit!«

Er stank nach Bier und Schnaps, doch er wirkte auch diesmal überhaupt nicht betrunken. Wir gingen die Klement-Gottwald-Allee hinunter, Richtung Prenzlauer Berg. Eine Straßenbahn fuhr an uns vorbei; Nilowsky schaute kurz auf und sagte: »Diese Bahn beinhaltet vierzehn Personen. Neun Männer, den Fahrer mitgerechnet, drei Frauen und zwei Kinder im Alter von drei und sieben Jahren, die natürlich längst in ihren Betten sein müssten. Ich werde morgen gleich die Fürsorge benachrichtigen, damit die Eltern der Kinder zur Rechenschaft gezogen werden. So etwas ist doch keine sozialistische Erziehung. Ist es doch nicht, oder?« Er lachte und stieß mir seinen Ellenbogen in die Rippen. »Hättest du mir fast geglaubt, was? Na, jedenfalls schön wär es, wenn ich das draufhätte. Könnt' ich als Hellseher oder Wahrsager arbeiten. Hellseher im Sozialismus, das wär was.«

Bis zur Altersangabe der Kinder hatte ich ihm tatsächlich geglaubt. Ich hatte sogar der Bahn hinterher geschaut, aber keinen Fahrgast mehr sehen können.

»Manchmal träum ich«, fuhr Nilowsky fort, »dass sie mich nachts abholen. Mal Kripo, mal Staatssicherheit. In jedem Fall mehrere Männer, und immer ist irgendwie der Alte dabei, stocknüchtern und stumm, immer dabei. ›Wir wissen, dass du Hellseher bist‹, sagt einer von ihnen. ›Also verrat uns: Wird der Sozialismus siegen, und wann wird er siegen? Verrat uns das!‹ Ich darauf:

›Wir haben ja gar keinen Sozialismus. Ihr behauptet nur, dass wir einen haben, ihr Lügner. Das heißt, wenn wir keinen haben, kann er auch nicht siegen, niemals kann er siegen. Ist doch logisch, oder?‹ – ›Gut‹, sagt einer von denen, ›wenn es so ist, müssen wir dich hinrichten. Selbst wenn du recht hast. Wir haben gar keine andere Wahl. Das ist nämlich unsere revolutionäre Tradition. Das haben wir schon ewig so gemacht, deshalb müssen wir das immer wieder tun. Logisch, oder?‹ – ›Großartig‹, sage ich. ›Richtet mich hin. Ermordet mich, und das nicht zu knapp.‹ Kaum hab ich's gesagt, wach ich auf. Scheiße, denk ich, war mal 'n interessanter Traum, war das, und dann so was, einfach wach werden. Koitus interruptus, wenn du verstehst, was ich meine. Willst du eigentlich gar nicht wissen, wo wir hingehen?«

»Kommt drauf an«, antwortete ich, bemüht, einen selbstbewussten Ton anzuschlagen. »Mich interessiert, warum du mir geschrieben hast. ›Tun sich Dinge in mir. Müssen uns sprechen.‹ Was meinst du damit?«

»Ich weiß, was ich dir geschrieben hab«, entgegnete Nilowsky gereizt. Er lächelte, wie um den gereizten Ton sogleich ungeschehen zu machen. »Ich weiß selbst nicht, wo wir hingehen. Wir lassen uns einfach treiben. Der Weg ist das Ziel. Kennst du nicht das Sprichwort? Der Leitspruch der Sozialdemokraten. Niemals Kommunismus, nur der Weg dorthin ist wichtig. Deshalb hassten die Kommunisten die Sozialdemokraten. So sehr hassten sie die, dass sie sich mit den Nazis verbündeten. Das hatte mit Revolution nichts zu tun, das war das Gegenteil davon. Das war Verrat an der Revolution, das war's. Aber genug davon. Komm mir ja schon vor wie 'n Staatsbürgerkundelehrer. Kannst du dich erinnern, wie du mir gesagt hast, ich hätte das Zeug für einen Staatsbürgerkundelehrer, einen ehrlichen, wahrhaftigen? Staatsbürgerkunde und Chemie, das wäre mein Wunsch gewesen. Meine Wunschfächer als Lehrer. Aber das ist jetzt Vergangenheit. Lange her, oder?« Eine Spur von Bitterkeit war in seiner Stimme. Wieder fuhr eine Straßenbahn an uns vorbei. Nilowsky beachtete sie nicht. »Und außerdem«, fuhr er fort, »dachtest du doch, ich wäre ein Nazianhänger geworden, als ich dir vom indischen Hakenkreuz erzählt hab, dachtest du doch, oder? Aber es dürfte wohl kaum zu einem Nazi passen, dass er in Afrika Chemiewerke bauen will, die Tabletten gegen Hunger herstellen. Und ich bin auch nicht schuld daran, dass Carola elend aussieht, elend wie noch nie. Nein, es war ihre Idee, zu Hause zu bleiben. Ich verdiene ja genug Geld, meinte sie, da könne sie getrost zu Hause bleiben. Ich hab ihr Blumen gekauft, hab ich, Gerbera, Lilien, Tulpen, Rosen, Nelken. Um unser Zuhause schöner zu machen. Hat sie alle weggeworfen. Das hat sie. Alle.«

Tatsächlich hatte ich im Wohnzimmer keine Pflanze gesehen, keine einzige. Ich hatte dem keine Bedeutung beigemessen. Nun jedoch kam es mir wie ein Selbstbestrafungsversuch Carolas vor.

»Und wenn ihr euch trennt?«, wagte ich zu fragen.

Einen Moment hielt ich, erschrocken über diese Bemerkung, die Luft an. Nilowsky nickte vor sich hin, als erwäge er eine Antwort. »Kennst du die Parsen?«, fragte er.

»Nein. Kenn' ich nicht.«

»Dacht' ich mir. Kannte ich bis vor ein paar Wochen nämlich auch nicht. Die Parsen sind eine Volksgruppe, die in Indien lebt. Nicht nur, aber die meisten leben in Indien. Las ich in einem Buch. Die Parsen, las ich, die bestatten ihre Toten nicht unter der Erde, weil die Erde heilig ist und nicht beschmutzt werden darf, sondern unterm Himmel. Sie legen die Toten auf Felsen. Dorthin kommen die Geier und reißen Fleischstücke aus den Toten. Manchmal, während des Fluges, verlieren die Geier ein Fleischstück. Das fällt runter auf eine Stadt oder ein Dorf und versendet Bioströme ...«

Mir war klar, dass Nilowsky nun wohl auf seinen Vater zu sprechen kommen würde. Ich fragte: »Woher weißt du das mit den Bioströmen? Ist das erwiesen? Gibt's da wissenschaftliche Erkenntnisse? Und warum erzählst du mir von Bioströmen, obwohl ich nach dir und Carola gefragt hab?«

Nilowsky blieb stehen, packte meinen Arm. »Was ich dir erzähle, entscheide ich immer noch selbst, kapierst du das?! Außerdem: Was redest du von Wissenschaft und Erkenntnissen? Denkst du, weil du studieren und bald Lehrer sein wirst, kannst du hier große Töne spucken? Denkst du das?«

Er kam dicht an mich heran, nur ein paar Zentimeter trennten unsere Gesichter voneinander. Ich roch seinen Schnapsatem. Ich ekelte mich davor. Doch ich wich keinen Zentimeter zurück. Wie zwei Boxer, dachte ich, die sich kurz vor dem Kampf noch einmal in die Augen schauen. Ich zwang mich, seinem Blick standzuhalten. Plötzlich ließ er meinen Arm los, ging ein Stück von mir weg, ohne mich anzusehen.

Wir waren inzwischen am S-Bahnhof Greifswalder Allee angekommen. Nilowsky setzte sich auf eine der Bänke, die vor dem Bahnhofsgebäude standen. Eine

S-Bahn war eingefahren; Betrunkene, Schichtarbeiter, Liebespaare kamen auf die Straße, gingen an uns vorbei. Ich setzte mich neben Nilowsky. Sagte nichts. Wartete. Und bemerkte erst jetzt, wie sehr ich vor Angst ins Schwitzen geraten war.

»Sie haben ihn nicht verbrannt«, flüsterte er. »Sie haben ihn zerstückelt und die einzelnen Teile sonst wohin verstreut, das haben sie. In seine Urne haben sie irgendwelche andere Asche getan, von irgendwelchen anderen Toten. Auch das träume ich. Fast jede Nacht träume ich das. Und weil ich es träume, immer wieder, ist es geschehen. Ich würde es doch sonst nicht träumen, immer wieder. Logisch, oder?«

Ich sah ihn nicht an, und er sah mich nicht an. Ihm ist nicht mehr zu helfen, dachte ich. Er ist in seiner eigenen Welt, und deshalb ist ihm nicht zu helfen.

»Der Alte ist nicht tot«, sagte er, so leise, dass ich mich anstrengen musste, ihn zu verstehen. »Der ist nicht drüben, in der andern Welt, ist er nicht, der alte versoffne Hungerhaken. Der ist noch hier. Deshalb muss *ich* weg. Muss rüber. Muss ich. Da wo er nicht ist, verstehst du? Aber darf mich nicht umbringen. Wer sich umbringt, muss weiterleben. Aber ohne ein anderes Lebewesen zu werden. Der spukt rum als der, der er ist. Mit dem miesen Selbstmörderkarma, das er hat. Und quält die Menschen, die von ihm träumen. Träumen *müssen*. Carola müsste von mir träumen, wenn ich mich umbringen würde. Du müsstest von mir träumen. Ist nicht schön, das sag ich dir. Deshalb muss es einer tun. Einer muss mich … Oder zwei. Keine Ahnung. Egal. Hauptsache, ich bringe mich nicht selber um. So wie der Alte. Weil ich es nicht geschafft hab.«

Nilowsky nahm mein Gesicht in seine Hände, schaute mir wieder in die Augen. Nach ein paar Sekunden ließ er die Hände sinken, als hätte er in meinen Augen etwas entdeckt, das er schon lange wissen wollte. Das ihn beruhigte. Vielleicht sogar irgendeine Zuversicht gab.

»Würdest du es tun? Wäre ganz einfach, wäre es. Müsstest mich nur besoffen auf die Schienen legen. Ganz einfach. Besoffen kann ich werden, wenn ich will. Besinnungslos besoffen. Carola kann dir ja helfen, mich auf die Schienen zu schleppen. Ihr müsst natürlich die Zeiten wissen, wann die Züge kommen. Das müsst ihr schon wissen. Kann ja nicht stundenlang rumliegen auf den Schienen, vielleicht noch bei Regen oder Schnee. Hol ich mir noch 'ne Grippe, hol ich mir, oder irgend so einen Blödsinn. Du denkst, ich spinne, oder? Du denkst, ich rede Nonsens. Um dich zu schockieren. Oder warum auch immer. Denkst du doch, oder?«

»Nein«, antwortete ich, »das denk ich nicht.«

Tatsächlich dachte ich das nicht. Im Gegenteil. Die Vorstellung, Nilowsky würde mir mit diesem Wunsch keine Ruhe mehr lassen, hatte mich bereits gepackt. Ich sah mich, wie ich ihn den Bahndamm hochzerrte, auf die Schienen legte und wartete, bis der Vierachtzehner kam oder der Siebendreizehner. Das jahrelang aufgesparte Sperma, stellte ich mir vor, würde meterweit spritzen, wenn der Zug seinen Körper zerquetschte. Ich wäre ein Mörder, dachte ich. Aber auch ein Befreier. Diesen Zusammenhang zu denken und zu fühlen, überforderte mich. Ich musste lachen.

»Entschuldigung«, sagte ich. »Entschuldige bitte.«

»Wieso denn?«, entgegnete Nilowsky und stieß mir

erneut mit dem Ellenbogen in die Rippen. »Du legst Heiterkeit an den Tag. Ist genau richtig. Denn die Aufgabe ist keine leichte, wahrlich nicht. Andererseits ist sie halb so schlimm. Das heißt, alle werden denken, es war Selbstmord, werden alle denken. Und als Belohnung kannst du Carola haben. Wenn ich weg bin, wird sie bald auch nicht mehr so abgemagert und hässlich sein. Aufblühen wird sie, wie irgendeine ihrer Blumen, die sie gepflegt hat, als sie noch als Landschaftsgärtnerin gearbeitet hatte. Das heißt also, wenn ich tot bin, haben wir beide was davon, haben wir. Nein, wir alle haben was davon, wir alle drei. Das ist Freundschaft, wahre Freundschaft. Nichts anderes ist das. Hast du eigentlich noch meine plattgefahrenen Groschen?«

»Ja«, log ich. »Hab ich noch.«

»Wirf sie weg. Morgen, heute noch. Wirf sie weg!«

»Gut«, sagte ich. »Mach ich.«

»Danke. Ewig sei's dir gedankt. Und nun hau ab! Ich werde dir Bescheid geben, wenn es so weit ist. Wenn du zur Aktion schreiten darfst. Aktion Bahndamm. Das ist jetzt unser Geheimbegriff. Alles klar?«

»Alles klar«, antwortete ich, blieb aber neben ihm sitzen.

»Du sollst dich davonmachen«, fuhr Nilowsky mich an. »Na los, hopp, hopp!«

Er stand auf. Ich ebenfalls. Ich spürte die Wut, die er ausstrahlte, und wich ein Stück zurück.

»Oder glaubst du mir nicht, du Wichser, du feiger Wichser! Weg mit dir!«

Er schlug seine Faust gegen meine Schulter, sodass ich fast hinfiel, und starrte mich hasserfüllt an.

»Bis bald«, sagte ich. Es sollte selbstbewusst klingen.

Aber ich kam mir unterwürfig vor. Wieder diese elende Unterwürfigkeit. Ich schämte mich dafür und ging los.

»Und wehe, ihr lasst mich nicht verbrennen«, rief mir Nilowsky hinterher, »und meine Fleischstücke liegen überall rum! Gnade euch Gott, das sag ich euch.«

Ich lief immer schneller und blickte mich nicht um.

40

Der Sommer verging und der Altweibersommer. Sieben Jahre war es inzwischen her, dass ich Nilowsky und Carola kennengelernt hatte. Wieder hörte ich nichts von ihnen. Manchmal stand ich abends oder nachts, versteckt hinter einer der Laternen, auf dem Antonplatz und sah zu den Fenstern ihrer Wohnung hinüber. Nilowsky wollte ich keinesfalls wiedersehen. Carola dagegen umso mehr. Immer wieder stellte ich mir vor, wie sie mit einem Koffer das Haus verlässt und zu mir gelaufen kommt. Wie sie mit einem »Los, lass uns flüchten!« meine Hand greift und wir die Langhansstraße in Richtung Prenzlauer Promenade rennen. Dort angelangt, umarmen und küssen wir uns, und Carola sagt: »Wir müssen weg, in eine andere Stadt.« Ich stellte mir vor, mit ihr nach Leipzig oder Dresden oder Rostock zu ziehen, wo ich genauso wie in Berlin Pädagogik studieren könnte. Allerdings – das war klar – würde uns Nilowsky irgendwann finden. Und so fragte ich mich, was stärker wäre: die Lust auf eine Liebesbeziehung mit Carola oder die Angst vor Nilowsky, der ohne Wenn und Aber verlangen würde, dass wir ihn töteten, bevor wir das Recht hätten, uns zu lieben.

Im Oktober begann das Studium. Ich ging nicht mehr zum Antonplatz und bemühte mich wieder, nicht mehr an Carola und Nilowsky zu denken. Täglich ging ich zu Vorlesungen, las mehr als nötig Fachliteratur, und mindestens zwei Nächte in der Woche verbrachte ich in Studentenklubs. Eines Nachts traf ich Manuela, die ehemalige Klassenbeste. Sie studierte inzwischen Jura; wir redeten stundenlang, dann küssten wir uns, und schließlich nahm sie mich mit zu sich in ihre Einzimmerwohnung in der Nähe der Uni. Wir schliefen miteinander. Danach sagte sie mir, dass sie den Eindruck gehabt hätte, ich wäre nicht wirklich leidenschaftlich gewesen. »Was denn?«, entgegnete ich. »Verteilst du jetzt Noten oder was?« So barsch ich das sagte, so sehr gab ich ihr insgeheim recht. Ich hatte mir Mühe gegeben, Leidenschaft vorzutäuschen, doch das war mir wohl nicht ganz gelungen.

Nach der Nacht mit Manuela malte ich mir aus, wie leidenschaftlich ich mit Carola wäre. Wie sie aufblühen würde. Den ganzen Tag in der Uni konnte ich an nichts anderes denken. Ich nahm mir vor, noch am gleichen Abend und am nächsten Tag so lange auf dem Antonplatz zu verharren, bis sie ihre Wohnung verlassen würde. Ich wollte und konnte nicht länger warten.

Als ich nach Hause fuhr, um meine Sachen aus der Uni abzuladen, traute ich meinen Augen nicht. Carola stand vor der Haustür. Wieder wie gerufen. Kaum dass sie mich entdeckt hatte, kam sie auf mich zu. Ihr Mund war dunkelrot geschminkt, die Haare abgeschnitten bis knapp über die Ohren, sodass ihr Gesicht nicht mehr so schmal wirkte. Sie trug ein kurzärmliges weißes Kleid mit roten Punkten, das mich natürlich an das Kleid erinnerte, mit dem sie auf der Beerdigung von Nilowskys Vater ein heller Tupfer unter den dunkel

Gekleideten gewesen war. Sie glich, wie ich fand, einer Rose.

»Ich dachte schon, du kommst gar nicht mehr nach Hause«, sagte sie, lachte und schüttelte den Kopf. »Also wirklich, ich hör mich an wie eine besorgte Mutter, die zu ihrem Kind spricht, nicht wahr? Sag mal, wolltest du dir nicht eine kleine Wohnung in der Nähe der Uni suchen?«

»Ja«, log ich, »bin immer noch dabei.«

»Ach, mir musst du nichts vormachen. Du lebst doch bei deinen Eltern wie die Made im Speck. Optimallösung, hab ich ja schon mal gesagt.«

Ich fühlte mich zwar nicht wie die Made im Speck, aber tatsächlich hatte ich keinen Grund mehr gesehen, von meinen Eltern wegzuziehen, nachdem sie mir versichert hatten, dass es für sie eine große Freude wäre, wenn ich für die Zeit des Studiums bei ihnen wohnen bliebe.

»Ich denke, du wolltest keine Fremdwörter mehr benutzen«, sagte ich.

Carola ging nicht darauf ein. Sie knetete ihre Hände, und ich sah, dass sie zitterten. »Ich muss mit dir reden. Es ist was passiert.«

»Nicht hier!«, sagte ich. »Lass uns ein Stück gehen.«

Konspirativität, dachte ich. Es musste etwas Schlimmes passiert sein, keine Frage. Dass Nilowsky womöglich nicht mehr lebte, konnte ich mir allerdings nicht vorstellen. Denn obwohl ich nichts mehr von ihm gehört hatte, ging ich davon aus, dass er mir Bescheid gegeben hätte, wenn es irgendwann so weit gewesen wäre mit der Aktion Bahndamm. Wir liefen über die Prenzlauer Promenade Richtung Heinersdorf, denselben Weg, den ich mit Nilowsky gegangen war, als er von der Polizei gesucht wurde und mit einem Schal um den Kopf und abgemagert bis auf die Knochen wie einer dieser Wehrmachtssoldaten im russischen Winter ausgesehen hatte.

»Vor drei Tagen«, begann Carola, »kam Reiner zu mir ans Bett, rüttelte mich wach. Sagte, er müsse mich um was bitten. Wie noch nie in seinem Leben müsse er um was bitten. Er habe nämlich beschlossen, in die Freiheit zu gehen. *In die Freiheit zu gehen* – so sagte er das. Er werde sich betrinken, und wenn er sich besinnungslos betrunken habe, solle ich ihn auf die Schienen legen und von einem Schnellzug überrollen lassen. Bei uns, an unserem alten Bahndamm. Das solle ich tun. ›Das schaff ich nicht‹, hab ich zu ihm gesagt. ›Du bist viel zu schwer. Wie soll ich dich auf die Schienen kriegen?‹ Und er: ›Dann such dir jemanden, der dir hilft. Weißt du keinen, der dir helfen könnte?‹ Und ich: ›Doch, ich wüsste einen. Markus. Markus Bäcker.‹ Und er: ›Alle, aber nicht den. Den nicht.‹ Ich verstand nicht wieso und fragte ihn warum. Und Reiner: ›Mit dem hab ich mich getroffen, im Sommer hab ich mich mit dem noch einmal getroffen. Der kann das nicht, der bringt das nicht fertig. Der vermasselt das.‹ Ich sagte: ›Na gut, wenn wir es tun, dann leg dich ganz dicht an die Schienen, damit ich dich nicht weit ziehen muss. Ganz dicht.‹ In der nächsten Nacht sind wir dann mit zwei Flaschen Nordhäuser Doppelkorn zum Bahndamm gefahren. Reiner trank eineinhalb davon, ich eine halbe. Ob er betrunken war, kann ich nicht sagen. Keine Ahnung. Ich war's jedenfalls von meiner halben. Er küsste mich dreimal auf die Stirn und schlief ein. Ich zog ihn einen halben Meter, legte seinen Kopf auf die Schiene und rannte die Böschung hinunter, am *Bahndamm-Eck* vorbei, das längst geschlossen hatte. Ich hörte den Zweizwanziger kommen und rannte und rannte, ohne mich umzublicken. Am Morgen, fünf Uhr, Polizei bei mir. Reiner Nilowsky, Selbstmord. ›Ja‹, sagte ich, ›er war depressiv, er hat immer wieder davon gesprochen, es war sein Plan.‹ Als sie weg waren, löste sich meine Anspannung. Ich heulte los. Vor Erleichterung, vor Freude. Verstehst du?«

Carola blieb stehen, lächelte mich an. Ich war sprachlos. Nilowsky tot, und sie lächelte mich an.

»Ach, du Trottelchen.« Sie klatschte mit der flachen Hand gegen meine Stirn. »Du glaubst mir auch alles, was? Nur weil ich's atemlos erzählt habe, mit zitternden Händen.«

»Ich … hab dir's nicht geglaubt«, behauptete ich und unterdrückte meinen Ärger darüber, dass sie mich angelogen hatte.

»Wie?«, entgegnete sie. »Du wagst es, mir nicht zu glauben?« Sie lachte übermütig, und ihre Stimme war kaum mehr heiser. »Na gut, jedenfalls besser, als wenn du tatsächlich denken würdest, ich wäre eine Mörderin. Obwohl, vielleicht würde gerade das mich in deinen Augen reizvoll machen. Kann doch sein, oder?«

Sie ging weiter. Ich folgte ihr. Ihre Frage kam mir kokett vor, und ich hatte keine Lust, darauf zu antworten.

»Was ist denn nun mit ihm?«, fragte ich. »Wie geht es ihm?«

»Weißt du eigentlich«, sagte Carola, »wie oft er mich schon gebeten hat, ihn auf diese blöden Schienen zu legen? Keine Woche verging, in der er mich nicht darum gebeten hat – betrunken oder nüchtern, tagsüber oder nachts. Vor drei Tagen nun kam er zu mir ans Bett, rüttelte mich wach, erzählte mir von eurem Gespräch. Dieses letzte Gespräch im Sommer. Hatte er mir vorher nie was von erzählt. Und da sagte ich: ›Okay, ich mache mit. Wenn Markus Bäcker es tut, mache ich mit.‹ Er staunte nur, sagte kein Wort und ließ mich weiterschlafen. Als ich am Morgen aufwachte, war er fort. Alle Dinge, die ihm wichtig sind, hat er in seinem Lederkoffer mitgenommen: alte Fotos von Carla Serrini, eine Landkarte von Apulien, Bücher über Indien und von Karl Marx, Friedrich Engels und Wladimir Iljitsch Lenin und natürlich auch seine Fliege im Himbeergeist. Auf einem Zettel hat er mir ein paar Worte hinterlassen:

> Wenn ich jetzt gehe, irgendwohin, weiß ich, dass mein Vater, egal, wo ich sein werde, auch sein wird. Na und? Soll er, soll er. Bin ich wenigstens nie allein, egal, wo ich sein werde. Irgendwo in der Welt und nie allein. Eigentlich ist das doch ziemlich wunderbar!

Kaum hatte ich es gelesen, wurde ich traurig. Nie mehr ihn sehen. Diese Endgültigkeit. Nicht zu fassende Endgültigkeit! Nicht das erhoffte Gefühl von Befreiung, sondern diese unerwartete Traurigkeit. Da ich sie loswerden wollte, log ich dich an. Von wegen ich hätte ihn ermordet. Um zu sehen, wie du reagierst. Deshalb log ich. Um mich darüber zu amüsieren, wie du reagierst. Tja, amüsierte mich auch. Verjagte aber nicht die Traurigkeit. Überhaupt nicht.«

Jetzt war ich es, der stehenblieb. »Wenn er … Wenn

er wirklich weg ist, heißt es doch noch lange nicht, dass er nicht wiederkommt, vielleicht sogar bald.«

»Doch! Er ist weg!«, schrie mich Carola an. »Und er kommt auch nicht wieder. Nie! Das weiß ich, intuitiv weiß ich das. Noch nie was von gehört, dass man manche Dinge eben weiß? Intuitiv, so nennt sich das.« Sie hielt inne, seufzte tief. »Entschuldigung, ich wollte ja keine Fremdwörter mehr sagen. Auch Optimallösung nehme ich zurück. Was bilde ich mir eigentlich ein, dir ständig irgendwelche Fremdwörter um die Ohren zu hauen? Weißt du eigentlich, warum ich zu dir gekommen bin?«

»Ich hoffe, um mich zu sehen«, antwortete ich vorsichtig.

»Ja, aber aus einem bestimmten Grund. Ich habe Reiner nicht begehrt, falls du verstehst, was ich meine, doch die Traurigkeit ist vielleicht gerade darum so groß und schmerzhaft. Kannst du mir das irgendwie erklären?«

Ich zögerte. Überlegte, was ich darauf antworten konnte. Es sollte ja nichts Oberflächliches oder gar Unpassendes sein. »Darüber ... Ich muss darüber erst nachdenken«, sagte ich schließlich.

Es war meine ehrliche Antwort, aber womöglich klang sie abweisend. Jedenfalls meinte Carola: »Na gut, sicherlich hast du recht: Ich muss damit erst einmal allein fertig werden. So ist das eben. Hab die Ehre, mein Herr.«

Sie lächelte wehmütig und bog um die nächste Straßenecke. Ich überlegte, ihr hinterherzugehen. Ich fand es ungerecht, wie sie auf meine ehrliche Antwort reagiert hatte, und fühlte mich noch überforderter als zuvor.

Erst auf dem Nachhauseweg fiel mir auf, dass Carola überhaupt nicht geraucht hatte. Vermutlich hatte sie nicht mehr das geringste Problem damit, dicker zu werden.

41

Fünf Abende lang zog ich durch Kneipen, trank Bier und Schnaps und verstrickte, sobald ich angetrunken war, irgendwelche Säufer in Gespräche über die Liebe. Einige der Männer tranken, weil sie an der Liebe gescheitert waren, und redeten freimütig davon. So wappnete ich mich für eine Antwort auf die Frage, die Carola umtrieb. Mein Herz schlug heftig, wenn ich daran dachte, sie zu besuchen. Ich fragte mich, ob das Herzklopfen Ausdruck von Liebe oder einfach nur der neuen Situation geschuldet war, von der ich nicht wusste, was sie alles mit sich bringen würde und wie ich sie meistern konnte.

Am sechsten Abend ging ich in die Klement-Gottwald-Allee, sah Licht hinter Carolas Fenstern und klingelte bei ihr.

»Falls du denkst, er wäre da«, sagte sie statt einer Begrüßung, »er ist es nicht.«

Ich staunte über ihre klare, schöne Stimme. Nichts Heiseres mehr und schon gar nichts Quäkendes. »Das dachte ich nicht«, versicherte ich. »Und deshalb bin ich auch nicht gekommen.«

»Komm rein!«, sagte Carola.

Ich folgte ihr ins Wohnzimmer. Sie setzte sich auf das Kanapee mit den Blutflecken, ich an den Wohnzimmertisch. Sie trug einen Schlafanzug mit kurzer Hose und schlug, als ob sie ihre Keuschheit zu betonen versuchte, die Beine übereinander.

»Hier hatte er die Himbeergeistflasche mit der Fliege hingestellt«, sagte ich, um einen Gesprächsanfang zu finden, und zeigte auf die Stelle des Tisches, wo die Flasche gestanden hatte.

»Ja«, bestätigte Carola, »Gott sei Dank hat er die mitgenommen. War einfach nur eklig. Genauso wie dieser ganze Reinkarnations- und Karma-Quatsch. Irgendwann hat er sogar mal gesagt, unsere Gesellschaft muss sterben, um als wahrer, echter Sozialismus wiedergeboren zu werden. Weiß nicht, was das mit Lenin und revolutionärer Situation zu tun haben sollte. Einfach nur Schwachsinn!« Sie seufzte, stöhnte. »Entschuldige bitte, seitdem ich nicht mehr rauche, bin ich etwas aggressiv. Schwankende Gefühle hab ich sowieso, wenn du verstehst, was ich meine.« Sie sah mich nicht an und schluckte zweimal, als müsse sie aufsteigende Tränen unterdrücken. »Schwankende Gefühle, kennst du das?«

»Ja«, antwortete ich. Bevor ich Nilowsky und Carola kennengelernt hatte, hatte ich mir nie Gedanken über so etwas wie Gefühlsschwankungen gemacht. Doch das mochte ich jetzt nicht erläutern. Stattdessen wollte ich auf Carolas Frage kommen.

»Das ist nicht selten so«, begann ich und zitierte aus dem einen und anderen Kneipengespräch, »dass man besonders traurig ist, wenn jemand fort ist, den man nicht begehrt hat, gerade dann, wenn er für immer fort ist, und man weiß nicht wohin ... Das hat sogar eine Logik ... Ich meine, man hat gar nichts, woran man sich halten kann ... Also, da war keine Liebe, diese Liebe zwischen Mann und Frau ... Was war aber sonst da?

Darüber grübelt man, das lässt einem keine Ruhe … Und man kann es nicht mehr austragen mit dem, der nun fort ist, und man weiß nicht wohin …«

Ich merkte, dass ich nicht weiterkam mit diesem Gedankengang, und hielt inne. Ich überlegte, was ich noch sagen konnte. Irgendetwas, das der Lösung des Rätsels näher käme.

Carola stand vom Kanapee auf, kam an den Tisch, setzte sich mir gegenüber. »Danke«, sagte sie. »Das war schön, wie du das formuliert hast.«

Mir schien, dass sie mich für meine Bemühung belohnte; und allenfalls war es diese Bemühung, mit der ich ihr ein wenig helfen konnte.

»Ich muss dir noch was erzählen«, sagte sie und setzte zweimal an zu reden, bevor sie begann: »Vor knapp zwei Wochen ist meine Mutter gestorben. Gebärmutterhalskrebs. Ich hab nicht gewusst, dass sie Krebs hatte. Das heißt, mir wurde nie was davon gesagt. Ich bekam einen kurzen Brief von meinem Vater. Nur die Info und der Termin der Beisetzung. Ich sagte Reiner nichts von ihrem Tod, nicht mal eine Andeutung machte ich. Vielleicht wusste er dennoch was davon. Oder ahnte was. Jedenfalls sagte er Sätze wie: ›Du solltest dich um ein besseres Verhältnis zu deinen Eltern kümmern.‹ Oder: ›Du hast Anteile von deiner Mutter in dir, mehr als du denkst und mehr als dir lieb ist. So ist das nun mal mit den Anteilen, die kommen von den Genen, das hat die Natur so eingerichtet. Das hat sie.‹ Und am Vorabend seines Verschwindens sagte er: ›Dein Vater hat sicherlich Sehnsucht nach dir. Mach dir das mal klar, dass er darunter leidet, dass ihr keinen Kontakt habt. Mach dir das mal klar.‹ Ich ging nicht auf diese Bemerkungen ein. Fragte mich nur: Ist er so was wie ein Hellseher? Vorgestern dann die Beisetzung. Die Urnenstelle direkt neben Onkel Antatsch. Lange Rede vom Berliner Parteihäuptling. Keine Ahnung, wie der heißt. Alter Kerl mit Alkoholikergesicht. Redete nur in Floskeln. Nichts, was ich mir hätte merken wollen. Alles vergessen. Die Anwesenden ausschließlich Parteigenossen, außer natürlich mir. Keine von den alten Frauen, die sonst bei jeder Beerdigung sind. Keine einzige. Mein Vater ein Häufchen Elend. Heulte nur, sagte kein Wort. Ich saß neben ihm, guckte ihn nicht an. Mit einem Mal rührte sich mein Zeigefinger, strich über seine Hand. Mein Vater schaute mich an. Ich spürte es. Obwohl ich seinen Blick nicht erwiderte. Spürte in seinem Blick Hilflosigkeit, Angst, Reue … Oder hab ich mir das nur eingebildet? Was geht mich das an? Weil er mein Vater ist? Blut, Gene – was bedeutet das? Und die Gefühlsschwankungen, die werden immer größer.«

Sie fing an zu weinen. Ich schob meine Hand zu ihr über den Tisch. Carola nahm sie und drückte sie fest. Mir fiel nichts ein, was ich hätte sagen, womit ich sie hätte trösten können. Carola atmete tief durch. »Nie mehr hatte ich auf den Friedhof gehen wollen, geschweige denn zu einer Beisetzung. Nun denk ich unentwegt an meinen Vater. Will ich nicht. Tu ich aber dennoch. Und vielleicht ist daran gerade Reiner schuld. Mit seinen Bemerkungen. Dieser furchtbare Hellseher.«

Die Bewunderung, die ich aus ihren Worten heraushörte, ärgerte mich. »Wieso denn Hellseher?«, fragte ich. »Das mit den Anteilen, von Natur aus, Blut und Gene … Das sind doch nur Allgemeinplätze. Hätte jeder sagen können. Jeder.«

Carola lächelte mich an. »Hättest du das auch sagen können?«

»Ja«, antwortete ich, bemüht, dieses eine Wort so klar und überzeugt klingen zu lassen wie es mir möglich war.

Ich glaubte, etwas Zärtliches und Anerkennendes in ihrem Blick zu sehen. Dann jedoch stand sie auf und ging zurück zum Kanapee.

»Und noch was«, sagte sie und setzte sich. »In der Nacht von vorgestern zu gestern träumte ich von Carla Serrini. Sie saß hier am Tisch und trank aus einer Schnapsflasche. In der Flasche war aber kein Schnaps, sondern Blut. Sie trank und trank, doch die Flasche wurde nicht leer. Ich hielt es nicht aus, sie so zu sehen, und wurde wach. In der Nacht von gestern auf heute wiederholte sich dieser Traum. Ich hielt ihn wieder nicht aus. Und nun die Angst, dass er sich jede Nacht wiederholt.«

Carola stand auf, ging im Zimmer umher. »Natürlich ist Carla nicht einfach gestorben. Sie hat Selbstmord begangen, indem sie verblutete. Und ich hab sie verbluten lassen. Aber ich will nicht, dass es mir ergeht wie Reiner mit seinem Vater. Das will ich nicht.« Sie stieß mit dem Fuß gegen das Kanapee. »Das Ding muss raus. Raus, weg damit!« Sie schlug mit der flachen Hand auf die Kommode. »Dieses Ding ebenfalls. Auf Nimmerwiedersehen.« Sie schlug mit der Faust auf den Tisch. »Und dieses Ding soll in kleinste Teile zerhackt und verbrannt werden.« Sie seufzte, als wäre sie erschöpft von schwerer Arbeit. »Am Sonntag«, fuhr sie fort, »was hältst du davon, wenn wir Sonntagabend, ein letztes, ein allerletztes Mal … Nicht auf den Friedhof, nein, das nicht. Aber in unsere alte Gegend. Ein Verabschiedungsbesuch, endgültig, ein für allemal. Für uns tun wir's. Nur für uns beide.«

»Ja«, bekräftigte ich. »Das tun wir.«

»Bis Sonntag, mein Lieber«, sagte Carola darauf, nahm mich bei der Hand, führte mich zur Wohnungstür, zog meinen Kopf zu sich heran und verabschiedete mich mit einem Kuss auf die Stirn.

42

Vier Nächte waren es noch bis zum Sonntag, und in diesen vier Nächten träumte ich immer wieder von Nilowsky und Carola. Ich war froh, dass ich mir nur zwei Träume merkte. Noch mehr hätte mich überfordert.

Im ersten fing mich Nilowsky in abendlicher Dunkelheit vorm Hauseingang ab, raunte mir sein »Komm mit!« zu und dirigierte mich durch Pankow, bis wir an irgendeinem Bahndamm waren, der aussah wie unser Bahndamm. »Wenn du mein Freund bist«, sagte er, »und das bist du ja, mein Freund, das will ich hoffen, dass du das bist, mein Freund, und nichts anderes, dann gehe ich davon aus, dass du mir hilfst, davon gehe ich aus, wenn du mein Freund bist...« Diese Litanei wollte und wollte nicht aufhören, doch bevor Nilowsky mit seinem Wunsch, seiner Bitte, seinem Befehl herausrückte, wachte ich auf.

Im zweiten Traum war ich zur Baracke hinterm Chemiewerk gegangen. Ihr Rotgelb war verwittert, aber von Brandspuren war nichts mehr zu sehen. Es war später Nachmittag, Dämmerstunde. Still war es, nicht einmal Vogelzwitschern oder auch nur das leiseste Rauschen in den Bäumen. Plötzlich hörte ich ein Husten aus der Baracke. Das Husten wurde lauter. Ging mit einem Krächzen einher und Würgegeräuschen. Ich schlich mich an die Baracke heran und schaute durch eines der Fenster. Ich sah einen langen, hageren Mann. Von hinten sah ich ihn. Es konnte Nilowskys Vater sein, oder vielleicht war es auch Reiner. Er stand inmitten von unabgewaschenem Geschirr und zerschlagenen Möbeln. Er hustete, krächzte und würgte, und zwischendurch lachte er. Kein befreiendes Lachen, sondern ein Ausdruck von Spott. Grimmig, schmerzhaft. Ich wusste immer noch nicht, ob es Nilowsky war oder sein Vater. Er zündete sich eine Zigarette an, nahm einen tiefen Zug und schnipste die Zigarette lässig auf ein Stuhlpolster. Augenblicklich stoben aus dem Polster Flammen auf, die im Nu die Holzdecke erfassten, die Wände und den Mann, der nunmehr weder hustete und krächzte noch lachte. Kein Ton war von ihm zu hören, obwohl er mitten in den Flammen stand. Auf einmal zog jemand an meinem Hosenbein. Es war Carola. Sie war derart klein und dünn, schmalgesichtig und sommersprossig, dass ich erschrocken zurückwich. Hätte sie nicht so viele, unendlich viele Falten gehabt, hätte ich sie für ein fünfjähriges Kind halten können. Auch ihre Stimme, hell und quäkend, entsprach der einer Fünfjährigen: »Komm mit!«, rief sie mir zu. Ich folgte ihr, auch dieses Mal folgte ich ihr. Sie sprang vor mir her und begann zu singen:

Am Brunnen vor dem Tore,
da stand ein Lindenbaum.
Ich träumt' in seinem Schatten
so manchen graus'gen Traum.

Und seine Zweige rauschten,
als riefen sie mir zu:
Komm her zu mir, Geselle,
hier findst Du niemals Ruh!
Hier findst Du niemals Ruh,
hier findst Du niemals Ruh,
niemals Ruh, niemals Ruh …

Immer schneller und übermütiger sprang sie vor mir her, bis ich sie aus den Augen verlor und aufwachte.

Ich nahm mir vor, Carola von diesem zweiten Traum zu erzählen. Sie würde ihn sicherlich deuten können.

43

Eine Viertelstunde vor unserem Termin war ich am S-Bahnhof Alexanderplatz. Ich beobachtete Paare, die den Bahnhof betraten oder verließen, und fragte mich nach dem Grad ihrer Liebe, soweit die Liebe zu erkennen war. *Nur für uns beide*. Dieser Satz von Carola ging mir nicht aus dem Kopf. Er klammerte Nilowsky aus. Besagte nichts anderes, als dass es für uns ein Leben jenseits von ihm gab. Ein Leben als Paar.

Carola kam auf die Minute pünktlich. Mit dunkelrot geschminktem Mund und einem langen, dunkelroten Kleid. Sie wirkte vorfreudig, aber auch angespannt. »Ich hab inzwischen alle Möbel von Carla Serrini abholen lassen«, sagte sie statt einer Begrüßung. »Alles ist verbrannt worden, restlos. Und ich hab nicht mehr von ihr geträumt. Damit ist's nun vorbei!«

Ich überlegte, ob ich ihr von meinem Traum erzählen sollte, hielt es aber für besser, damit zu warten.

Die S-Bahn Richtung Spindlersfeld kam. Wir stiegen ein, und Carola meinte: »Das Erste, was wir klären müssen: Wohin gehen wir zuerst?« Ehe ich antworten konnte, fügte sie hinzu: »Nicht zu meinem Vater. Nur keine Gefühlsduseligkeit.«

Das war mir recht. Auch wenn ihr Vater sicherlich froh sein würde, dass nicht mehr Nilowsky an der Seite seiner Tochter war.

»Wir könnten zu Wally gehen«, schlug ich vor.

»Ja, das dachte ich auch«, antwortete Carola.

Hätte jemand in der S-Bahn diese beiden letzten Sätze gehört, hätte er davon ausgehen können, dass wir ein eingespieltes Paar waren. Das hätte mich freuen können. Doch es verunsicherte mich.

Wir fuhren bis zur Endstation und liefen eine knappe halbe Stunde bis zur Erdgeschosswohnung von Wally. Zweimal lang, zweimal kurz klopfte ich an die heruntergelassene Jalousie. Die Jalousie wurde hochgezogen und das Fenster geöffnet.

»Ach, ick dachte, Reiner ... Is doch sein Klopfzeichen.« Wally war offenkundig enttäuscht, nur uns zu sehen. »Wo habt ihr ihn denn jelassen?«

Wir hatten noch kein Wort gesagt, und schon war Reiner Thema. Ich bemühte mich, mir meine Frustration nicht anmerken zu lassen.

»Der ist weg«, antwortete Carola bestimmt. »Für immer!«

»Wie? Is er jestorben?« Die Frage klang ungläubig.

»Nein«, sagte Carola. »Er ist irgendwohin. Wir wissen nicht, wohin.«

»Na, hier is er nich«, meinte Wally. Es klang abweisend. Ich hatte nicht den Eindruck, dass sie daran dachte, uns ins Wohnzimmer zu lassen. »Seid mir nich böse«, sagte sie, »aber ick bin in Eile. Muss los. Muss mir nur noch 'n bisschen kämmen und schminken und denn los. Wat wollt ihr eijentlich von mir?«

»Wir wollten nur Abschied nehmen«, antwortete Carola.

»Wie?«, fragte Wally. »Wollt ihr etwa ooch ... irgendwohin?«

»Das wissen wir noch nicht«, sagte Carola. »Auf jeden Fall wollen wir nicht mehr hierher kommen. Das ist heute das allerletzte Mal.«

Wally nickte nachdenklich vor sich hin, als bräuchte sie viel Zeit, um diese Mitteilung zu verarbeiten. »Wisst ihr eijentlich«, sagte sie, und ein Lächeln kam auf ihr Gesicht, »dass wir neue Afrikaner im Chemiewerk haben? Keene Mozambiquaner, nee, Mozambiquaner nich. Obwohl sie ooch so heißen: Pedro, Joaquim, sogar 'n Roberto is dabei. Aus Angola kommen sie. Is auf der andern Seite von Afrika. Luanda heißt die ihre Hauptstadt. Klingt schön, nich wahr? Die meisten von ihnen haben Mutter oder Vater verloren oder alle beide. Seitdem sie hier sind, seit drei Wochen, isset vier Grad wärmer als anderswo in Berlin. Nich drei Grad wie bei den Mozambiquanern, nee, vier Grad. So heiß sind die.« Wally lachte. »Und nu ab mit euch. Aber schnell.«

»Ja, das ist schön«, sagte Carola. Es hörte sich fast an, als spräche sie zu einem Kind, das sich ein Lob verdient hat. »Wir wünschen dir alles Gute.« Um auch etwas zu sagen, fügte ich hinzu: »Viel Glück.«

Wir wandten uns vom Fenster ab, doch Wally hatte noch etwas auf dem Herzen: »Falls ihr zu Elli wollt ... Zu der müsst ihr nich mehr gehen. Die is nämlich vor 'ner Woche jestorben. Ihr könnt euch hoffentlich vorstellen, wat ick für Angst hab. Die wird mir nachholen, so eng wie wir beede waren. Will ick aber nich. Gerade jetze, wo die Angolaner hier sind ...«

Wally stützte sich auf die Fensterbrüstung, als hätte sie einen Schwächeanfall, der schon der Vorbote des Todes war.

»Sei nicht so abergläubig«, rief Carola. »Ziehst ja das

Unglück nur an, wenn du's hundertprozentig erwartest.«

Wally wich einen halben Meter von der Brüstung zurück. »Ach, kiek mal an, die Carola. Dit allerletzte Mal hier, aber noch jute Ratschläge geben. Wisst ihr eijentlich, dass der Alte vom Reiner, der versoffne Hungerhaken, nachts an seiner Kneipe vorbeischleicht? Haben mir die Säufer erzählt. Die haben 'n nämlich jesehen, wie er sein Jesicht ans Fenster jedrückt hat, 'n paarmal haben sie sein Jesicht jesehen. Als sie raus sind, war er weg. Nischt, keene Spur von ihm, wie vom Erdboden verschluckt. Jedes Mal. Und nun erzählt mir bitte nischt mehr von Aberglauben!«

Wir liefen weiter, und ich hörte noch, wie die Jalousie hinuntergelassen wurde. Wir gingen in das stockfinstere Waldstück hinterm Chemiewerk. Die Baracke war nicht wieder aufgebaut worden. Dort, wo sie gestanden hatte, war eine Lichtung. »Würde mich schon interessieren, wo die Angolaner untergebracht sind«, sagte ich.

»Sicherlich in einer feuerfesten Unterkunft«, meinte Carola und grinste. Dieses Grinsen hatte etwas Leichtes, Übermütiges, und wieder überlegte ich, ob ich ihr von meinem Traum erzählen sollte. Aber auch diesmal entschied ich mich dagegen. Später. Später würde noch genug Zeit sein.

»Na los«, drängte Carola, »lass uns zum Bahndamm gehen. Da müssen wir noch hin, keine Frage.«

Wir machten einen Bogen ums *Bahndamm-Eck*, um nicht einem der Säufer zu begegnen, der uns vom herumspukenden Karl-Heinz Nilowsky erzählt hätte. Dann stiegen wir die Böschung zu den Schienen hinauf, und wenn ich schon vorher das Gefühl gehabt hatte, jeden Moment von Reiner überrascht werden zu können, so wurde dieses Gefühl nun noch stärker. Ich stellte mir vor, wie er fragen würde, ob wir ihn gesucht hätten. Natürlich würde ich vor lauter Beklemmung Carola die Antwort überlassen und hoffen, dass er von uns nicht verlangen würde, ihn vor den nächsten Zug zu stoßen.

Kaum standen wir auf dem Bahndamm, schloss Carola die Augen und atmete die nach Schwefelwasserstoff stinkende Luft ein.

»Meinst du«, fragte sie, »dass der Schwefelwasserstoff zu Schwefel und Wasser verbrennt, wenn man seine ganze Körperwärme einsetzt, meinst du, das geht und gibt obendrein Kraft?«

»Ja«, antwortete ich. Es hatte, wie ich fand, etwas Feierliches und Würdevolles, ganz einfach nur Ja zu sagen.

»Und meinst du auch, dass der Schwefelwasserstoff zwar giftig, aber gut für den Blutdruck ist?«

»Ja«, antwortete ich noch einmal und atmete ebenfalls tief ein.

»Der Neunfünfunddreißiger«, stellte Carola fest, »gleich kommt der Neunfünfunddreißiger.«

Sie öffnete die Augen, holte ein paar Groschen aus ihrer Handtasche und legte sie auf die Schienen.

Der Neunfünfunddreißiger kam, pünktlich auf die Minute. Wir liefen ein Stück die Böschung hinunter, trotzdem riss uns der Zugwind fast die Haare vom Kopf. Carola packte meine Hand. Sie lachte und schrie, als wäre das Schreien die einzige Möglichkeit, nicht taub zu werden vom Dröhnen und Rattern des Zuges.

Kaum dass der Zug vorbei war, verkündete sie: »Die verwandelten Groschen, die lassen wir auf den Schienen. Da lassen wir die. Spuren von ihnen bleiben an den Rädern der Züge kleben und fahren nach Frankreich, nach Spanien, nach Portugal ...«

Auf einmal betrübte es mich, dass Carola exakt so sprach wie Nilowsky. Als könne sie überhaupt nicht anders über Groschen und Züge und Spuren reden. Als würde sie das niemals anders können. »Ja«, sagte ich. »So ist es. Genauso ist es.«

Ich ärgerte mich, dass ich ihr einfach nur beipflichtete. Als wäre Nilowskys Sprache so etwas wie ein Klebstoff zwischen uns, ohne den wir noch nicht einmal in der Lage wären, hier zusammen am Bahndamm zu sein.

Wir werden ihn nicht los, dachte ich, niemals; doch kaum hatte ich es gedacht, fiel mir auf, wie falsch dieser Gedanke war. Wir *waren* ihn ja los, sogar für immer, sofern Carola recht hatte. Er, Reiner Nilowsky – so wurde mir mit einem Mal klar – war unser Klebstoff gewesen. Und keinen anderen würde es jemals geben, der uns zusammenhalten könnte.

Ich musste lachen über diesen Vergleich, der mir ziemlich banal vorkam, aber gerade dadurch irgendwie überzeugend.

»Was ist los?«, fragte Carola. »Ich möchte gerne mitlachen.«

»Nichts«, antwortete ich. »Ich dachte nur grad was. Ist schon wieder vorbei.«

»Vielleicht ist es das, was ich auch grad dachte«, sagte Carola und zog mich zu sich heran. »Komm, wir küssen uns. Jetzt küssen wir uns. Oder?«

»Ja«, hörte ich mich antworten.

Ich hatte kein Gefühl, das zu dieser Antwort gepasst hätte. Doch ehe ich darüber nachdenken konnte, fasste

Carola meinen Kopf und küsste mich auf den Mund. Sie öffnete ihre Lippen, darauf öffnete ich meine. Ich hoffte, ein Gefühl würde sich nun einstellen, vielleicht sogar so etwas wie Lust. Aber als sich unsere Zungen berührten, fühlte ich mich allenfalls wie jemand, der eine Rolle spielt, eine Rolle, zu der es wohl oder übel gehört, eine Frau zu küssen. Diese Frau wirkte auf einmal schüchtern und unsicher. Offenkundig wusste sie nicht mehr, wozu dieser Kuss sein sollte. Und ich wusste es auch nicht. Von meiner Verliebtheit, die ich immer wieder so unabwendbar und verunsichernd erlebt hatte, war nichts mehr da. Nichts! Es war, als habe Nilowsky sie mitgenommen, irgendwohin, wo auch immer er sein mochte.

Carola löste sich von mir. Versuchte ein Lächeln. Das Lächeln gelang ihr nicht. »Wird schon«, sagte sie und wischte sich mit dem Handrücken über den Mund. Es hörte sich nicht so an, als würde sie daran glauben.

Noch einmal dachte ich daran, ihr von meinem Traum zu erzählen. Aber mir war klar, dass es keinen neuen Anfang mit uns geben würde, und deshalb kam mir der Traum nur noch absurd vor.

»Ich wünsch dir alles Gute«, sagte Carola und reichte mir die Hand.

Wir schüttelten uns die Hände, es war, als besiegelten wir einen Vertrag, den wir eben geschlossen hatten. Dann ging sie weiter die Böschung hinunter. Ich blieb stehen und schaute ihr nach. Erst als sie in der Bahndammunterführung verschwunden war, ging ich ebenfalls los, in die andere Richtung.

44

Carola suchte mich nicht mehr auf. Und ich rechnete auch nicht damit. Einzig wenn Nilowsky doch wieder zurückkehrte, dachte ich, würde sie vielleicht aufs Neue vor meiner Haustür stehen.

Dass er zurückkehrte, schien mir allerdings ausgeschlossen. Endgültig – so hatte es Carola gesagt. Ich war mir sicher, dass sie recht hatte.

Nach vier Wochen fuhr ich noch ein Mal in die Klement-Gottwald-Allee. Carolas Name stand nicht mehr auf dem Klingelschild. Ich erkundigte mich im Haus und erfuhr, dass sie fortgezogen war; wohin, konnte man mir nicht sagen. Ich war nicht überrascht. Ich spürte Erleichterung. Ich war erleichtert, nicht mehr verliebt zu sein.

Nur der Traum mit Carola war mir inzwischen eine Bürde. Ich wollte ihn vergessen. Um ihn zu vergessen, schrieb ich ihn auf. Indem ich ihn aufschrieb, begann ich, ihn zu verändern. Doch dadurch, dass ich ihn veränderte, wurde mir klar, dass ich ihn nicht würde vergessen können.

Ich ließ Carola, während sie sang und vor mir hersprang, ein ausgeblutetes Huhn ohne Kopf in der Luft herumschwenken und plattgefahrene Groschen über den Waldboden streuen. Ich ließ einen Schwarm dünner, langbeiniger Tanzfliegen um sie herumschwirren.

Vor allem aber ließ ich anstelle meiner Nilowsky hinter ihr herrennen. Er hatte Brandspuren an den Händen und im Gesicht, doch er war glücklich, so glücklich wie ich ihn nie gesehen hatte. Als er sie erreicht hatte und die beiden gleichauf waren und dicht nebeneinander liefen, ging ich zurück zur Baracke und sah, wie der alte Nilowsky, ohne ein Wort, ohne auch nur einen einzigen Laut, sich mehr und mehr zusammenkrümmte und langsam verbrannte.

45

Ein Mal, ein einziges Mal habe ich Carola wiedergesehen. Es war vierzehneinhalb Jahre nach unserem letzten Abend am Bahndamm. Ich fuhr mit dem Auto durchs vorsommerliche Westberlin und sah an einer Straßenkreuzung in Charlottenburg eine Frau stehen, die mit ihren langen hellroten Haaren und einem eleganten dunkelgrünen Kleid die Schönheit einer Tulpe hatte. Erst als ich an der Kreuzung halten musste, erkannte ich, dass es sich um Carola handelte. Im selben Moment winkte sie mir zu, als wären wir verabredet. Verblüfft wie ich war, öffnete ich die Beifahrertür. Carola stieg ein, ich fuhr weiter, dann mussten wir gleichzeitig lachen über die merkwürdige Selbstverständlichkeit dieses Vorgangs.

»Ich wusste doch«, sagte sie, »dass wir uns irgendwann übern Weg laufen würden.«

Sie strahlte die aufgeräumte Souveränität einer erwachsenen Frau aus. Nichts mehr erinnerte mich an das Koboldmädchen von damals.

»Ja«, behauptete ich, »habe auch oft dran gedacht.«

Tatsächlich jedoch hatte ich mich gezwungen, nicht mehr an Nilowsky oder Carola zu denken. Sie gehörten zu einer Phase meines Lebens, die ich schon lange als abgeschlossen hatte empfinden wollen.

»Hast du Reiner mal wiedergesehen?«, fragte Carola.

»Nein«, antwortete ich. »Und du?«

»Ja, klar«, sagte sie, als wäre nichts naheliegender als das. »Du kannst ihn übrigens auch sehen. Jeden Abend, jede Nacht. In seiner Kneipe. Gar nicht weit von hier.« Sie kostete meine Verblüffung aus. »Da staunst du, was? Besuch ihn mal, dann wird er dir erzählen, dass er damals, nur wenige Wochen nachdem er fort war, in den Westen geflüchtet ist. Stundenlang wird er dir von dieser wahnsinnigen, abenteuerlichen Flucht erzählen. Tja, die große Nummer seines Lebens. Er zog nach Apulien, bis er festgestellt hat, dass Olivenhaine pflegen auch nicht die Erfüllung ist, die er sich erhofft hatte. Also ist er nach Westberlin. Erst Kellner, dann eine eigene Kneipe. Mittlerweile ist er selbst sein bester Gast. Scheint die Rolle seines Lebens zu sein.«

Ich mochte nicht, wie Carola über Nilowsky sprach. Es hörte sich zynisch an. Ich hatte keine Lust, etwas zu erwidern. »Wo ist die Kneipe?«, fragte ich nur.

»Er hat sie eingerichtet wie das *Bahndamm-Eck*«, fuhr Carola fort, »mit Sprelacarttischen, original wie damals …«

»Ja«, unterbrach ich sie, »aber wo ist denn nun die Kneipe?«

»Nirgendwo«, rief Carola aus und lachte. »Ich wollte nur mal sehen, ob du immer noch alles glaubst, was ich dir erzähle.«

Wieder musste ich an einer Kreuzung halten. Carola lachte immer noch. Dann zuckte sie mit den Schultern und sagte: »Was soll's. Sicherlich ist er längst tot. Oder im Knast. Oder er ist in der Psychiatrie und redet mit seinem Vater, der in seiner Imagination immer noch lebt. Egal. Wen kümmert's. Egal wie Achtundachtzig.«

»Ich glaube nicht, dass er tot ist oder im Knast oder in der Psychiatrie«, erwiderte ich, aggressiver als gewollt. »Warum soll es nicht möglich sein, dass er irgendwo in der Welt ist? Als Entwicklungshelfer in einem Dritte-Welt-Land, beispielsweise. Oder warum soll er nicht in den Westen geflüchtet sein, um zu studieren. Und heute arbeitet er irgendwo als Lehrer für Politik und Sozialkunde. Warum denn nicht?!«

Ich fuhr weiter. Carola schwieg. Ich fühlte mich unbehaglich, und sie offenbar auch.

»Entschuldige bitte«, sagte sie an der nächsten Kreuzung, »ich muss weiter.«

Sie öffnete die Beifahrertür, stieg aus, und bevor sie loslief, winkte sie mir noch einmal zu. Ein kurzes, höfliches Winken.

Ich fuhr weiter und stellte mir Nilowsky vor, wie er irgendwo in Afrika über Plänen für ein Chemiewerk sitzt, in dem Tabletten gegen Hunger hergestellt werden sollen. Und eines Tages sollen diese Tabletten äußerst preiswert oder sogar kostenlos verteilt werden. Ich wollte an diese Möglichkeit glauben. So sehr ich mich bemüht hatte, Nilowsky aus meiner Gedankenwelt zu verdrängen, so sehr wollte ich nun wieder an ihn und seinen Traum glauben. Und so ist es geblieben.